ASSIM FALOU ZARATUSTRA

CONHEÇA NOSSO LIVROS
ACESSANDO AQUI!

Título original: Thus Spoke Zarathustra

5ª Impressão 2025

Presidente: Paulo Roberto Houch
MTB 0083982/SP

Coordenação Editorial: Priscilla Sipans
Coordenação de Arte: Rubens Martim
Diagramação: Renato Darim Parisotto
Capa: Rubens Martim
Produção Editorial: Eliana Nogueira
Revisão: Mariângela Belo da Paixão
Tradução: Eduardo Satlher Ruella
Apoio de Revisão: Renan Kenzo e Leonan Mariano

Vendas: Tel.: (11) 3393-7727 (comercial2@editoraonline.com.br)

Foi feito o depósito legal.
Impresso na China

Dados Internacionais de Catalogação na Publicação (CIP)
de acordo com ISBD

N677a Nietzsche, Friedrich

Assim Falou Zaratustra / Friedrich Nietzsche. - Barueri : Camelot Editora, 2023.
208 p. ; 15,1cm x 23cm.

ISBN: 978-65-87817-69-9

1. Literatura alemã. 2. Romance. I. Título.

2023-1126

CDD 833
CDU 821.112.2-3

Elaborado por Vagner Rodolfo da Silva - CRB-8/9410

IBC — Instituto Brasileiro de Cultura LTDA
CNPJ 04.207.648/0001-94
Avenida Juruá, 762 — Alphaville Industrial
CEP. 06455-010 — Barueri/SP
www.editoraonline.com.br

NIETZSCHE

ASSIM FALOU ZARATUSTRA

Camelot
EDITORA

SUMÁRIO

PRIMEIRA PARTE

PRÓLOGO E DISCURSOS DE ZARATUSTRA

I

Aos trinta anos, Zaratustra abandonou sua casa próxima ao lago da sua terra e foi viver nas montanhas. Lá ele aproveitou de seu espírito e de sua solidão, e por dez anos viveu daquela forma sem se cansar. Mas chegou um tempo em que seu coração mudou; e levantando-se ao alvorecer rosado de certa manhã, ele foi diante do Sol e disse:

— Você, Grande Estrela! Qual seria a sua felicidade se não tivesse aqueles que contemplam o seu brilho! Por dez anos você vem até minha caverna; e você já estaria cansado da sua luz e da jornada, se não fosse por mim, por minha águia e minha serpente. Nós, entretanto, em todas as manhãs lhe esperamos, aproveitamos que já lhe é supérfluo e lhe engrandecemos por isso.

— Mas! Eu mesmo estou muito enfarado da minha grande sabedoria, assim como uma abelha que recolheu mel demais. Eu preciso de mãos estendidas para recebê-lo. Eu doaria e a distribuiria até aos sábios para que se tornem duplamente alegres em sua loucura, e os pobres felizes em suas muitas riquezas.

— Concluo que devo descer às profundezas; como você faz à tarde, quando vai abaixo do mar e dá de sua luz também ao mundo inferior. Você Estrela Exuberante! Preciso descer como você desce; como dizem os homens, a quem devo descer. Abençoe-me, então, ó Olho Afável, que pode contemplar até as maiores felicidades sem ter nenhuma inveja!

— Abençoe este copo que está prestes a transbordar, para que este líquido dourado escoe e leve para todo lugar o reflexo da sua felicidade! Veja! Esta taça vai se esvaziar novamente, e Zaratustra será novamente um homem.

E assim começou a decadência de Zaratustra.

II

Solitário, Zaratustra desceu a montanha, e não encontrou ninguém. Quando entrou na floresta, no entanto, repentinamente apareceu diante dele um velho homem de cabelos muito grisalhos que havia deixado seu lugar sagrado para procurar raízes. E assim falou o velho sobre Zaratustra:

— Não me é estranho esse andarilho; muitos anos atrás ele passou por aqui. Zaratustra era o seu nome; mas ele está mudado. Antes carregava as suas cinzas para as montanhas; agora volta para os vales levando fogo! Não teme, por acaso, o castigo destinado aos incendiários?

— Sim, eu reconheço Zaratustra. O seu olhar continua puro, e não há nada repugnante que saia da boca dele. E ele não vai como vai um dançarino? Zaratustra mudou muito. Zaratustra se tornou como uma criança; é agora um Zaratustra desperto. O que fará ele no lugar daqueles que dormem?

— Como no mar você viveu em solidão, e ele lhe levou em suas ondas. Ai de você! Agora você vai para terra? Infelizmente, você quer de novo arrastar o seu corpo a si mesmo?

Zaratustra respondeu:

— Eu amo a humanidade!

— Por que, — disse o santo — eu entrei na solidão da floresta? Não porque eu amava demais aos homens? Agora eu amo a Deus; aos homens, eu não os amo. O homem é uma coisa imperfeita demais para mim. O amor pelos homens seria fatal para mim.

Zaratustra respondeu:

— Que mal cometo ao falar sobre o amor! Estou trazendo presentes para homens.

— Não dê nada a eles. — disse o santo. — Tome deles a carga, e carregue-a junto com eles. Isso lhes será mais agradável; mas apenas se for agradável a você! Se, no entanto, você lhes der algo, não lhes dê mais que uma esmola, e que eles também implorem por ela!

— Não! — respondeu Zaratustra, — eu não dou esmolas. Não sou pobre o suficiente para isto.

O santo riu de Zaratustra e falou assim:

— Então, faça com que eles aceitam seus tesouros! Desconfiam de anacoretas e não creem que nós viemos com presentes. A eles o som de nossos passos soa muito vazio pelas ruas. É assim como à noite, quando estão na cama e ouvem um homem no lado de fora, muito antes do nascer do sol, então eles se perguntam sobre nós: — Aonde vai este ladrão? — Não vá para os homens, mas fique na floresta! Melhor conselho é que vá para os animais! Para que não seja como eu; um urso entre ursos, um pássaro entre pássaros?

— E o que faz o santo na floresta? — perguntou Zaratustra.

O santo respondeu:

— Faço hinos e canto-os; e ao fazer hinos eu rio, eu choro e murmuro; e assim louvo a Deus. Cantando, chorando, rindo e murmurando. Louvo a Deus que é meu Deus. Mas o que você nos traz de presente?

Quando Zaratustra ouviu essas palavras, ele fez uma reverência ao santo e disse:

— O que eu devo ter para lhe dar? Deixe-me apressar para que eu não lhe leve nada!

E assim eles se separaram, o velho e Zaratustra, cada um para seu caminho, rindo como estudantes.

Quando Zaratustra ficou sozinho, porém, ele disse ao seu coração:

— Como seria possível? Este velho santo na floresta ainda não ouviu falar que Deus Está Morto?

III

Quando Zaratustra chegou à primeira localidade nas proximidades da floresta, ele encontrou muitas pessoas reunidas na praça, pois fora anunciado que um equilibrista de cordas faria uma apresentação.

E Zaratustra assim falou ao povo:

— Eis que eu apresento a vocês o Super-Homem. O homem é algo que deve ser superado. E o que fizestes para o superar? Todos os seres até agora criaram algo além de si mesmos; e vocês querem nadar ao contrário dessa grande maré, e preferem voltar aos primatas a superar o homem? O que é o macaco para o homem? Uma piada; uma vergonha! E apenas essa mesma vergonha deve ser o homem para o Super-Homem: uma piada!

— Vocês fizeram o seu caminho do verme para o homem, e muita coisa em vocês ainda está no antigo estágio. Houve tempo em que vocês eram macacos, e mesmo assim o homem é mais um macaco que qualquer um dos macacos. Mesmo o mais sábio entre vocês é apenas uma desarmonia híbrida de plantas e fantasmas. Mas eu desafio vocês a se tornarem fantasmas ou plantas? Vejam, eu lhes ensino o Super-Homem!

— O Super-Homem é o significado da terra. Deixe sua vontade dizer: O Super-Homem é o significado da terra! Eu lhes peço, meus irmãos, permaneçam fiéis à terra e não creiam naqueles que lhes falam de esperanças sobrenaturais! Envenenadores são eles; sejam eles conscientes ou não disto.

— Desprezadores da Vida são eles; decadentes e envenenados pelas próprias ações, dos quais a terra está cansada: afaste-se deles! Uma vez a blasfêmia contra Deus foi a maior blasfêmia; mas Deus morreu, e com isso também esses blasfemadores.

— Blasfemar contra a terra é agora o pecado mais terrível, e considerar o coração do incognoscível mais alto que o sentido da terra! Uma vez que a alma olhou com desprezo para o corpo, e então esse desprezo foi a coisa suprema: — a alma desejava que o corpo fosse precário, medonho e faminto. Assim, pensou em escapar do corpo e da terra.

— Oh, aquela alma era em si precária, medonha e faminta; e a crueldade era o deleite daquela alma! Mas vocês também, meus irmãos, me digam: O que seu corpo diz sobre a sua alma? Sua alma não é pobreza, imundície e autopiedade miserável?

— Na verdade, o homem é um riacho poluído. É preciso ser um oceano para receber um rio poluído sem se tornar impuro. Eu lhe apresento o Super-Homem! Ele é este mar; ele pode absorver o seu enorme desprezo para que este seja submerso.

— Qual é a melhor coisa que vocês podem experimentar? É a hora do grande desprezo. A hora em que até a felicidade se torna repugnante a vocês, e também a sua razão e virtude.

— A hora em que vocês dizem: — "Que boa é a minha felicidade! Esta felicidade é pobreza e poluição e autopiedade miserável. Mas minha felicidade deve justificar a própria existência!"

— A hora em que dizem: — "Que importa a minha razão? Anseia ela por conhecimento como o leão por sua comida? É pobreza e poluição e autopiedade miserável!"

— A hora em que dizem: — "Que boa é a minha virtude! Ainda não me fez delirante. Quão cansado estou do meu bem e do meu mal! É tudo pobreza e poluição e autopiedade miserável!"

— A hora em que dizem: — "Que ótima é a minha justiça! Não vejo ainda que sou fogo e chama. Os justos, no entanto, são fogo e chama!"

— A hora em que dizem: — "Que boa é a minha piedade! A piedade não é a cruz em que é pregado quem ama o homem? Mas minha pena não é uma crucificação."

— Vocês já falaram assim? Vocês já choraram assim? Ah! Gostaria de ter ouvido vocês chorando assim!

— Não é seu pecado; é sua satisfação própria que clama ao céu; sua própria sobriedade no pecado clama ao céu!

— Onde está o raio que os lambe com sua língua? Onde estão os êxtases com os quais deveriam ser inoculados? Hei! Eu lhes ensino o Super-Homem: ele é aquele raio, ele é aquele êxtase!

Quando Zaratustra falou assim, uma das pessoas gritou:

— Já ouvimos o suficiente sobre o equilibrista; chegou a hora de vê-lo!

Todas as pessoas ali riram de Zaratustra. E o equilibrista de cordas, que pensara que as palavras eram ditas sobre ele começou seu espetáculo.

IV

Zaratustra, entretanto, olhou admirado para as pessoas e se questionava. E então raciocinou:

— O homem é uma corda esticada entre o animal e o Super-Homem — uma corda sobre um abismo. Uma travessia perigosa, um percurso perigoso, um olhar perigoso para trás, um tremor e uma pausa perigosos. O que é bom no homem é que ele é uma ponte e não um destino. O que é louvável no homem é que ele é êxtase e desânimo. Eu amo aqueles que não sabem viver, senão como afrontados, pois são os que vão além.

— Eu amo os grandes desprezadores, porque eles são os grandes adoradores e têm meta de desejo em outra margem. Eu amo aqueles que primeiro não buscam uma razão aquém das estrelas para descer e serem sacrificados; mas se sacrificam para a terra, para que a terra possa um dia se tornar terra do Super-Homem.

— Eu amo aquele que vive para ter conhecimento e que busca o saber; para que mais tarde possa ser o Super-Homem. Assim, ele busca seu próprio reinício. Eu amo aquele que trabalha e inventa, para que a casa do Super-Homem seja edificada; e prepare para ele terra, criações e plantas: pois assim busca ele o seu próprio ponto de partida.

— Eu amo aquele que ama a sua virtude; porque a virtude é a vontade de se degradar, e esta é uma meta de anseio. Eu amo aquele que não reserva parte de seu espírito para si mesmo, mas quer ser um espírito completo de sua virtude. Assim ele anda como espírito sobre a ponte.

— Eu amo aquele que faz de sua virtude sua inclinação e seu destino: assim, por causa de sua virtude, ele está disposto a viver ou até morrer. Eu amo aquele que não deseja muitas virtudes. Uma única virtude é mais que duas, porque é mais um nó na corda do destino para alguém se apegar.

— Eu amo aquele cuja alma é generosa, que não quer agradecimentos e não os retribui; porque ele sempre doa e não deseja guardar para si. Eu amo aquele que se envergonha quando os dados caem a seu favor e que pergunta: "Sou um jogador desonesto?" — pois ele sabe que pode um dia sucumbir.

— Eu amo aquele que espalha palavras de ouro antes de suas ações, e sempre faz mais que promete, porque quer o seu declínio. Eu amo aquele que justifica o futuro e redime o passado: pois ele está disposto a sucumbir ao presente.

— Eu amo aquele que castiga seu Deus, porque ele ama a seu Deus; pois ele deve sucumbir à ira do seu Deus. Eu amo aquele cuja alma é profunda, mesmo nas dores, e pode sucumbir a uma questão pequena. Assim ele passa voluntariamente sobre a ponte.

— Eu amo aquele cuja alma é tão cheia que ele se esquece de si e de que tudo está nele: assim, todas as coisas se tornam em sua falência. Eu amo aquele que tem espírito e coração livres: assim sua cabeça são as entranhas do seu coração; seu coração, no entanto, causa sua derrota.

— Eu amo todos que são como gotas pesadas caindo uma a uma da nuvem escura que desce sobre o homem; anunciam a vinda do relâmpago e sucumbem como atalaias.

— Vejam! Sou um arauto do relâmpago e uma tempestade desta nuvem: o relâmpago, no entanto, é o Super-Homem.

V

Ditas essas palavras, Zaratustra olhou novamente para as pessoas, e observou em silêncio.

— Lá estão eles. — disse ao seu coração — Eles riem: não me entendem; eu não sou a boca para esses ouvidos. Precisarei primeiro bater em seus ouvidos, para que eles aprendam a ouvir com seus olhos? Deve-se fazer barulho com tambores ou como os pregadores de penitências? Ou só acreditarão nos gagos? Eles têm algo de que se orgulham. Como chamam isso de que tanto se orgulham? Cultura, eles chamam; isso distingue-os dos pastores.

— Eles não gostam, portanto, de ouvir "desprezo" de si mesmos. Então apelarei ao seu orgulho. Falarei com eles de coisa ainda mais desprezível: ou seja, falarei do Último Homem!

E assim falou Zaratustra ao povo:

— É hora do homem definir seu objetivo. Está na hora do homem plantar o germe de sua maior esperança. Seu solo ainda é rico o suficiente para isso. Mas esse um dia será solo pobre e exausto, e nenhuma árvore frondosa poderá mais crescer nele. Ai! Chega o momento em que o homem não lançará mais metas do seu anseio além do homem — e as cordas do seu arco terão perdido a função! Eu lhes digo: ainda é preciso ter o caos em si próprio para dar à luz uma estrela brilhante. Eu lhes digo: vocês ainda têm o caos interno. Ai! Chega o tempo em que o homem não dará mais à luz as estrelas. Ai! Chega o tempo em que o homem mais desprezível não pode mais se desprezar. Olhem! Eu lhes mostro O Último Homem.

— O que é o amor? O que é a criação? O que é o desejo? O que é uma estrela? — pergunta então o último homem e pisca o olho.

— A terra então se tornou pequena, e nela salta o último homem que faz tudo pequeno. Sua espécie é inextinguível como a das pulgas; o último homem é quem vive mais tempo.

— Descobrimos a felicidade! — dizem os últimos homens e piscam os olhos.

— Eles deixaram as regiões onde era difícil viver; pois precisam de calor. Quem ainda ama o seu próximo se aquece abraçando-o; pois todos precisam de calor. Ficar doentes e não confiar são considerados pecados: caminha-se com precaução. Um tolo é quem ainda tropeça em pedras ou em homens! Um pouco de veneno de vez em quando produz sonhos agradáveis. E ainda mais veneno para finalmente uma morte agradável. Ainda se trabalha, pois o trabalho é um passatempo. Mas é preciso ter cuidado para que esse passatempo não o machuque.

— Ninguém mais pode se tornar pobre ou rico; pois ambos são muito onerosos. Quem ainda deseja governar? Quem ainda quer obedecer? Ambos são muito onerosos. Nenhum pastor é um rebanho! Todos querem o mesmo. Todos são iguais: quem pensa diferente entra voluntariamente no hospício.

— Em outros tempos todo mundo era louco! — diz o mais sutil deles, e pisca o olho.

— São espertos e sabem tudo o que aconteceu: e não há limites para seu atrevimento. As pessoas entram em debates, mas logo se reconciliam — caso contrário estragariam suas vísceras. Eles têm seus pequenos prazeres para o dia e também para a noite, mas eles têm uma grande preocupação com a saúde.

— Descobrimos a felicidade! — dizem os últimos homens e piscam os olhos.

E aqui termina o primeiro discurso de Zaratustra, que também é chamado "Prólogo"; pois neste momento os gritos e alegria da multidão o interrompem.

— Dê-nos este último homem, ó Zaratustra! — pediram — faça-nos como a este último homem! Então o presentearemos com o Super-Homem!

E todas as pessoas exultaram e deram gargalhadas. Zaratustra, no entanto, ficou triste e meditou em seu coração:

— Eles não me entenderam. Eu não sou mesmo boca para esses ouvidos. Talvez eu tenha vivido tempo demais nas montanhas ouvindo ribeiros e árvores; mas agora lhes falo como um pastor. A minha alma é clara e brilhante; clara como as montanhas durante a manhã. Mas me acham frio, acham que sou um escarnecedor com piadas obscenas. E agora eles olham para mim e riem: e enquanto riem, também me odeiam. Há frieza em suas gargalhadas.

VI

Então, aconteceu algo que fez toda boca se calar e todo olho se voltar.

Enquanto isso, é claro, o equilibrista começara sua apresentação: ele havia saído por uma pequena porta, e andava ao longo da corda esticada entre duas torres, acima da praça e das pessoas.

Quando ele estava no meio do caminho, a pequena porta se abriu de novo e outro equilibrista, vestido de muitas cores, berrava apressado seguindo após o primeiro.

— Vá em frente, não pare! — exclamava ele com voz assustadora. — Continue! Adiante preguiçoso, moleirão, sem vergonha! Rápido! — Para que eu não lhe pise o calcanhar! O que fazes aqui entre as torres? Na torre é o lugar para você, deveria ser preso; para que bloqueia o caminho de um melhor que você?

E a cada palavra ele se aproximava e mais perto do primeiro.

Quando, porém, ele estava apenas um passo atrás, aconteceu a coisa assustadora que fez toda a boca se calar e todos os olhos se voltarem. Ele soltou um grito demoníaco e pulou sobre o outro equilibrista que estava em seu caminho.

Este último, porém, quando viu seu rival triunfar, perdeu ao mesmo tempo a cabeça e o equilíbrio; jogou sua vara fora, e se atirou para baixo, como um redemoinho de braços e pernas na profundidade.

A praça e a multidão eram como o mar quando a tempestade começa: todos eles correram em desordem, saíram especialmente do local onde o corpo estava prestes a cair.

Zaratustra, no entanto, permaneceu de pé e, ao lado dele. Caiu o corpo, gravemente ferido e desfigurado, mas ainda não morto. Depois de um tempo, a consciência voltou ao homem despedaçado e ele viu Zaratustra ajoelhado ao seu lado.

— O que você está fazendo aí? — disse ele finalmente.

— Eu sabia há muito tempo que o diabo me derrubaria. Agora ele me arrasta para o inferno: você o impedirá?

— Por minha honra, meu amigo! — respondeu Zaratustra, — não existe nada disto de que fala: não há demônio nem inferno. Sua alma morre ainda mais cedo que o seu corpo; não tema mais nada!

O homem olhou desconfiado.

— Se você fala a verdade — disse ele — eu não perco nada quando perco minha vida. Eu não sou nada além de um animal que foi ensinado a fazer truques em troca de golpes e ração.

— De modo algum! — disse Zaratustra — Você fez da coragem o seu chamado; não há nada desprezível nisto. Agora você perece pelo seu chamado: por isso o enterrarei com minhas próprias mãos.

Quando Zaratustra disse isso, o moribundo não mais respondeu; mas moveu a mão como se procurasse a mão de Zaratustra em gratidão.

VII

Enquanto isso, a noite chegava; a praça e o mercado se escondiam na penumbra.

O povo então se dispersou, pois até a curiosidade e o pavor se cansam.

Zaratustra, no entanto, estava ainda sentado ao lado do cadáver no chão; absorvido em seus pensamentos esqueceu-se da hora. Finalmente se tornou noite e um vento frio soprou sobre o solitário.

Então Zaratustra se ergueu e disse ao seu coração:

— Em verdade, hoje em dia, Zaratustra fez uma boa pescaria! Não é um homem que ele pegou, mas fisgou um cadáver.

— A vida humana é coisa para nos molestar, e ainda mais vazia e sem sentido: e um palhaço pode ser ainda mais fatídico para isso.

— Eu quero ensinar aos homens o sentido de sua existência, que é o Super-Homem; um raio partindo da nuvem escura, o homem.

— Mas ainda estou distante deles, e meu discurso não fala ao sentido deles. Para os homens ainda sou algo entre um tolo e um cadáver.

— Sombria é a noite, sombrios são os caminhos de Zaratustra. Venha, frio e rígido companheiro! Eu o carrego até o lugar onde o enterrarei com minhas próprias mãos!

VIII

Tendo Zaratustra dito isso ao seu coração, colocou o cadáver sobre seus ombros e partiu em seu caminho. Não tinha ainda dado cem passos quando um homem o interrompeu e sussurrou em seu ouvido. Este que lhe falava era o palhaço da torre.

— Deixe esta cidade, ó Zaratustra! — disse ele — Há muitos aqui que lhe odeiam. Os bons e justos lhe odeiam e lhe chamam de inimigo e desprezador; os crentes nos verdadeiros dogmas lhe odeiam e lhe declaram ser um perigo para a multidão. Se dê como aventurado que ainda riem de ti; e em verdade você fala como um palhaço.

— Foi sua sorte associar-se a um cachorro morto; humilhando-se a si mesmo você salvou sua vida hoje. Parta, no entanto, desta cidade; ou ainda amanhã eu me lançarei sobre ti, um homem vivo sobre um morto.

Logo após estas ameaças, o homem desapareceu; Zaratustra, no entanto, continuou pelas ruas escuras.

No portão da cidade, alguns coveiros o encontraram. Iluminaram seu rosto e, reconhecendo Zaratustra, zombavam dele.

— Zaratustra está levando o cachorro morto: eis uma coisa boa, que Zaratustra virou um coveiro! Pois nossas mãos são limpas demais para esse tipo de defunto. Zaratustra vai roubar o pedaço do diabo? Bem, então, boa sorte e seja servido! Apenas o diabo não é um ladrão melhor que Zaratustra! — ele vai roubar os dois, ele vai comer os dois!

E eles riam entre si aproximando seus rostos.

Zaratustra não respondeu, mas seguiu seu caminho. Caminhou por duas horas, passou por florestas e pântanos. Ele ouvira muitos uivos dos lobos famintos; ele próprio ficou com fome. Então parou em uma casa solitária onde ainda havia uma luz acesa.

— A fome me ataca, — disse Zaratustra, — como um assaltante. Entre florestas e pântanos minha fome me ataca, e já é tarde da noite. Minha fome tem desejos severos. Muitas vezes, isso só me ocorre depois de uma refeição; e durante todo o dia não me atacou; será onde esteve?

Então Zaratustra bateu à porta da casa. Um homem velho que carregava um lampião apareceu e perguntou:

— Quem vem a mim e ao meu sono leve?

— Um homem vivo e um morto. — disse Zaratustra. — Me dê algo para comer e beber, pois me esqueci de fazê-lo durante o dia. Aquele que alimenta os famintos satisfaz a própria alma, diz a sabedoria.

O velho se retirou, mas voltou imediatamente e ofereceu a Zaratustra pão e vinho.

— Um país ruim para os famintos. — disse ele — É por isso que eu vivo aqui. Animais e homens vêm até mim, o Anacoreta. Mas chame seu companheiro a comer e beber também, ele é bem mais cansado que você.

Zaratustra respondeu:

— Meu companheiro está morto; dificilmente poderei convencê-lo a comer.

— Isso não me preocupa, — disse o velho com mau humor. — aquele que bater à minha porta deve aceitar o que lhe ofereço. Coma e se dê bem!

Depois disso, Zaratustra continuou sua caminhada por mais duas horas, se orientando no caminho e pela luz das estrelas; pois ele era um peregrino experiente e gostava de observar bem tudo o que dormia. Quando a manhã raiou, no entanto, Zaratustra se viu em uma floresta densa e não havia mais caminho algum. Ele então colocou o morto no alto de uma árvore oca, pois queria protegê-lo dos lobos. E deitou-se na relva ao chão. Rapidamente adormeceu, cansado no corpo, mas com uma alma tranquila.

IX

Zaratustra dormiu muito; e passou não apenas pelo alvorecer, mas também por toda a manhã. Seus olhos afinal se abriram e ele espantado olhou para a floresta e para a quietude; em espanto olhou também para si mesmo. Se levantou com agilidade, como um marinheiro que avista terra firme e gritou de alegria, pois encontrou uma nova verdade. E assim falou ao seu coração:

— Uma luz me ocorreu! Preciso de companheiros! Pessoas vivas, não companheiros mortos ou cadáveres rígidos, que eu carregue comigo para onde quiser. Mas preciso de companheiros vivos, que me sigam, porque querem seguir a si mesmos, além de seguir ao lugar aonde eu irei.

— Uma luz iluminou minha alma. Não é para a multidão que Zaratustra deve falar, mas para companheiros! Zaratustra não deve ser o pastor e cão de caça do rebanho! Para desviar muitos do rebanho; para esse fim eu vim. As pessoas e o rebanho devem estar com raiva de mim. Zaratustra será chamado de salteador pelos pastores.

— Eu os chamo pastores! Eu digo, mas eles se denominam bons e justos. Pastores, eu digo, mas eles se chamam os crentes dos verdadeiros dogmas.

— Eis os bons e justos! A quem eles mais odeiam? Aqueles que lhes quebram suas tábuas de mandamentos; o infrator, o infrator da lei. Mas ele, na verdade é o Criador.

— O Criador busca Companheiros, o criador não busca cadáveres, nem rebanhos e nem crentes. Busca companheiros criadores — aqueles que colocam novas leis em novas tábuas.

— O criador procura trabalhadores para a colheita; pois tudo já está maduro para a colheita. Mas ele não tem muitas foices; então ele arranca as espigas e se frustra.

— O criador busca companheiros que saibam amolar suas foices.

— Destruidores e desprezadores do bem e do mal é como serão chamados. Mas eles são os que colhem e se alegram. Zaratustra busca companheiros que saibam plantar e que sejam alegres ao colher. O que ele tem a fazer com rebanhos, pastores e cadáveres?

— E você, meu primeiro companheiro, descanse em paz! Sim, eu o sepultei em sua árvore oca; onde bem o escondi dos lobos. Mas me separo de você; chegou a hora. Essa madrugada e essa alvorada me revelaram uma nova verdade.

— Não devo ser pastor e nem devo ser coveiro. Não mais falarei ao povo; pela última vez falei com um morto.

— Me associarei com os criadores, com os ceifeiros e com os satisfeitos: o arco-íris, eu vou mostrá-los, e todas as etapas que levam ao Super-Homem.

— Entoarei cânticos para os solitários, e aos que se encontram isolados; e àquele que ainda tem ouvidos para as novidades, farei saltar seu coração com a minha felicidade.

— Eu busco os meus objetivos, sigo o meu caminho. Sobre os vadios e negligentes vou passar. Que assim seja o proceder da minha marcha!

X

Zaratustra falou isso ao seu coração quando o sol marcava meio-dia. Então ele questionou para o alto, — pois ouviu acima dele o apelo sofrido de um pássaro. E eis! Uma águia varreu o ar em grandes círculos, e dela pendia uma serpente, não como uma presa, mas como uma companheira de voo, uma amiga; pois a mantinha enrolada em volta do pescoço.

— Eles são meus animais. — disse Zaratustra, e se alegrou em seu coração.

— O animal mais arrogante sob o sol, e o animal mais astuto sob o sol, saíram juntos para explorar. Eles querem saber se Zaratustra ainda vive. Na verdade, eu ainda vivo?

— Achei a vida mais perigosa entre os homens que entre os animais; em perigosos caminhos Zaratustra percorre agora. Deixe meus animais me levarem!

Quando Zaratustra disse isso, lembrou-se das palavras do Homem Santo na floresta. E então suspirou e falou ao seu coração:

— Gostaria de ser mais sábio! Gostaria de ser sábio de coração, como minha serpente! Mas estou desejando o impossível. Por isso peço ao meu orgulho que ande junto com minha sabedoria! E se algum dia minha sabedoria me abandonar: — Ai! Ela adora voar para longe! — Que meu orgulho voe junto com minha loucura!

Assim começou a decadência de Zaratustra.

OS TRÊS DISCURSOS DE ZARATUSTRA

I. DAS TRÊS TRANSFORMAÇÕES

— Três metamorfoses do espírito eu indico a vocês: como o espírito se torna um camelo; o camelo se torna um leão; e finalmente, o leão se torna uma criança.

— Muitas coisas difíceis existem para o espírito, para um espírito forte, cheio de solidez e respeito; a força do espírito deseja treinamento pesado. Cada vez mais pesado.

— E o que é pesado? Assim pergunta o espírito forte; e então ajoelha-se como um camelo que deseja estar bem carregado. Qual é a coisa mais pesada, ó heróis? O meu espírito suporta cargas pesadas; eu posso assumir este fardo e me alegrar com minhas forças.

— Não é isso rebaixar-se para mortificar o orgulho? Para exibir a loucura de alguém que zomba da própria sabedoria?

— Ou isso é abandonar nossa causa quando se celebra seu triunfo? Para subir montanhas altas e para tentar o tentador?

— Ou seria alimentar-se dos banquetes e dos pastos do conhecimento e, pela causa da verdade sofrer fome da alma?

— Ou é ficar doente e dispensar os cobertores; ou se fazer amigos dos surdos que nunca ouvem seus lamentos e pedidos?

— Ou é entrar na água suja quando esta é a água da verdade, e não fugir das rãs geladas e dos sapos quentes?

— Ou é amar aqueles que nos desprezam e dar a mão ao fantasma que vai nos assustar?

— Todas estas coisas pesadas o espírito forte toma como carga sobre si: é como o camelo que, quando carregado, se apressa no deserto; apressa o seu espírito ao seu deserto.

— Mas é no deserto mais solitário que acontece a segunda metamorfose. Aqui o espírito forte se torna um leão; e a liberdade alcançará o senhorio em seu próprio deserto.

— Ali está em busca de seu último senhor: hostil será para ele, e mesmo que seja um último deus; lutará pela vitória contra o grande dragão.

— E qual é o grande dragão que o espírito não mais deseja chamar de senhor e de deus?

— "Você" é o chamado grande dragão. Mas o seu espírito de leão diz: "Eu desejo".

— "Você", jaz no seu caminho, brilhando com ouro — como uma fera coberta de escamas; e em todas as escamas o escrito dourado: "Você!"

— Os valores de milênios refulgem nessas escamas e, assim, fala o mais poderoso dos dragões: "Todo o valor das coisas brilham em mim."

— Todos os valores já foram criados e eu represento todos eles. Na verdade, não haverá mais o 'eu irei'. Assim diz o Dragão.

— Meus irmãos, que falta nos faz o espírito de leão? Por que não basta o camelo e seu fardo, que é resignado e é reverente?

— Criar novos valores é algo que nem mesmo um leão pode realizar; mas cria-se liberdade para nova criação — e isso pode o leão fazer.

— Criar em si mesmo liberdade e dar um sagrado "não" ao dever; por isso, meu irmãos, há a necessidade do leão.

— Assumir o direito a novos valores — essa é a suposição mais formidável para um espírito sólido e reverente. Na verdade, isto para ele é um alimento, ele que é um animal de rapina.

— Como o mais santo amou a seu tempo o "Você pode!"; mas agora é forçado a encontrar ilusão e imposição mesmo nas coisas mais sagradas para capturar a liberdade de seu amor. Ser um leão é necessário para esta captura.

— Digam-me, meus irmãos, o que uma criança pode fazer, que nem o leão poderia não fazer? E por que um leão predador ainda se tornaria uma criança?

— A inocência é esta criança, o esquecimento, um novo começo, um jogo, uma virada, um primeiro movimento, um santo Sim!

— Sim, meus irmãos, para o jogo da criação é necessário um santo Sim para a vida; para sua vontade própria, o espírito deseja satisfazer agora a sua vontade; o mundo perdido quer alcançar o seu próprio mundo.

— Eu designei três metamorfoses do espírito: como o espírito tornou-se um camelo, o camelo se tornou um leão; e o leão, finalmente, se tornou uma criança.

Assim falou Zaratustra. Ele naquela época morava em uma cidade chamada Vaca Malhada.

II. OS CATEDRÁTICOS DA VIRTUDE

As pessoas falaram a Zaratustra sobre um homem sábio, alguém que pudesse falar bem sobre honras e virtudes: Zaratustra foi a este homem honrado e reconhecido por isso, e todos os jovens sentavam-se diante sua cadeira.

A ele foi Zaratustra e sentou-se junto aos jovens diante à cadeira deste sábio. E assim o sábio falou:

— Respeito e modéstia diante do sono! Esta é a primeira coisa! E para que se afaste de todos os que dormem mal e que ficam acordados à noite! Até um ladrão se envergonha na presença do sono. Ele sempre rouba suavemente pela noite. Sem modéstia, no entanto, é o guarda-noturno; indecentemente ele carrega seu apito.

— Não é pouca coisa a arte de dormir: é necessário, para esse fim, manter-se acordado e trabalhar o dia todo. Dez vezes por dia você deve superar a si mesmo. Isso promove saúde e cansaço, e estes são ópio para a alma.

— Dez vezes você deve reconciliar-se novamente consigo próprio para superar a amargura; e aqueles que não se reconciliam dormem mal.

— Você deve encontrar dez verdades durante o dia; caso contrário, procurará a verdade durante a noite, e sua alma estará faminta.

— Você deve rir dez vezes durante o dia e ser alegre; caso contrário, suas entranhas, que são o pai da aflição, irão perturbar-lhe durante a noite.

— Poucas pessoas sabem disso, mas é preciso ter todas as virtudes para dormir bem. Jurei falso testemunho? Cometi algum adultério? Cobicei a mulher do meu vizinho? Tudo isto não combina com o dormir bem.

— E mesmo que se tenha todas as virtudes, ainda há uma coisa necessária: leve suas próprias virtudes para dormir no momento certo.

— Para que as belas mulheres não briguem entre si! E nem por sua causa, infeliz!

— Paz com Deus e com o seu próximo: assim se alcança um bom sono. E tenha paz também com o diabo do seu próximo! Caso contrário, ele lhe assombrará durante a noite.

— Honre ao governo, obedeça inclusive aos governos desonestos!

— E então, se deseja um bom sono. Como posso ajudá-lo, se gosta de andar com passos mancos?

— Aquele que leva suas ovelhas ao pasto mais verde será sempre para mim o melhor pastor; e esse concorda com um bom sono.

— Não quero muitas honras, nem grandes tesouros; provocam nossa bílis. Mas dorme-se mal se não temos uma boa fama e uma pequena fortuna.

— Uma companhia simples é mais bem-vinda para mim que um mau companheiro. Mas elas devem vir e ir na hora certa. Isso combina com o bom sono.

— Ah, também me agradam os pobres de espírito: eles promovem o sono. Abençoados são eles, especialmente se alguém os dá razão. Assim passam os dias para os virtuosos. Quando a noite chega, tenho sempre cuidado de não provocar o sono. Ele é o rei das virtudes e não quer ser desejado; quer ser convocado.

— Mas me lembro que fiz e pensei durante o dia, portanto reflito, pacientemente como uma vaca, pergunto-me: — quais foram suas dez superações sobre si mesmo?

— E quais foram as dez reconciliações, e as dez verdades, e os dez risos com os quais meu coração se divertiu?

— Assim, ponderando e embalado por quarenta pensamentos, tudo se passa de uma vez — e sou surpreendido pelo senhor das virtudes.

— O sono bate em meus olhos e eles pesam. O sono toca minha boca, e ela permanece aberta.

— E assim, em passos leves, ele chega a mim, o mais querido dos ladrões, e rouba de mim meus pensamentos.

— Estupefato, então fico de pé, como se fosse um acadêmico na cadeira. Mas por pouco tempo permaneço de pé: logo, logo me deito.

Quando Zaratustra ouviu o sábio falar assim, sorriu em seu coração: pois uma luz brilhou sobre ele. E logo falou ele ao seu coração:

— Eis um homem tolo que se passa por sábio com seus muitos pensamentos; mas eu creio que ele entende bem sobre o dormir. Feliz é quem vive perto deste homem sábio! Esse sono é contagioso... mesmo através de uma parede espessa ele é contagioso.

— Em seu discurso há mesmo uma magia. E não é em vão que os jovens sentam-se diante deste pregador da virtude. Sua sabedoria é ficar acordado para dormir bem. E na verdade, se a vida não fizesse sentido, e se eu tivesse que escolher entre muitas tolices, essa seria a mais desejável para mim.

— Agora eu compreendo o que as pessoas buscam acima de tudo quando procuram mestres da virtude. Bom sono eles procuraram por si mesmos e tem a cabeça no ópio.

— Para todos estes sábios elogiados das cátedras, a sabedoria era o sono sem sonho; mas eles não conheciam maior significado da vida. Ainda hoje certamente há alguns como este pregador de virtudes, e que nem sempre eles são tão justos.

— Mas o tempo deles já passou. E ainda bem que não permanecem mais de pé; já se deitam.

— Bem aventurados os sonolentos, porque logo eles se despedirão para se deitar.

Assim falou Zaratustra.

III. OS CRENTES DO MUNDO ALÉM

Certa vez, Zaratustra também lançou seus pensamentos além da vida dos homens, assim como os que creem em além mundos.

— Essa era a criação de um deus que sofre e é atormentado; e que fez o mundo que então lhe aparece como uma névoa colorida diante dos olhos.

— Bem e mal, e alegria e angústia, e eu e você; névoa colorida era o que tudo me parecia diante do criador. O criador desejava desviar o olhar de si próprio, — então ele criou o mundo.

— Uma alegria extasiante é que o sofredor desvie o olhar de seu sofrimento e se esqueça a si mesmo. Alegria extasiante e esquecimento de si; foi o que o mundo pareceu ao seu criador.

— Este mundo, eternamente imperfeito, é a imagem de uma eterna contradição, uma imagem imperfeita — e uma alegria extasiante ao seu imperfeito criador.

— Assim também eu coloquei minha fantasiosa ilusão para uma vida eterna, à semelhança de todos os crentes. Homens eternos? Ai, meus irmãos! Esse deus que eu criei era delírio e obra humana; como o são todos os deuses!

— Era um homem, apenas um frágil fragmento de um pobre homem com seu ego. Fora dos meus próprios olhos, um espectro de cinzas e fogo veio até mim. Na verdade nunca chegou do além!

— O que me aconteceu, meus irmãos? Eu me superei, o meu eu sofredor, carreguei minhas próprias cinzas para a montanha; e criei para mim uma chama mais brilhante!! Eu mesmo. E eis-me aqui! Então o fantasma retirou-se de mim!

— Seria agora tormento e sofrimento para mim e para os convalescentes acreditar em tais espíritos: sofrimento e humilhação. E assim eu prego aos que creem em eternidade.

— Sofrimento e impotência — eis a criação dos mundos do além; e o este breve devaneio de felicidade, que apenas os maiores sofredores experimentam.

— Cansaço, que deseja alcançar o objetivo máximo com apenas um salto, com um salto mortal; essa fadiga pobre e incipiente nem deseja mais querer; ela criou todos os deuses e todas as almas do além.

— Acreditem, meus irmãos! Era o corpo que se desesperava de seu pó — e tateou com os dedos frágeis do espírito perdido e apaixonado as paredes finais de suas entranhas.

— Acredite, meus irmãos! Era o corpo que se desesperava da terra — e ouvia as entranhas da existência a falar com ele.

— E então tentou atravessar as paredes finais com a cabeça — e não apenas com a cabeça — ele desejou estar neste outro mundo.

— Mas esse "outro mundo" está bem escondido do homem, esse mundo é desumanizado, mundo desumano, que não tem nada de celestial; está oculto aos homens; e as entranhas da existência não falam ao homem, a não ser se for homem.

— Em verdade, é difícil apresentar provas do Ser; é impossível levá-lo a falar. Digam-me, irmãos, a mais estranha das coisas não está melhor comprovada?

— Sim, esse Eu, em sua contradição e perplexidade, fala de forma honesta sobre seu ser — esse Eu criador, disposto e demarcador, que é a medida e o valor das coisas.

— E essa Ser leal, correto — fala do corpo, e ainda implica o corpo, mesmo quando ele medita, delira e vibra com asas quebradas.

— O Eu sempre mais aprende a incisivamente falar, e, quanto mais aprende, mais ele encontra títulos e honras para o corpo e a terra.

— Uma nova honra meu Ego me ensinou, e eu o ensino aos homens: não preciso mais ocupar minha cabeça das coisas celestiais, mas para carregá-la livremente, devo ter o pensamento nas terrestres, que creia no sentido à terra!

— Ensino uma nova motivação aos homens: optar pelo caminho que o homem segue cegamente, aprová-lo e não se afastar mais dele, como os moribundos e decrépitos!

— Foram os moribundos e decrépitos que desprezaram o corpo e a terra, e inventaram o mundo celestial e o sangue redentor que cai; mas mesmo estes venenos doces e melancólicos buscaram no corpo e na terra!

— Desejaram escapar de sua miséria, mas as estrelas estavam muito longe para eles. Então eles suspiraram: "Ó se houvesse caminhos celestes pelos quais poderíamos ir a outra existência e para a felicidade!" E criaram seus próprios dogmas e suas receitas sangrentas!

— Imaginaram eles terem sido levados além da terra e de seu corpo, esses ingratos. Mas a quem eles devem o seu transporte e o seu êxtase? Devem aos seus corpos e a esta terra.

— Zaratustra é gentil para com os enfermos. Na verdade, ele não está indignado com a consolação e ingratidão que adotam. Que eles se curem e sejam vencedores, e criem corpos superiores para si!

— Zaratustra também não se indigna com um doente que olha consciente para seus delírios, e à meia-noite ronda o sepulcro do seu Deus; seu pranto continuam sendo enfermidade e corpo doente.

— Sempre existiram muitos doentes entre os que sonham e suspiram por Deus; odeiam violentamente os que buscam a razão e o conhecimento; assim como aqueles que tem honestidade.

— Para trás eles sempre olham; para os tempos obscuros, tenebrosos: então, de fato, ter ilusão e fé era algo diferente. Delirar com a razão era semelhança com Deus, e a dúvida era pecado.

— Conheço muito bem esses que são divinos: eles insistem em acreditar em si, e qualquer dúvida é pecado. Também sei muito bem em que eles mais acreditam.

— Em verdade, não são nos mundos de além remotos e gotas de sangue redentoras: mas no corpo eles acreditam fielmente; e o próprio corpo é para eles a coisa em si.

— Mas há algo doentio para eles, e com prazer eles sairiam de suas próprias peles. Eles ouvem os pregadores da morte e eles mesmos pregam os mundos de além.

— Ouçam, meus irmãos, a voz do corpo saudável; é voz mais leal e mais pura. Mais vertical e puramente fala do corpo saudável, perfeito e ajustado; este fala do significado da terra.

Assim falou Zaratustra.

IV. AQUELES QUE DESPREZAM O CORPO

— Aos que desprezam o corpo darei minha palavra. Não espero que eles entendam novos preceitos, e nem que os ensine; mas aprendam a se despedir de seus próprios corpos, — e, assim, se mantenham calados.

— "Eu sou Corpo e Alma" — diz a criança. E por que não se deve falar como as crianças?

— No entanto, quem está desperto e é o conhecedor, diz: "Corpo sou inteiramente, e nada mais; a alma é apenas o nome de algo no corpo".

— O corpo é dotado de grande racionalidade; é algo plural, mas com um sentido; uma guerra e uma paz; um rebanho e um pastor.

— Outro instrumento do seu corpo é também a sua pequena razão. — a que você, meu irmão, chamas "espírito" — um pequeno instrumento e brinquedo da sua racionalidade.

— "Ego", diz você, e se orgulha dessa palavra. Mas a maior coisa — e na qual você não está disposto a acreditar — é que o seu corpo, com sua grande racionalidade; isto não diz "ego", mas o faz.

— O que o sentido sente, o que o espírito discerne, nunca tem um fim em si. Mas sentido e espírito tentam lhe convencer de que eles são o fim de todas as coisas: Tão vaidosos eles são.

— Instrumentos e brinquedos são sentido e espírito: e por trás deles há ainda o Eu Próprio. Esse Eu Próprio busca com os olhos dos sentidos, mas também ouve com os ouvidos do espírito.

— Sempre se ouve e estuda o próprio Ser; compara, domina, conquista, e destrói. Ele governa e também é o governado pelo Ego.

— Por trás dos seus pensamentos e sentimentos, meu irmão, há um poderoso senhor, um sábio desconhecido — ele é chamado de Eu; ele habita em seu corpo, e é seu corpo.

— Há mais racionalidade em seu corpo que em sua melhor sabedoria. E quem saberá responder por que seu corpo exige apenas a sua mais refinada sabedoria?

— O Eu próprio ri do seu Ego e de seus passos altivos. “Que significam para mim esses delírios e viagens de pensamento?”, diz para si mesmo. “São um desvio para o meu alvo. Eu sou o fio condutor do Ego, e o que lhe dita as melhores ideias”.

— O nosso Eu próprio diz ao Ego: “Sinta dor!” E então sofre, e pensa como é isso e como poderá acabar com isso — e, para esse mesmo objetivo, é preciso refletir.

— O Eu próprio diz ao Ego: “Sinta prazer!” Então ele se alegra, e pensa como muitas vezes se alegrou — e com esse mesmo objetivo, é preciso pensar.

— Aos que desprezam o corpo direi uma palavra. Isto que vocês desprezam é merecedor de estima. E quem é que criou a estima e o desprezo; o valor e a vontade?

— O Eu criador fez para si mesmo estima e desprezo, criou para si mesmo alegria e angústia. O criador criou para si mesmo espírito, como realização de sua vontade.

— Desprezadores; mesmo em sua sandice e desprezo, cada um de vocês serve a si mesmos. E eu lhes digo, seu próprio Ser quer morrer e se afasta da vida.

— O seu Eu não pode mais fazer o que mais deseja: — criar além, superar a si próprio. É isso que mais deseja; isso é todo o seu fervor.

— Mas agora é tarde demais para fazê-lo: — assim, o seu Eu próprio deseja sucumbir, desprezadores do corpo.

— Exalar, desaparecer — assim deseja o seu Eu; e, portanto, se tornaram desprezadores do corpo. Pois vocês não podem mais criar algo além de si mesmos. E, portanto, agora vocês estão desiludidos com a vida e com a terra. E a inveja inconsciente está no olhar de soslaio de seu desprezo.

— Não seguirei o seu caminho, vocês desprezadores do corpo! Em vocês não há trilhas para mim; eu, o Super-Homem!

Assim falou Zaratustra.

V. ALEGRIAS E PAIXÕES

— Meu irmão, quando você tem uma virtude, e é sua própria virtude, você não a tem em comum com ninguém. É única.

— Para ter certeza, você a chamaria pelo nome e a acariciaria; você a traria ao seu rosto e se divertiria com ela.

— E ei-la! Tem então o seu nome comum a todo o povo e tornou-se uma pessoa e parte de um rebanho com sua virtude! Melhor lhe dizer: “Inefável é, e sem descrição, aquilo que é dor e prazer para a minha alma, e também a fome das minhas entranhas.”

— Seja sua virtude elevada demais para a simplicidade dos nomes e, se você precisar falar sobre isso, não tenha vergonha de falar devagar.

— Assim fale e gagueje: “Esse é o meu bem, o bem que eu amo”, — faça assim: “Este é meu tesouro, o bem que me agrada inteiramente, assim só lhe desejo o bem”.

— Não o desejo como a lei de um deus, nem tampouco como uma lei humana ou necessidade humana, eu a desejo; não é para ser um dogma para eu alcançar paraísos.

— É uma virtude terrena que eu amo: nestas há pouca prudência, e menos sabedoria todos os dias.

— "Este pássaro construiu seu ninho ao meu lado: portanto, eu o amo e o aprecio; e agora ele pousa ao meu lado e choca seus ovos de ouro."

— Assim deves revelar e louvar a sua virtude.

— Certa vez você teve paixões e as chamou de maldição. Mas agora você só tem suas virtudes: elas cresceram dessas suas paixões.

— Colocaste o seu objetivo do coração no mais elevado daquelas paixões: então elas tornaram-se suas virtudes e alegrias. E embora você fosse da raça dos iracundos ou dos voluptuosos, ou dos fanáticos, ou dos vingativos; todas as tuas paixões no final se tornaram virtudes, e todos os seus demônios em anjos.

— Teve, antes, cães selvagens em seu porão, mas eles finalmente se transformaram em belos pássaros e aves cantantes.

— Dos seus venenos resultaram bálsamo para ti; ordenhaste a sua vaca aflição, — agora beba o doce leite do seu úbere. E nada mais cresce em você, a menos que seja o mal que nasce do confronto de suas virtudes.

— Meu irmão, caso tenha sorte, você terá uma virtude e não mais; assim passará mais fácil sobre a ponte. É uma bela imagem ter muitas virtudes, mas é muita coisa; e muitos as têm e foram para o deserto e se mataram, porque estavam cansados de ser soldados e campo de batalha das muitas virtudes.

— Meu irmão, a guerra e a batalha são males? Necessário, porém, é o mal; necessárias são a inveja, a desconfiança e a repreensão entre as suas virtudes.

— Veja! Como cada uma das suas virtudes é vaidosa do ponto mais alto; quer todo o seu espírito como seu arauto, quer todo o seu poder, na ira, no ódio e no amor.

— O ciúme é marca de todas as virtudes, e uma coisa terrível é o ciúme. Até as virtudes podem sucumbir ao ciúme. Aquele a quem a chama do ciúme envolve, desfere, como o escorpião, a picada envenenada contra si mesmo.

— Ah! Meu irmão, nunca viu uma virtude ferida apunhalar-se? O homem deve ser superado: e, portanto, ama as suas virtudes, pois por elas você sucumbirá.

Assim falou Zaratustra.

VI. O CRIMINOSO PÁLIDO

— Vocês, Juízes e Executores! Não desejam matar, ainda que o animal tenha inclinado a cabeça? Vejam! O criminoso pálido inclinou a cabeça; em seus olhos fala a grande humilhação.

— "O meu Eu deve ser superado: o meu Eu é para mim o grande desprezo do homem": assim fala daquele olho. Quando ele se julgou — aquele foi seu momento supremo. Não deixe que o exaltado, tenha uma recaída a sua escória!

— Não há salvação para quem assim sofre por si mesmo, a menos que seja morte rápida.

— Sua matança, senhores juízes, deveria ser piedade, e não vingança; e ao matar, tratem de justificar a vida própria!

— Não lhes basta reconciliar-se com aquele a quem matam. Que sua tristeza seja amor ao Super-Homem: assim justificarão a própria sobrevivência!

— "Inimigo" dirão, mas não "vilão", "inválido" dirão, mas não "miserável", "tolo" dirão, mas não "pecador".

— E você, juiz vermelho, se dissesse em voz audível tudo o que já fez em pensamento, então todos prantreariam: "Acabe-se esta maldade, animal asqueroso!"

— Uma coisa é o pensamento, outra coisa é a ação e outra coisa é o plano da ação. A roda da causalidade não roda contra eles.

— Uma ideia deixou esse homem pálido ainda mais pálido. Adequado seria ele expor sua ação e quando ele a fez; mas a ideia dele, ele próprio não poderia suportar a imagem de quando o fato foi consumado.

— Sempre sozinho, solitário ele se via como o autor dessa ação. Loucura, eu chamo isso: a exceção reverteu-se em regra contra ele.

— Dizem que o traço no chão desorienta a galinha; o golpe que ele deu desorientou sua fraca razão. Loucura depois da ação, chamaríamos isso.

— Ouçam, juízes! Há outra loucura além dessa, e ocorre antes do ato. Ah! Vocês não aprofundaram o suficiente nessa alma!

— Assim fala o juiz vermelho: "Por que esse criminoso cometeu assassinato? Ele pretendia roubar."

— "Eu digo, no entanto, que sua alma queria sangue, não espólio: ele tinha sede da felicidade da faca! Mas sua razão limitada não entendeu que seria loucura e o convenceu."

— "Quem se importa com sangue!" disse essa fraca razão; "não desejas, pelo menos, obter algum lucro assim? Ou se vingar?" E ele deu ouvidos a sua fraca razão que como chumbo impunha suas palavras sobre ele.

— Então ele roubou quando assassinou. Ele não queria ter vergonha de sua loucura. E agora mais uma vez repousa sobre ele o peso de sua culpa, e mais uma vez sua fraca razão está embotada, tão paralisada e tão monótona.

— Se ele pudesse ao menos balançar a cabeça, então seu fardo diminuiria; mas quem sacode essa cabeça?

— Quem é esse homem? Uma massa de enfermidades que chegam ao mundo através do espírito; e aqui pegar outras presas.

— O que é esse homem? Um rolo de serpentes selvagens que nunca estão em paz entre elas mesmas — então se afastam e buscam presas no mundo.

— Olhem aquele pobre corpo! Ele que sofria e ansiava, a pobre alma assimilou para si mesmo — ele interpretou como ânsia assassina e prazer pela satisfação da faca.

— Agora que adoece é vencido pelo mal; procura causar dor naquilo que lhe causa dor.

— Mas houve outras eras, outros males e bens.

— Antes eram vistas como mal a dúvida e a vontade pessoal. Então o doente se tornou um herege ou uma bruxa; e como herege ou bruxa que sofreu, procurou causar sofrimento.

— Mas isso não entra em seus ouvidos; isso fere os seus bons cidadãos, você diz. Mas o que me importa os seus bons cidadãos?

— Muitas coisas em seus bons cidadãos me causam nojo e, na verdade, não é o mal deles.

— Eu gostaria que eles tivessem uma loucura pela qual sucumbiriam, assim como o criminoso pálido! Em verdade, eu gostaria que a loucura deles fosse chamada de verdade, ou fidelidade, ou justiça: mas eles têm sua virtude para viver por muito tempo e em miséria conformidade.

— Eu sou uma grade na margem da correnteza; quem quiser se proteger em mim que entenda! Sua muleta, no entanto, eu não sou.

Assim falou Zaratustra.

VII. LEITURA E ESCRITA

— De tudo o que está escrito, eu amo apenas o que uma pessoa escreveu com seu sangue. Escreva com sangue e descobrirá que sangue é espírito.

— Não é tarefa fácil entender o sangue de outro. Eu odeio a leitura ociosa das pessoas.

— Quem conhece o leitor não faz mais nada por ele. Um século de leitores — e o próprio espírito fede.

— Todos têm permissão para aprender que ler arruína a longo prazo, não só a escrita, mas também o pensamento.

— Em certo tempo o espírito era Deus, tornou-se homem, e agora até se torna povinho.

— Quem escreve provérbios com sangue não quer ser lido, mas decorado. Nas montanhas, o caminho mais curto é de pico a pico, mas para essa rota você deve ter longas pernas. Aforismos devem ser picos, e aqueles que os ouvem devem ser homens grandes e altos.

— O ar raro e puro, o perigo próximo e o espírito cheio de alegre malícia: assim são as coisas bem harmonizadas.

— Quero ter duendes sobre mim, porque sou corajoso. A coragem que afasta fantasmas, cria para si próprio, duendes — quer rir.

— Não me sinto mais uníssono com você; a própria nuvem que vejo embaixo de mim, a escuridão e o peso dos quais eu zombo — essa é a sua nuvem tempestuosa.

— Vocês olham para o alto quando anseiam por exaltação; eu olho para baixo porque sou exaltado. Quem dentre vocês pode ao mesmo tempo, zombar e ser exaltado?

— Quem sobe nas montanhas mais altas ri de todas as peças e das realidades trágicas da vida. Corajosos, despreocupados, desdenhosos, afirmativos — assim a sabedoria nos deseja; ela é uma mulher, e sempre ama apenas um guerreiro.

— Vocês me dizem: "A vida é difícil de suportar." Mas com que propósito vocês deveriam ter orgulho pela manhã e resignação ao chegar à noite?

— A vida é difícil de suportar: mas não afeta ser tão aflitos! Nós todos somos belos jumentos de carga.

— O que temos em comum com o botão de uma rosa, que treme porque uma gota de orvalho sobre ele se formou? É verdade que amamos a vida; não porque estamos habituados a viver, mas acostumados estamos a amar.

— Há sempre alguma loucura no amor. Mas sempre há, também, alguma razão na loucura. E para mim, que também aprecio a vida, as borboletas e as bolhas de sabão, e qualquer coisas como estas entre nós, parece que são quem mais desfrutam a felicidade.

— Ver voarem por aí essas pequenas almas leves e loucas, bonitas e animadas — leva Zaratustra às lágrimas e aos cânticos.

— Eu só deveria acreditar em um Deus que soubesse dançar.

— E quando vi meu demônio, achei-o bem sério, grave, profundo, solene. Ele era o espírito da gravidade — através dele todas as coisas caem.

— Não é pela ira, mas é pelo riso que matamos. Venha, vamos matar o espírito de gravidade!

— Eu aprendi a andar; desde então passei a correr. Eu aprendi a voar; desde então, não preciso me esforçar para sair de um local.

— Agora eu estou leve, agora eu voo; agora eu me vejo embaixo de mim. Agora um deus dança em mim.

Assim falou Zaratustra.

VIII. A ÁRVORE NA COLINA

Os olhos de Zaratustra perceberam que certo jovem evitava sua presença. Certa tarde, ao caminhar solitário pelas colinas que cercavam a cidade chamada "Vaca Malhada", encontrou tal jovem acomodado a uma árvore, e mirava o vale com um olhar cansado. Zaratustra agarrou a árvore debaixo da qual o jovem estava sentado e falou:

— Se eu quisesse balançar esta árvore com as mãos, certamente não conseguiria. Mas o vento, que não vemos, a balança e a quebra como quer. Nós também somos angustiados e perturbados cruelmente por mãos invisíveis.

Diante de tais palavras, o jovem ergueu-se assustado: — Ouço Zaratustra, e agora mesmo eu estava pensando nele!

Zaratustra respondeu: — "E por que estás assustado? O que acontece à árvore, o mesmo sucede aos homens. Quanto mais ele procura subir às alturas e à luz, mais vigorosamente suas raízes lutam para fixar-se na terra, para baixo, no escuro e no profundo — no mal."

— Sim, para o mal! — lamentou o jovem. — Como é possível ter descoberto minha alma?

Zaratustra sorriu e disse: — Há almas que nunca serão descobertas, a menos que um primeiro possa inventá-la.

— Sim, para o mal! — clamou o jovem outra vez. — Você disse a verdade, Zaratustra. Não tenho mais confiança em mim desde que desejei subir às alturas e todos me desacreditaram. O que motiva isso? Eu me transformo muito depressa: e o meu hoje contradiz o meu ontem. Eu geralmente pulo demais as etapas os passos quando subo; e por fazer isso, nenhuma delas me perdoa.

— Quando estou no alto, me encontro sempre sozinho. Ninguém fala comigo; a frieza da solidão é tanta que me faz tremer. O que eu procuro então nas alturas?

— Meu desprezo e meu desejo crescem juntos; quanto mais eu subo, mais o meu desprezo se eleva. O que desejo eu nas alturas?

— Como me envergonho do meu constante subir e cair! Como eu zombar da minha violenta agonia! Como eu odeio aquele que sabe voar! Como fico cansado nas alturas!

Nisto o jovem ficou em silêncio. Zaratustra observou a árvore ao lado deles e falou assim:

— Esta árvore fica solitária aqui nas colinas; e sozinha cresceu muito acima dos homens e dos animais. E se ela desejasse falar, não haveria quem a pudesse entender: e assim cresceu ao alto. Agora ela espera e espera, e continua a esperar? Habita bem perto das nuvens; estará preparada para o primeiro raio?

Quando Zaratustra disse assim, o jovem retrucou com gestos violentos:

— "Sim, Zaratustra, você fala a verdade. Eu ansiava por minha queda, ao querer alcançar as alturas, e você é o raio pelo qual eu esperava! Veja! O que eu sou desde que chegaste a nós? A minha inveja de você foi quem me destruiu!"

Assim falou o jovem e chorou amargamente. Zaratustra, porém, o abraçou e o levou consigo.

E, caminhando juntos um pouco, Zaratustra começou a falar:

— Isso despedaça meu coração. Melhor que as suas palavras expressam, seus olhos me gritam do perigo que o ameaça.

— Ainda não é livre; você ainda procura liberdade. Suas buscas o tornaram vaidoso e zeloso em excesso.

— Deseja alcançar uma altura extrema; porque a sua alma tem sede das estrelas. Mas seus maus instintos também têm essa sede de liberdade.

— Os seus cães selvagens querem liberdade; eles ganem de êxtase no canil quando seu espírito procura abrir as portas da prisão.

— Penso que ainda é um prisioneiro que sonha com a liberdade: Oh! A alma de prisioneiros se torna sensata, mas também é astuta e iníqua.

— Para que seu espírito seja liberto, precisa ainda purificar-se. Ainda está nele muito dos vestígios da prisão e do pó de sua criação; seus olhos ainda precisam ser purificados.

— Sim, sim... eu conheço o seu perigo. Mas pelo meu amor e esperança o conjuro: não se afaste de seu amor e de sua esperança!

— Ainda se sente nobre, e outros também assim lhe reconhecem, apesar de o guardarem rancor e o lançarem olhares malignos. Saiba que todos tropeçam quando há alguém nobre em seu caminho.

— Até os bons tropeçam, quando alguém nobre passa por seu caminho: e mesmo quando o chamam de homem bom, o fazem tão somente para o pôr de lado.

— O homem nobre sempre quer criar algo novo, uma nova virtude. O bom prefere o homem velho, e que este se conserve.

— O perigo para o homem nobre não é tornar-se bom, e sim que ele antes se torne um fanfarrão, um escarnecedor ou um destruidor.

— Ah! Conheci nobres que perderam sua maior esperança. E então eles depreciaram todas as outras grandes esperanças.

— E passaram a viver descaradamente em prazeres temporários, e apenas gozaram um dia após o outro sem grandes aspirações.

— "Espírito também é volúpia" — disseram eles. Então se quebraram as asas de seus espíritos; e agora eles se roem, rastejam e se corrompem.

— Houve tempo em que pensaram em se tornar heróis; mas agora são depravados. O Herói é para eles um problema, um terror.

— Mas eu lhe imploro, por meu amor e esperança: não rejeites o que há do herói em sua alma! Mantenha santa a sua maior esperança!

Assim falou Zaratustra.

IX. OS MENSAGEIROS DA MORTE

— Há pregadores da morte: e cheia está a terra daqueles a quem essa desistência da vida deve ser pregada. A terra é cheia de gente supérflua; e a vida é prejudicada pelo excesso de pessoas assim. Que sejam eles enganados nessa vida com a ideia da "vida eterna"!

— Costuma-se chamá-los de "amarelos" ou mesmo "pretos": "Mas eu os nomearei por outras cores além dessas.

— Há alguns que são terríveis; carregam bestas feras dentro de si, e não tem escolha que não seja a luxúria ou mortificações. Esses são tão terríveis que nem se pode dizer que chegaram a ser homens. Que a eles seja pregada a desistência da vida e que passem ao além por si mesmos!

— Existem os fracos espiritualmente: mal nascem e já começam a morrer; ansiando por doutrinas de prostração e renúncia. Desejavam estar mortos, e deveríamos cumprir o desejo deles! Tenhamos cuidado em não despertar esses mortos ou danificar esses mausoléus!

— Encontram um inválido, um idoso ou um cadáver — e imediatamente dizem: — A vida foi refutada!

— Mas os refutados são eles, e também seus olhos, que veem apenas um aspecto do existir.

— São envolvidos em densa melancolia e são ansiosos por pequenos deslizes que causam morte: e assim esperam ansiosos e até cerram os dentes.

— Ou então, eles se agarram a doces e zombam de sua própria infantilidade: assim eles se apegam à vida como a palha e ainda zombam de se apegarem a ela.

— A sabedoria deles diz assim: — O demente, ainda permanece vivo; mas até agora nós somos os dementes! E essa é a coisa mais tola da vida!

— A vida é apenas sofrimento! — Dizem os outros e não mentem.

— Então faça com que isso cesse! Cuide para que cesse essa vida que é apenas sofrimento! E eis um ensino que é apenas virtude: — Mate-se a si mesmo! Rouba-se a si mesmo!

— A luxúria é pecado! — dizem alguns que pregam a morte. — Vamos então nos separar e não geraremos mais filhos!

— Dar à luz é muito doloroso! — dizem os outros. — Por que ainda dar à luz? Apenas infelizes são gerados! — E também estes são pregadores da morte.

— É preciso ser misericordioso! — diz um terceiro. — Pegue o que lhe ofereço! Pegue tudo o que eu sou! Assim não me prendo à vida!

— Se fossem mesmo compassivos, eles deixariam seus próximos desgostar da vida. Ser mau seria a verdadeira bondade.

— Mas eles querem se livrar da vida; que importa que se liguem mais ainda uns aos outros com suas correntes e suas dádivas!

— E vocês também, para quem a vida é trabalhosa e agitada; não estão muito cansados da vida? — Já não estão muito envelhecidos para o sermão da morte?

— Todos vocês que amam o trabalho pesado e tudo o que é rápido, novidade e único; suportai esse mal a vocês mesmos; sua dedicação é fuga e ânsia de esquecimento.

— Se confiásseis mais na vida, dedicar-se-iam menos ao presente. Mas, não tenham esperança em vocês, nem mesmo para aproveitar o ócio!

— Em todo lugar ressoam as vozes dos que pregam a morte; e a terra está cheia daqueles a quem a morte deve ser pregada. Ou vida eterna! Para mim é tudo a mesma coisa; contanto que morram rapidamente!

Assim falou Zaratustra.

X. GUERRA E GUERREIROS

— Não queremos ser poupados por nossos melhores inimigos; e nem ainda por aqueles a quem amamos de coração. Então deixe-me dizer a verdade! Meus irmãos de guerra! Eu os amo de coração. Eu sou e sempre fui sua semelhante. E também sou seu melhor inimigo. Então deixe-me dizer-lhe a verdade!

— Conheço o ódio e a inveja de seus corações. Não são grandes o suficiente para não sentirem ódio e inveja. Então sejam grandes o suficiente para não se envergonharem disso!

— E se não puderem ter os santos conhecimentos, peço-lhes que sejam pelo menos guerreiros. Eles são os companheiros e precursores de tal santidade.

— Eu vejo muitos soldados; gostaria de poder ver muitos guerreiros! Chama-se "uniforme" o que eles vestem; que não seja uniforme o que eles vestem no oculto!

— Vocês são daqueles cujos olhos sempre buscam um inimigo para ser seu. E para alguns de vocês o ódio nasce à primeira vista.

— Seu inimigo procurará; sua guerra travará por causa de suas ideologias! E se estas sucumbirem, sua retidão ainda deve celebrar triunfante! Devem amar a paz como um meio para novas guerras — e amar a curta paz mais que as longas.

— Não aconselho a vocês o trabalho, mas a luta. A vocês aconselho não a paz, mas a vitória. Que seu trabalho seja uma luta, que sua paz seja uma vitória!

— Apenas quando se tem arco e flecha é que se pode calar e sentar-se em paz; caso contrário, alguém indaga e questiona. Que sua paz seja uma vitória!

— Dizem que a boa causa é a que santifica até a guerra? Eu digo para você: é a boa guerra que santifica todas as coisas. A guerra e coragem fizeram coisas maiores que o amor ao próximo. Não é a sua compaixão, ou a sua bravura que salvou infelizes até agora.

— O que é bom? — vocês me perguntam.

— Ser corajoso é bom! Mas deixe as meninas dizerem: bom é aquilo que é bonito e marcante ao mesmo tempo.

— Se diz que não tem coração. O chamam de insensível: mas seu coração é verdadeiro, e eu amo a timidez de sua cordialidade. Vocês têm vergonha da sua maré, e outros têm se envergonhado da sua contramaré. Sois feio? Bem, então, meus irmãos, envolvam aquilo que é sublime sob embalagem grotesca!

— Quando uma alma se torna grande, torna-se arrogante; e na singeleza há maldade. Eu conheço vocês.

— Na maldade, o homem altivo e o homem fraco se encontram; e eles mal se entendem. Eu conheço vocês.

— Podem ter inimigos apenas para odiá-los; mas não tenhas inimigos para serem desprezados. Vocês devem se orgulhar de seus inimigos; então, os sucessos desses inimigos também serão seus.

— Resistência — essa é a nobreza de ser escravo. Deixem sua distinção ser obediência. Deixe seu próprio comando lhes obedecer!

— Para o bom guerreiro, soa mais agradável o "você deve" que o "eu quero". E tudo o que lhes é querido, aguardai que primeiro lhes seja ordenado.

— Deixe o seu amor à vida ser amor à sua maior esperança; e deixe que a sua mais alta esperança seja o pensamento mais elevado da vida! Seu pensamento mais elevado, no entanto, deve ser orientado a vocês por mim — e é esse: o homem é o ponto a ser superado.

— Então vivam sua vida de obediência e de guerra! O que importa a vida longa! Que guerreiro deseja ser poupado?

— Não os poupo com palavras leves, amo-os de coração, meus irmãos em guerra!

Assim falou Zaratustra.

XI. O NOVO ÍDOLO

— Em alguns lugares ainda existem povos e manadas; mas não entre nós, meus irmãos: entre nós existem estados.

— Um Estado? O que é isso? Bem! Abram agora os seus ouvidos, porque direi a minha palavra sobre a morte dos povos.

— Um estado, é o mais frio de todos os monstros. Mentem friamente; e a mentira rasteja de sua boca:

— Eu, o estado, sou o povo!

— É uma mentira!

— Os criadores dos povos armaram uma tenda de fé e amor sobre eles. Esses eram os criadores; e assim eles serviam a vida.

— Destruidores, são aqueles que tramam armadilhas para muitos e chamam a isso de estado; eles penduram acima de si uma espada e centenas de desejos.

— Onde ainda existe um povo; estes não entendem o estado, mas é odiado como um olho do mal e pecado contra as leis e os costumes.

— Este sinal lhes dou: cada povo fala a sua língua do bem e do mal; e este seu vizinho não as entende. Concebeu sua linguagem para seus costumes e suas leis.

— Mas o estado está em todas as línguas do bem e do mal; e seja o que diz, saiba que está mentindo; e o que possui, foi roubado.

— Tudo nele é falso; morde com os dentes furtados. Falsas são até as suas entranhas.

— Uma confusão há de línguas do bem e do mal; e este é o sinal do estado. Em verdade, a vontade de morrer indica esse sinal! E este acena para os pregadores da morte!

— Nascem pessoas demais; e para isso foi criado o estado! Veja como ele atrai os excedentes! Como os recolhe, mastiga e engole!

— Na terra não há nada maior que eu: eu sou o dedo controlador de Deus! — assim ruge o monstro. E não apenas as orelhas grandes e olhos míopes caem de joelhos!

— Ah! Mesmo nos ouvidos de grandes almas sussurra mentiras sombrias! Ah! Ele descobre os corações ricos que adoram esbanjar!

— Sim, também os encontra, vencedores do antigo Deus! Cansados ficaram do conflito; e agora o seu cansaço serve a este novo ídolo!

— Heróis e homens honrados, o novo ídolo os quer à sua volta! Satisfeito, ele brilha ao sol das boas consciências — o monstro frio!

— O novo ídolo tudo lhe dará se você o adorar: assim compra seus olhos orgulhosos, bem como o brilho de sua virtude.

— Quer atrair por meio de vocês, os supérfluos! Sim, para isso inventou um plano infernal, um cavalo da morte, todo adornado com as armadilhas de honras divinas!

— Sim, aqui foi concebido um plano de morte para muitos que se glorificam da vida: em verdade, um serviço efetivo a todos os pregadores da morte!

— O estado é o lugar em que todos bebem venenos, os bons e os maus; o estado é onde todos se perdem, os bons e os maus: o estado é onde há o lento suicídio de todos — o estado é chamado de vida.

— Vejam esses supérfluos! Eles roubam as obras dos inventores e os tesouros dos sábios. É um roubo, a eles a chamam cultura — e tudo se torna doença e angústia para eles!

— Basta de ver esses supérfluos! Estão eternamente doentes; eles vomitam sua bile publicam nos jornais. Eles se devoram e não conseguem nem se digerir.

— Vejam esses inúteis! Adquirem riqueza e se tornam assim cada vez mais pobres. Buscam o poder, esses inválidos, mas muito mais a alavanca do poder, o dinheiro — esses incompetentes!

— Veja-os escalar como ágeis macacos! Eles passam uns sobre os outros, e assim, brigam tanto na lama como no abismo.

— A proximidade do trono é a motivação deles, todos lutam: é a loucura deles — como se a felicidade fosse assentar-se no trono! Muitas vezes a imundície se encontra no trono — e muitas vezes também o trono se encontra na imundície.

— Para mim todos eles me parecem loucos ansiosos ou e macacos saltadores. O monstro frio é o ídolo deles, e cheira mal. Todos eles cheiram mal, esses idólatras!

— Meus irmãos, quereis ser sufocados no vapor de suas mandíbulas e seus apetites! Melhor quebrar as janelas e pular para o ar livre! Evite o mau cheiro! Retirem-se da idolatria destes supérfluos!

— Evite o mau cheiro! Retire-se do fedor desses sacrifícios humanos!

— O Mundo ainda é aberto às grandes almas. Ainda existem muitos lugares vazios para duplas ou para solitários; há ainda os lugares vagos onde se aspira o perfume dos mares tranquilos.

— A vida livre ainda permanece ao dispor das grandes almas. Na verdade, quem menos tem é o menos possuído: abençoada seja a singela pobreza!

— Lá, onde o estado termina é que começa o homem que não é supérfluo: começa a melodia dos úteis, canto e melodia insubstituíveis.

— Lá, onde o estado finda! Olhe para lá, meus irmãos! Não veem o arco-íris e as pontes criadas pelo Super-Homem?

Assim falou Zaratustra.

XII. AS MOSCAS DA PRAÇA

— Foge, meu amigo, para a sua solidão! Vejo você atordoado com o barulho dos grandes homens, e também com as picadas dos pequenos. Admiravelmente, a floresta e a rocha sabem calar-se junto consigo. Assemelha-se novamente à árvore que amas, aquela de ramificação extensa — silenciosa e atenta, voltada ao mar.

— Onde a solidão termina, começa a agitação da rua; e onde a praça começa, tem início também o espetáculo dos grandes atores, e ainda o zumbido das moscas venenosas.

— No mundo, até mesmo as melhores coisas são inúteis sem alguém que as representem; a esses representantes, o povo chama de grandes homens.

— Poucas pessoas entendem o que é a grandeza — ou seja, a criação. Mas eles adoram todos os representantes das grandes causas.

— O mundo gira em torno dos criadores de novos valores: — invisivelmente giram. Mas ao redor desses atores giram as pessoas e a glória: esse é o curso das coisas.

— O ator tem um espírito; mas é um espírito de pouca consciência. Ele sempre crê naquilo que o leva a ter ainda mais convicção — em si mesmo! Amanhã ele tem uma nova crença e, no dia seguinte, outra ainda mais nova. Afiado em novas percepções ele é, assim como o povo, de humores volúveis.

— Derrubar; para ele isso é provar. Enlouquecer; para ele isso é convencer. E o sangue é apontado por ele como o melhor de todos os argumentos.

— Uma verdade que se revela apenas a ouvidos afinados, ele chama falsidade e nulidade. Na verdade, ele crê apenas nos deuses que fazem um grande ruído no mundo!

— A praça está repleta de tolos barulhentos — e as pessoas se gloriam de seus grandes homens! Estes são para eles os senhores do momento.

— Mas o momento os pressiona; então eles pressionam a você. E também de você eles esperam um sim ou um não. Miséria sua! Pôs a sua cadeira entre o pró e o contra?

— Você que é amante da verdade, não tenhas ciúmes por causa desses espíritos opressores e impacientes! Nunca a verdade se apegou ao braço de um opressor.

— Por causa desses abruptos, retorne a sua segurança, ao seu lugar tranquilo: somente em público se é assaltado por um sim? Ou por um não?

— Lenta é a experiência com todas as fontes profundas. Há de se esperar muito até que se saiba o que existe naquelas profundezas.

— Exponha tudo o que é excelente longe do povo e da fama: longe da multidão e da glória habitam os criadores de valores novos. — Foge, meu amigo, para a sua solidão: eu o vejo atormentado por moscas venenosas de todos os lados.

— Fuja para longe, para um lugar onde sopre um vento forte, um vendaval!

— Foge para a sua solidão! Você viveu muito perto dos miseráveis e dos mesquinhos. Fuja da sua vingança invisível! Para você eles não têm nada além de vingança.

— Não levante mais um braço contra eles! São em milhares, e ser um espanta moscas não é o seu labor.

— Inúmeros são os miseráveis e mesquinhos; e muitas estruturas extraordinárias têm sido destruídas por gotas de chuva e pequenas ervas daninhas.

— Você não é uma pedra; mas você já se tornou trincado pelas numerosas gotas que lhe assolam. Milhares de miseráveis gotas ainda tentarão lhe quebrar e explodir.

— Eu o vejo exausto, por lhe sangrarem centenas de moscas venenosas; sangrando eu o vejo, e rasgado em cem pontos; e seu orgulho nem mesmo se deixa encolerizar.

— Sangue que eles desejam lhe tirar com toda a inocência; almas sem sangue que anseiam por sangue — e o picam, portanto, com toda a inocência.

— Mas você, que é profundo, sofre profundamente, mesmo as pequenas feridas; e antes que você se recupere, o mesmo verme maldito rasteja sobre a sua mão.

— Você é muito orgulhoso para matar esses insaciáveis. Mas tome cuidado para que, apesar do destino, não sofra toda essa venenosa injustiça!

— Eles também zumbem ao seu redor com seus louvores: insolentes são os elogios deles. Eles desejam estar próximo da sua pele e do seu sangue.

— Eles o louvam como alguém que louva a um deus ou a um demônio; eles choram diante de você, como diante de um deus ou de um demônio. Por que isso acontece? Os bajuladores são choramingadores, e nada mais.

— Eles também se mostram sempre amáveis para contigo. Mas isso sempre foi a prudência dos covardes. Sim! Os covardes são sábios!

— Eles pensam muito em você com suas almas limitadas — você é sempre suspeito para eles! Tudo o que é muito pensado, é finalmente muito suspeito.

— Eles o punem por todas as suas virtudes. Eles o perdoam no íntimo de seus corações, apenas pelos seus erros.

— Por ser gentil e de caráter íntegro, diz: — Irrepreensíveis são eles por sua pequena existência. Mas suas almas limitadas pensam: — Culpada é toda a grande existência.

— Mesmo que você seja gentil para com eles, eles ainda se sentem desprezados por você; e retribuem a sua beneficência com maldades secretas.

— Seu orgulho silencioso é sempre contrário ao gosto deles; eles se alegram se uma vez for humilde o suficiente para ser vaidoso.

— O que reconhecemos em um homem, também nos irrita. Portanto, esteja de prontidão contra os pequenos! Na sua presença eles se sentem pequenos, e sua baixeza se acende e inflama contra você em vingança invisível.

— Não viste que com frequência eles se tornavam mudos quando os abordava, e como a energia deles se esvoaçava como a fumaça de um fogo apagado?

— Sim, meu amigo, você é a má consciência desses seus vizinhos; pois eles são indignos de ti. Por isso o odeiam, e querem sugar o seu sangue.

— Seus vizinhos sempre serão moscas venenosas; o que há de grande em você — isto mesmo há de torná-los cada vez mais moscas e cada vez mais venenosos.

— Foge, meu amigo, foge para a sua solidão! — Vá para lá, onde um forte vento sopra. Não é sua sorte ser um espanta moscas.

Assim falou Zaratustra.

XIII. A CASTIDADE

— Eu amo a floresta. Morar nas cidades é ruim: lá... lá as pessoas são muito lascivas.

— Não é melhor cair nas mãos de um assassino que nos sonhos de uma mulher no cio?

— E apenas observe estes homens: seu olhar já diz — na terra, eles não fazem nada melhor que se deitar com uma mulher.

— Há lamaçal no fundo de suas almas! E pior desgraça é se a lama também tiver tomado o espírito deles!

— Se ao menos vocês fossem perfeitos como os animais! Mas aos animais pertence a inocência.

— Eu os aconselho a matar seus instintos? Eu recomendo a inocência aos seus instintos. Os aconselho a castidade? A castidade é uma virtude para alguns, mas outros é quase como um vício.

— Muitos conseguem se abster, com certeza. Mas a luxúria canina parece ter inveja de tudo o que eles fazem.

— Mesmo nas alturas de suas virtudes e na frieza de seu espírito, essa besta os persegue com sua inquietação.

— E muito bem pode a luxúria de uma cadela implorar por um pedaço de seu espírito, como se lhe fosse negado um pedaço de carne!

— Vocês amam as tragédias e tudo o que parte os corações? Mas eu desconfio dessa sua luxúria canina.

— Seus olhares são muito cruéis e olham com desprezo para os que sofrem. Seus desejos não se disfarçam e receberam nome de compaixão?

— E também esta parábola lhes dou: Não foram poucos os que, pretendendo expulsar seus demônios, entraram eles mesmos em porcos.

— A castidade não deve ser cogitada para aqueles a quem ela é difícil; para que não se torne um caminho a mais para o inferno — ou seja para a luxúria e lascívia da alma.

— Falo de coisas imundas? E essa não é a pior coisa.

— Não quando a verdade é imunda, mas quando ela é superficial. Faz o discernimento de alguém entrar indesejadamente em suas podres águas.

— Em verdade, existem os castos de sua própria natureza; eles são mais gentis e puros de coração, sorriem melhor e com mais constância que vocês.

— Eles riem também da castidade e perguntam: — O que é castidade?

— A castidade não é uma tolice? Mas a bobagem veio a nós, e não nós fomos a ela.

— Oferecemos abrigo e cuidado a essa hóspede: agora ela mora conosco. — Fique à vontade quanto tempo quiser!

Assim falou Zaratustra.

XIV. O AMIGO

— Um apenas é demais para mim! — pensa o solitário. — Um sempre se faz dois a longo prazo!

— Eu e eu mesmo sempre conversamos bastante e com muita sinceridade: como a vida poderia ser suportável se não houvesse um amigo?

— O amigo do solitário é sempre o terceiro: o terceiro é o filtro que impede que a conversa dos dois se afunde nas profundezas.

— Ah! Existem abismos demais para os solitários. Portanto, eles precisam muito de um amigo e por sua elevação.

— Nossa fé nos outros nos mostra aquilo em que desejamos ter fé em nós mesmos. Nosso desejo por um amigo é a nossa revelação.

— E, muitas vezes, com a nossa amizade, queremos apenas superar a inveja. E frequentemente criamos e atacamos potenciais inimigos para ocultar aquilo que em nós mesmos é vulnerável.

— Seja pelo menos meu inimigo! — assim fala a verdadeira reverência, aquela que não arrisca a reivindicar amizade.

— Se alguém quiser ter um amigo, então também deve estar disposto a fazer guerra por ele: e para fazer guerra, é preciso a capacidade de se fazer um inimigo.

— É ainda necessário honrar o inimigo do amigo. Não se pode caminhar próximo ao seu amigo sem estar junto dele?

— E em um amigo devemos ter também nosso melhor inimigo. Você estará mais próximo a ele quando ele se opuser a você ti.

— Não desejaria estar nu diante de seu amigo? É uma honra a seu amigo que você se mostra a ele assim como és? Mas por essa exposição ele pode mandá-lo ao inferno!

— Aquele que não guarda segredo de si mesmo choca: por tantas razões tem medo de sua nudez! Sim, se vocês fossem deuses, então poderiam ter vergonha de suas roupas!

— Não pode adornar-se suficientemente bem para seu amigo; pois serás para ele um objetivo e um desejo pelo Super-Homem.

— Já observou seu amigo enquanto ele dorme? Para saber como se parece? Qual é o semblante do seu amigo no dia a dia? É o seu próprio semblante, em um espelho tosco e irregular.

— Já viu seu amigo dormindo? Você não ficou consternado com o que seu amigo se parece? Ó meu amigo, o homem é algo que deve ser superado.

— Ao descobrir algo e manter o silêncio, seu amigo será um mestre: não tenha desejo de ver tudo. Seu sonho lhe revelará o que o seu amigo faz quando acordado.

— Seja a sua compaixão como uma adivinhação: saiba primeiro se seu amigo quer compaixão. Talvez o que ele ame em você seja o olhar adiante, o olhar para a eternidade.

— Esconda-te a sua piedade pelo seu amigo debaixo de uma casca grossa; e que você perca um dente ao mordê-la. Assim ela terá delicadeza e doçura.

— É ar puro, solidão, pão e remédio para o seu amigo? Muitos não podem afrouxar seus próprios grilhões, mas é um libertador para seu amigo.

— Você é um escravo? Então não pode ser um amigo. Você é um tirano? Então não pode ter amigos.

— Por muito tempo houve um escravo e um tirano escondidos na mulher. Por isso a mulher ainda não é capaz de fazer amizade: ela sabe apenas amar.

— No amor da mulher há injustiça e cegueira em tudo que ela não ama. E mesmo no amor consciente da mulher, ainda há sempre uma surpresa; raios e trevas junto com a luz.

— Até agora, a mulher não é capaz de fazer amizade: as mulheres ainda são como gatos ou pássaros. Ou, na melhor das hipóteses, vacas.

— Até agora a mulher não é capaz de amizade. Mas digam-me, homens, quem de vocês são capazes da amizade?

— Ó homens, quanta pobreza e sordidez de sua alma! Quanto mais você der a seu amigo, darei até ao meu inimigo, e não ficarei mais pobre assim.

— Que haja camaradagem! Que haja amizade!

Assim falou Zaratustra.

XV. OS MIL OBJETIVOS E UM ÚNICO OBJETIVO

— Zaratustra viu muitas terras e muitos povos: assim ele descobriu o bem e mal de muitos povos. Zaratustra não encontrou maior poder na terra que bem e mal.

— Ninguém poderia viver sem primeiro avaliar; se um povo vai se manter por si só, no entanto, não deve se avaliar como seu vizinho o avalia.

— Muito que aconteceu para o bem de um povo foi encarado como vergonha e desprezo por outro: assim eu o encontrei. Descobri muitas coisas que aqui julguei ruins, mas que lá estava enfeitado com as vestes púrpuras da honra.

— Nunca um vizinho entendeu o outro: sua alma sempre se maravilhou na ilusão e na maldade de seu vizinho. Uma mesa de excelências paira sobre todos os povos. Veja! É a mesa de seus esforços e triunfos; é a voz de sua vontade de poder.

— É louvável o que eles pensam ser difícil; o que é indispensável e difícil eles chamam de bom; e o que alivia os sofrimentos mais graves, o mais raro e mais difícil de todos, — eles exaltam como santidades.

— O que quer que você faça ao governar, conquistar e brilhar, serve para a consternação e inveja de seus vizinhos. Eles consideram primordial, acima de todas as coisas.

— A verdade, meu irmão! Se você soubesse apenas a necessidade de um povo, sua terra, seu céu, e seu vizinho, então adivinharia a lei de suas superações, e por que sobe essa escalada de sua esperança.

— Sempre será o primeiro e o mais destacado acima dos outros: sua alma ciumenta não amará ninguém, exceto seu amigo — isso faz tremer a alma de um grego. Assim ele trilhava o caminho para a grandeza.

— Dizer a verdade e ser hábil com arco e flecha! — isso é precioso e agradável a um só tempo ao povo do qual vem meu nome; nome que é agradável e difícil para mim.

— Honrar pai e mãe, e desde a raiz da alma fazer a sua vontade! — esta é a tábua de superação que outro povo teve como lema; e isso os tornou poderosos e eternos.

— Pratique a lealdade, e por uma questão de fidelidade arrisque a honra e o sangue, mesmo em situações más e perigosas. Ensinando-se assim a outras pessoas, domina-se a si próprio; e, assim, dominando-se, fica-se cheio e pesado de grandes esperanças.

— Na verdade, os homens deram a si mesmos todo o bem e o mal. Em verdade, eles não o pegaram, não o acharam, não lhes veio como uma voz do céu.

— O homem foi quem atribuiu valores às coisas para se perpetuar. Ele criou apenas o significado das coisas, um significado humano! Assim, chama a si mesmo de "homem", ou seja, de avaliador.

— Valorizar é criar: escutem, ouçam, criem! A avaliação em si é o tesouro e joia das coisas valorizadas.

— Somente através da avaliação, existe o valor; e sem avaliação o fruto da existência seria oco. Ouçam, vocês que estão criando!

— Mudança de valores — ou seja, mudança nos criadores. Aquele que cria também sempre destrói.

— De início foram os criadores o povo; para depois serem, nos últimos tempos, os indivíduos; na verdade, o próprio indivíduo ainda é a última criação.

— Em outros tempos os povos mantiveram uma tábua de valores acima dos bons. Amor que governaria e amor que obedeceria criaram juntos tais tábuas.

— Mais antigo é o prazer no rebanho que o prazer no eu; e enquanto a boa consciência é para o rebanho, a má consciência apenas diz: — Eu!

— Na verdade, o eu astuto, o sem amor, que busca sua vantagem naquilo que deveria ser vantagem de muitos — este não é a origem do rebanho, mas é sua ruína.

— Criadores e amantes sempre foram os que criaram o bem e o mal. O fogo do amor queima nos nomes de todas as virtudes; e o fogo da ira também.

— Muitas terras e povos viram Zaratustra; não houve maior poder visto por Zaratustra na terra que as criações dos amantes — "bons" e "maus" são chamados.

— Na verdade, é um monstro esse poder de louvar e culpar. Me digam irmãos, quem vai dominá-lo para mim? Quem colocará um grilhão nas mil cervizes deste animal?

— Mil objetivos até agora, pois mil povos os têm. Apenas falta o grilhão dos mil pescoços; está faltando o objetivo único. A humanidade ainda não tem o objetivo.

— Mas digam-me, meus irmãos, se ainda falta à humanidade o objetivo, não é porque ainda falta ela mesma, a própria humanidade?

Assim falou Zaratustra.

XVI. O AMOR AO PRÓXIMO

— Vocês se amontoam dispostos ao redor do seu vizinho e têm boas palavras para isso. Mas eu digo a vocês: o amor ao próximo é o seu péssimo amor próprio.

— Você foge de si mesmo em busca do próximo, e desejam tornar isso numa virtude disso, mas eu entendo o seu "altruísmo".

— O Você é mais experiente que o Eu; o Você acha-se consagrado, mas ainda não o Eu; assim o homem, dedicado, se aproxima do seu próximo.

— Eu aconselho a você a amar ao próximo? Em vez disso, recomendo que você viaje para longe e ame remotamente!

— Mais elevado que o amor ao próximo é o amor aos mais distantes e ao que está por vir; mais alto ainda que o amor aos homens, é o amor pelas coisas e pelos fantasmas.

— Esse fantasma que corre diante de você, meu irmão, é mais justo que você. Por que não lhe dá a sua carne e os seus ossos? Mas você teme, e corre em busca do seu próximo.

— Você não aceita o erro em si mesmo e não se ama suficientemente: mas quer fazer com que o outro o ame, procurando esconder suas limitações.

— Gostaria que você não pudesse suportar pessoas ou vizinhos realmente próximos; assim você teria que inventar um amigo pessoal que tenha coração abundante.

— Você convida um amigo para testemunhar bem de você; e quando ele é induzido a pensar bem a seu respeito, você mesmo se engana com isso.

— Não apenas mente a pessoa que fala contra o seu conhecimento; mas, mais ainda, quem fala contrário ao que não conhece. E assim é você falando de si mesmo em suas relações sociais, enganando seus amigos.

— Assim diz o néscio: "A associação com os homens estraga o caráter, especialmente se não o tivermos".

— Uma pessoa vai à outra apenas porque procura a si mesmo; e o outro porque deseja se apagar. O seu mau amor por si mesmo faz da solidão uma prisão para você.

— Os mais distantes são os que pagam por seu amor aos próximos; e quando há espaço para apenas cinco de vocês juntos, um sexto sempre deve morrer.

— Também não aprovo as suas festividades: muitos atores se encontram lá, e até os espectadores costumavam se comportar como atores cômicos.

— Não é o próximo que eu ensino a você, mas ensino o amigo. Deixe o amigo ser o festival da terra para você, e uma projeção que será o Super-Homem.

— Eu lhe ensino o amigo e seu coração pleno, transbordante. Mas é preciso saber como ser uma esponja quando se é amado por corações transbordantes.

— Eu lhe ensino o amigo em quem o mundo estará disponível, como uma cápsula do bem — um amigo criador, daqueles que sempre tem um mundo completo para doar.

— E como o mundo se desenvolveu para ele, também retornou para ele em anéis, como o crescimento do bem através do mal, como o crescimento do propósito fora do acaso.

— Que o futuro longínquo e o lugar distante sejam o motivo do seu dia de hoje; no seu amigo amarás o Super-Homem; tenha-o como seu motivo.

— Meu irmão, eu não o aconselho a amar ao próximo — eu aconselho você a amar!

Assim falou Zaratustra.

XVII. O CAMINHO DO CRIADOR

— Meu irmão! Você quer o isolamento? Procuraria você o caminho para levá-lo a si mesmo? Espere um pouco mais e ouça-me.

— Quem se procura a si mesmo pode facilmente se perder. Todo isolamento está errado. — assim diz o rebanho. E por muito tempo pertenceste a esse rebanho.

— A voz do rebanho ainda ecoa em você. E quando diz: “Eu não tenho mais consciência em comum com vocês”, então será uma queixa e uma dor imensa.

— Eis que a própria dor produziu essa consciência comum; e o último brilho dessa consciência ainda brilha na sua aflição.

— Mas você quer o caminho da sua aflição, que é o caminho para você mesmo? Então me mostre sua autoridade e sua força para fazê-lo!

— Você é uma nova força e uma nova autoridade? Um movimento inicial? Uma roda giratória? Também pode compelir estrelas a girarem em torno de você?

— Ai! Existe tanto desejo por grandiosidade! Há muitas convulsões por ambição! Mostre-me que você não é também um cobiçoso ou um ambicioso!

— Ai! Existem tantos pensamentos excelentes que nada mais fazem que o fole: eles se incham de nada e tornam-se ainda mais vazios que nunca.

— Livre? Você se chama livre? Qual pensamento dominante seu eu ouviria falar, e não que você escapou de uma cadeia.

— Você está autorizado a escapar desta cadeia? Muitos rejeitaram seu valor final quando rejeitou sua escravidão.

— Livres de quê? O que isso importa para Zaratustra! Claramente, no entanto, os seus olhos me mostrarão: livres para quê? Pode dar a si mesmo o seu mal ou o seu bem, e estabelecer a sua vontade como uma lei sobre você? Você pode julgar por si mesmo e ser o vingador da sua lei?

— Terrível é a solidão de ser juiz e o vingador da própria lei. É como ser uma estrela projetada no espaço do deserto e no sopro gelado da solidão.

— Hoje ainda a multidão ainda o atormenta, indivíduo; hoje ainda tens a sua coragem inabalável e as suas esperanças. Mas um dia a solidão o cansará; um dia seu orgulho cederá, e sua coragem cochilará. Um dia chorarás: “Estou sozinho!”

— Um dia não verá mais a sua grandeza e verá de perto a sua decadência; sua própria grandiosidade o assustará como um fantasma. Você desejará clamar: "Tudo é falso!"

— Há sentimentos que desejam matar o solitário; se eles não têm sucesso, então eles mesmos devem morrer! Mas você seria capaz disso; de ser um assassino?

— Você já conheceu, meu irmão, a palavra "desprezo"? E a angústia de sua justiça em defesa própria contra aqueles que o desprezam?

— Forças muitas pessoas a mudarem ideias a seu respeito; eles que cobram alto contra a sua conta. Você chegou perto demais deles, e ainda passou adiante; por isso é que nunca o perdoam.

— Você vai além deles; mas quanto mais alto você se eleva, maior é o olho de inveja com que o olham. Acima de todos é odiado aquele que voa.

— Como vocês poderiam ser justos comigo? — mas você deve dizer — "Escolho a sua injustiça como a parte a mim destinada."

— A injustiça e a imundície deles lançam-nos na solidão: mas, meu irmão, se você quer ser uma estrela, você deve brilhar ainda mais por eles, não menos da conta!

— E esteja de prontidão contra os bons e justos! Eles crucificariam aqueles que inventam suas próprias virtudes; eles odeiam os solitários.

— Esteja em guarda, também, contra a santa simplicidade! Tudo o que não é simples a eles é profano; da mesma forma, é prazeroso brincar com o fogo — daí à fogueira.

— E guarde-se também contra os seus excessos de amor! Muito rapidamente o solitário estende a mão a quem o encontra. A muitos não pode dar a mão; dê apenas a pata; e eu desejo que os dê também suas garras.

— Mas o pior inimigo que você pode encontrar, sempre será você mesmo. Observe-se a si próprio nas cavernas e nas florestas.

— Você é um solitário, volte-se para o caminho que conduz a si mesmo! E esse caminho passa por você mesmo, além de mais sete demônios!

— Você será um herege para si mesmo, um feiticeiro e um adivinho, e um tolo, um incrédulo, um réprobo e vilão.

— Você deve estar pronto para se queimar em sua própria chama. Como pode se recompor? Como pode nascer de novo se ainda não se tornou cinza?

— Você é um solitário, que percorre o caminho do criador: queres transformar os seus sete demônios em um deus para adoração!

— Você é um solitário, e vai pelo caminho dos amorosos; e por isso desprezas a si mesmo, como somente os amorosos se desprezam.

— Criar, deseja aquele que ama, porque ele se despreza! O que ele sabe de amor que não o tenha obrigado a desprezar exatamente o que amava?

— Vai para seu isolamento, meu irmão, e leva contigo a sua criação; e tarde será quando a manca justiça caminhará até você.

— Minhas lágrimas o acompanhem, meu irmão, até o seu isolamento. Eu amo aqueles que buscam criar coisas maiores que a si próprios, e ainda assim, sucumbir por essa causa.

Assim falou Zaratustra.

XVIII. MULHERES VELHAS E MULHERES JOVENS

— Por que anda tão furtivamente no crepúsculo, Zaratustra? E o que esconde tão cuidadosamente sob o seu manto? É um tesouro que lhe foi dado? Ou uma criança que nasceu a você? Ou ainda vai em missão de um ladrão, amigo do mal?

— Em verdade, meu irmão — disse Zaratustra —, é um tesouro que me foi dado: é uma pequena verdade que carrego.

— Mas ele é travesso como uma criança pequena; e se eu não lhe segurar a boca, grita muito alto alguns desaforos.

— Hoje, enquanto seguia solitário o meu caminho, na hora em que o sol diminui, conheceu-me uma mulher idosa e falou assim à minha alma:

— Zaratustra falou muito conosco também, mulheres; mas nunca falou conosco a respeito da mulher.

E eu respondi a ela: — No que diz respeito à mulher, só se deve falar com os homens.

— Fale também comigo sobre as mulheres. — disse ela; — Eu tenho idade avançada e logo me esquecerei.

Concordei com aquela senhora e assim falei a ela:

— Tudo na mulher é um enigma, e tudo na mulher tem uma solução — a gravidez. O homem é para a mulher um meio: o objetivo é sempre o filho. Mas o que é mulher para homem?

— Duas coisas diferentes querem o homem verdadeiro: perigo e diversão. Por isso, quer a mulher como o brinquedo mais perigoso. O homem deve ser treinado para a guerra, e a mulher para a recreação do guerreiro: tudo o mais é loucura.

— Frutos doces demais aos guerreiros não agradam. Portanto, a ele, mesmo a mulher mais doce também tem o seu amargo.

— A mulher entende seus filhos melhor que o homem; e esse é mais infantil que mulher.

— No verdadeiro homem há uma criança escondida: e ela quer brincar. Avante mulheres, descubram a criança no homem!

— A mulher seja ao homem como um brinquedo; pura e fina como uma pedra preciosa, iluminada com as virtudes de um mundo ainda inexistente.

— Deixe seu amor cintilar como o raio de uma estrela! Deixe sua esperança dizer — posso suportar o Super-Homem!

— Haja valor em seu amor! Com seu amor derrotará aquele que inspira medo!

— No seu amor esteja a sua honra! A simples mulher não entende sobre a honra. Mas que seja esta a sua honra: amar sempre mais que é amada, e que nunca seja a segunda.

— Que o homem tenha temor da mulher quando ela ama; então ela fará todo sacrifício, e tudo o mais ela considera inútil.

— Que o homem tema a mulher quando ela ama; porque o homem em sua alma mais íntima é minimamente mau; a mulher, no entanto, é perversa.

— O que mais odeia a mulher? — e o ferro falou assim ao imã: — Eu o odeio, porque tem força para atrair, mas não tem força o suficiente para se sujeitar.

— A felicidade do homem é o "eu desejo". A felicidade da mulher é "ele deseja".

— Eis que agora o mundo se tornou perfeito! — assim pensa toda mulher quando se submete com todo o seu amor.

— A mulher deve obedecer, e deve encontrar uma profundidade além de sua superfície. A alma da mulher é a Superfície; uma leve película acima de águas rasas e tempestuosas.

— A alma do homem, no entanto, é profunda. Sua corrente jorra em cavernas subterrâneas: a mulher supõe sua força, mas nunca a compreende.

Então me respondeu a velha: — Muitas coisas boas disse Zaratustra: especialmente para aquelas que são jovens demais para eles. Estranho! Zaratustra sabe pouco sobre as mulheres e, no entanto, ele está certo sobre os homens! Isso acontece porque com as mulheres nada é impossível?

— E agora aceite de mim uma pequena verdade como forma de agradecimento! Eu tenho idade suficiente para lhe dizer isso! Envolva-a e segure firme a boca dessa pequena verdade: caso contrário, ela gritará muito alto.

— Me dê, mulher, sua pequena verdade! — disse eu. E assim falou a velha:

— Vá às mulheres? Não se esqueça do seu chicote!

Assim falou Zaratustra.

XIX. O ATAQUE DA VÍBORA

Em certo dia de muito calor, Zaratustra adormeceu debaixo de uma figueira; tinha os braços sobre a testa. Eis que veio uma víbora e o mordeu no pescoço, de modo que Zaratustra gritou de dor. Quando tirou os braços do rosto, ele olhou para a serpente; que então reconheceu os olhos de Zaratustra, se contorceu sem jeito e tentou fugir.

— De modo nenhum — disse Zaratustra —, ainda não recebeste o meu agradecimento! Me despertou a tempo; minha jornada ainda é longa.

— Sua jornada agora é curta — disse a víbora agora entristecida —, meu veneno é fatal.

Zaratustra sorriu. — Quando é que alguma vez um dragão morreu do veneno de uma serpente? — disse ele. — Mas tome de volta o seu veneno! Você não é rica o suficiente para me presentear com ele.

Então a víbora se lançou novamente ao pescoço de Zaratustra e lhe sugou a ferida.

Quando Zaratustra contou essa história a seus discípulos, eles perguntaram: — E qual é, Zaratustra, a moral da sua história?

Zaratustra respondeu assim: — O destruidor da moralidade; assim me chamem os bons e os justos, minha história é imoral.

— Quando, porém, tiver um inimigo, não lhe devolva o bem pelo mal; isso o envergonharia. Mas prove-o que ele fez a você algo excelente.

— Em lugar de o humilhar é melhor o levar à cólera! E quando você é amaldiçoado, não me agradará que deseje então o abençoar. Então amaldiçoe-o também.

— Além disso! Se uma grande injustiça acontecer contra você, faça rapidamente cinco pequenas injustiças.

— É hediondo de se ver aquele a quem as injustiças se apegam.

— Você já sabe disso? Injustiça compartilhada é meia justiça. E quem pode suportar, tomará muitas sobre si mesmo!

— Uma pequena vingança é mais humana que nenhuma vingança. E se o castigo não é também um direito ou uma honra ao transgressor, eu não aprovo o seu castigo.

— No entanto, é mais nobre declarar-se errado que tentar estabelecer o seu direito, especialmente se estiver certo. Só que é preciso ser rico o suficiente para agir assim.

— Não me agrada a sua fria justiça; fora dos olhares de seus juízes, sempre há o olhar do carrasco e seu aço gelado.

— Diga-me: onde encontrar a justiça, que é o amor com os olhos atentos? Inventa-me, então, o amor que não apenas suporta todo castigo, mas também toda culpa!

— Inventa-me, então, a justiça que absolve todos, exceto os juízes! E você ouviria mais? Para quem procura ser apenas do coração, até a mentira se torna filantropia.

— Mas como eu poderia ser verdadeiramente justo? Como posso dar a cada um o que é seu? Que isso seja suficiente para mim: que eu dê a cada um o que é meu.

— Finalmente, meus irmãos, protejam-se de fazer algo injusto com qualquer solitário. Como poderia um anacoreta esquecer! Como ele poderia revidar!

— O eremita é como um poço profundo. É fácil jogar uma pedra; e ela indo ao fundo, diga-me, quem poderá recolhê-la?

— Evite ferir um solitário! Mas se você o fez, aproveite e mate-o de uma vez!

Assim falou Zaratustra.

XX. OS FILHOS E O CASAMENTO

— Eu tenho uma pergunta somente para você, meu irmão: como um líder, eu faço esta pergunta para sondar sua alma, para que eu possa conhecer a sua profundidade.

— Você é jovem, e deseja ter filhos e contrair um casamento. Mas eu lhe pergunto: você é um homem habilitado a desejar um filho?

— Você é um vitorioso, conquistador de si mesmo, um governante das tuas paixões, um mestre das suas virtudes? Isso eu lhe questiono.

— É você ou é um animal feroz que fala em seus desejos e necessidades? Ou é o isolamento? Ou a discórdia contra você mesmo?

— Eu desejo que a sua vitória e sua liberdade anseiem durante muito tempo por uma criança. Você deve levantar monumentos vivos à sua vitória e emancipação. Algo que seja maior que você mesmo.

— Antes de tudo porém, é necessário que tenha construído a si mesmo; construção retangular em corpo e alma. Você não deve apenas se propagar ao futuro, mas deve exceder-se para o alto também. Para esse excelente propósito que é o matrimônio e seu jardim!

— Assim você criará um ser superior, um primeiro movimento, um movimento espontâneo, uma roda que gira por si só. Quem criará?

— O matrimônio, assim eu o chamo, deve ser a vontade de duas pessoas para criar aquele que é mais que aqueles que o criaram. A reverência de um pelo outro, com ambos fazendo isso por boa vontade, chamo a isso casamento.

— Que este seja o significado e a verdade do seu casamento.

— Mas aquilo a que os muitos supérfluos chamam de casamento, — ah, aqueles supérfluos — como devo chamar?

— Ah, a pobreza da alma desses dois! Ah, a sujeira da alma dos dois! Ah, a lamentável autopiedade dos dois! Casamento eles chamam tudo; e eles dizem que seus casamentos são feitos também no céu.

— Bem, eu não aprovo esse céu dos supérfluos! Não eu não gosto deles, aqueles animais aprisionados em suas redes celestiais!

— Longe de mim também esteja o Deus que lá está para abençoar o que eles não têm em comum!

— Não ria de tais casamentos! Que criança não teve motivos para chorar seus pais?

— Um homem parecia digno e maduro o suficiente para expor seu sentido sobre a terra: mas quando eu vi a sua esposa, a terra me parecia um lar para dementes.

— É verdade, eu gostaria que passasse por um terremoto quando um santo e uma pata acasalassem um com o outro.

— Este homem, como se fosse um herói, saiu em busca da verdade, e finalmente conseguiu ele mesmo uma pequena mentira enfeitada: essa mentira ele chama casamento.

— Ele que era frio em suas relações e exigente em suas seleções, escolheu distraidamente. Assim estragou sua sociedade para sempre: ele chama a isso casamento.

— Outro procurou uma criada com as virtudes de um anjo. Mas de repente ele se tornou servo da mulher, e agora ele também precisa se tornar um anjo.

— Encontrei agora muitos compradores, e todos eles têm olhos astutos e são muito confiantes. Mas até o mais astuto deles adquire sua esposa no escuro.

— Muitas pequenas loucuras — é isso o que vocês chamam de amor. E seu matrimônio se arruína ao fim das muitas pequenas loucuras, tudo se torna uma grande estupidez.

— Seu amor por uma mulher e o amor da mulher por um homem — ah, seria isso? Simpatia pelo sofrimento e por divindades veladas! Mas geralmente dois animais sempre se atraem um ao outro.

— Mas mesmo o seu mais sublime amor é apenas uma ideia extasiada e um doloroso ardor. É uma tocha para iluminar você por caminhos mais altos.

— Esse amor será uma luz acima de você. Ame um dia! Mas aprenda antes de todas as coisas, a amar.

— É por esse motivo que você deve beber o cálice amargo do seu amor. A amargura está no cálice, mesmo do melhor amor: assim ele provoca um anseio pelo Super-Homem; assim ele causa sede em você! O criador; sede no criador, meta e anseio pelo Super-Homem; diga-me meu irmão, esta é a sua vontade de casar?

— É um santo chamado esse seu desejo pelo matrimônio.

Assim falou Zaratustra.

XXI. MORTE VOLUNTÁRIA

— Muitos morrem tarde demais e alguns morrem cedo demais. No entanto, soa estranho o preceito: Morra no tempo certo!

Morra na hora certa: assim ensina Zaratustra.

— Para ter certeza, aquele que nunca vive na hora certa, como ele pode morrer no tempo certo? Gostaria que ele nunca tivesse nascido! — Assim, aconselho aos supérfluos.

— Mas os frívolos fazem muito barulho pela morte, e até a noz oca insiste em ser partida. Todos consideram que a morte é uma grande questão; mas a morte não é um festival. As pessoas ainda não aprenderam a se preparar para os melhores festivais.

— Eu lhes mostro a morte necessária; aquela que se torna um estímulo e promessa aos vivos. Uma morte triunfante, uma morte que consome ao que morre; morte cercada pelos esperançosos e pelos promissores.

— Assim alguém deve aprender a morrer; assim não haveria festivais em que o moribundo não se consagre em juramentos dos vivos!

— Assim, morrer é melhor; melhor ainda, no entanto, é morrer em batalha, em sacrifício a uma grande alma.

— Mas para o lutador é igualmente odiosa quanto para o vencedor, é a morte sorridente que vem roubar quase como um ladrão — e ainda assim vem como sendo magistral.

— A minha morte eu a louvo, a morte voluntária que vem a mim porque eu a quero. E quando a hei de querer? — Quem tem uma meta e um herdeiro, quer a morte no momento certo para essa meta e para o herdeiro.

— E por reverência a esta meta e ao herdeiro, ele não pendurará mais grinaldas murchas no santuário da existência.

— Em verdade, não desejo me assemelhar aos fabricantes de cordas: estes sempre andam para trás enquanto esticam seus cordões.

— Há muitos também que envelhecem demais para suas verdades e triunfos; uma boca desdentado não tem mais direito a proferir verdades.

— E quem quiser ter fama, deve deixar a honra de vez em quando, e praticar a difícil arte de partir no tempo certo.

— É preciso deixar de ser o banquete de outro quando alguém se provar melhor: esta regra é conhecida há muito tempo por quem quer ser amado.

— Certamente as maçãs ácidas existirão, sem dúvida; mas o destino delas é esperar até o último dia de outono: ao mesmo tempo amadurecem, amarelam e murcham.

— Em alguns, primeiro envelhece o coração e, em outros, o espírito. E alguns são velhos na juventude, mas os jovens tardios mantêm-se por longo tempo.

— Para muitos homens, a vida é um fracasso; vermes venenosos roem seus corações. Então que se cuidem para que suas mortes lhes sejam sucessos maiores.

— Muitos nunca se tornam doces; se tornam podres ainda no verão. É a covardia que se apega aos seus ramos.

— Há muitos vivem por muito tempo pendurados em seus galhos. Que venha uma tempestade e jogue por terra toda essa podridão que é devoradora da árvore!

— Gostaria que viessem os pregadores da morte rápida! Esses seriam as tempestades e agitadores apropriados às árvores da vida! Mas eu ouço apenas que pregam a morte lenta e paciência com tudo o que é terreno.

— Ah! Pregam paciência com o que é terreno? Este terreno é que tem muita paciência com vocês, blasfemos!

— Em verdade, morreu muito cedo o hebreu a quem os pregadores da morte lenta honram: e para muitos, a morte prematura dele provou ser uma calamidade.

— Até o momento, ele conhecia apenas as lágrimas e a melancolia dos hebreus, juntas com o ódio dos bons e dos justos — o Jesus hebreu: isso o levou a ser tomado pelo desejo de morrer.

— Se tivesse permanecido no deserto, e longe dos bons e justos! Então, talvez, ele teria aprendido a viver e amar a terra e também os sorrisos!

— Acredite, meus irmãos! Ele morreu cedo demais; ele mesmo teria negado sua doutrina se ele tivesse atingido a minha idade! Mas era bastante nobre para negar!

— Mas ele ainda era imaturo. O amor dos jovens precisa alcançar maturidade; e imaturos também odeiam o homem e a terra. Confinadas e atrofiadas ainda são sua alma e as asas do seu espírito.

— Mas no homem há mais de uma criança e menos de melancolia que em sua juventude: ele entende melhor sobre a vida e a morte.

— É livre para a morte e livre na morte; um santo pessimista, quando não há mais tempo para o sim: assim ele entende a respeito da morte e da vida.

— Para que a sua morte não seja uma blasfêmia contra o homem e a terra, meus amigos: desejo mais doçura do mel da sua alma.

— Em sua morte, seu espírito e suas virtudes devem brilhar como uma tarde refulgente ao redor da terra: caso contrário, sua morte será malograda.

— Assim, eu mesmo morrerei, para que meus amigos amem a terra ainda mais por minha causa; e terra voltarei a ser, para nela sepultar tudo aquilo que me aborreceu.

— Na verdade, uma meta tinha Zaratustra; ele jogou a sua bola. Agora sejam amigos e herdeiros do meu objetivo; a você jogo a bola dourada.

— Sobre todas as coisas meus amigos, gosto de os ver lançar a bola de ouro! E ainda me demoro aqui na terra por esta razão. Me perdoem por isso!

Assim falou Zaratustra.

XXII. A VIRTUDE DADIVOSA

I

Quando Zaratustra se despediu da cidade em que tinha seu coração anexado, cujo nome é "Vaca Malhada", muitas pessoas que se diziam discípulos o seguiram e faziam companhia.

Entretanto, ao chegarem eles em uma encruzilhada Zaratustra disse que dali em diante desejava de ir sozinho; pois ele era amigo das andanças solitárias. Seus discípulos, ao se despedirem o presentearam com um bastão que tinha uma haste dourada e na extremidade uma serpente enrolada ao sol.

Zaratustra se alegrou muito por causa da prenda e se apoiou nela; então ele falou aos seus discípulos:

— Digam-me como o ouro alcançou o mais alto valor? Se ele é raro e sem valor, se é radiante e suave no brilho; e sempre doa a si mesmo.

— Somente como símbolo da maior virtude veio o ouro a ter o mais alto valor. O olhar daquele que doa brilha como o ouro. O brilho do ouro faz a paz entre lua e sol. Rara é a maior virtude, e não visa lucros, é radiante e suave por seu brilho: a virtude da doação é a maior virtude.

— Em verdade os adivinho, meus discípulos; esforçam como eu pela virtude dadivosa. O que vocês devem ter em comum com gatos e com os lobos?

— A sua ambição é tornar-se sacrifícios e presentes a si próprios: e, portanto, têm sede de acumular todas as riquezas em suas almas. Suas almas insaciáveis se esforçam por tesouros e joias, porque sua virtude é insaciável em querer se doar.

— Forcem todas as coisas a fluírem em suas direções e de vocês, para que elas fluam de volta e tornem a emanar como dádivas de seu amor.

— Em verdade, é preciso que tal amor dadivoso se faça como um saqueador de altos valores; e é declarado são e santo este egoísmo.

— Existe outro egoísmo, um tipo muito pobre e faminto, que sempre deseja roubar — é o egoísmo dos doentes, o egoísmo doentio. Com os olhos de um ladrão, ele vê tudo o que é brilhante; com a ânsia como a da fome, mede quem tem abundância; e sempre rondam as mesas dos doadores.

— O que pronuncia a partir dessa doença é uma degeneração invisível; o desejo ardente deste egoísmo é que fala a partir deste corpo enfermo.

— Diga-me, meu irmão, o que achamos ruim e a pior de todas as coisas? Não é a degeneração? — E sempre intuímos degeneração quando a alma que doa esta em falta.

— Ascendente segue o nosso caminho, de espécies para superespécies. Mas para nós é um horror e nos assombra o sentido degenerativo que diz: "Tudo a meu favor".

— O símbolo de nosso corpo é um símbolo de elevação; assim nosso sentido sempre voa para o alto. Semelhantes a tais elevações são os nomes das virtudes.

— Assim o corpo atravessa a história, lutando e sempre se elevando. E o espírito — o que é isso ao corpo? Um arauto de lutas e vitórias, seu companheiro e eco.

— Símbolos, assim são todos os nomes do bem e do mal; eles não falam, eles apenas dão sinais. Um tolo é o que lhes mendiga conhecimento!

— Fiquem atentos, meus irmãos, a cada hora em que seu espírito falar por simbologias: assistam então à origem da sua virtude.

— Aí é quando o seu corpo será ressuscitado e elevado; e com sua alegria, arrebatará o espírito; de modo que se torne criador, apreciador, amante, e benfeitor de tudo.

— Quando seu coração transborda em sua largura e plenitude como o rio; se torna uma bênção e um perigo para as terras baixas: assistir então à origem da sua virtude.

— Quando são exaltados acima do louvor e da censura, e a sua vontade ordena a todos as coisas, como a vontade de amar: aí então está a origem da sua virtude.

— Quando desprezam coisas agradáveis como a cama macia, e não podem crer longe o suficiente da frouxidão para o repouso: aí existe a origem de sua virtude.

— Quando são voluntários de uma vontade, e quando essa mudança de necessidades é salutar a vocês: existe aí a origem de sua virtude.

— Em verdade, este é um novo bem e mal!

— É, em verdade, um novo e profundo murmúrio, e a voz de uma nova fonte! Essa nova virtude é poder; é um pensamento dominante que gravita em torno de uma alma sutil como um sol dourado com a serpente do conhecimento ao seu redor.

II

Então Zaratustra parou por um tempo e olhou carinhosamente para seus discípulos. E continuou falando assim, sua voz porém, era mudada:

— Permaneçam fiéis à terra, meus irmãos, com o poder de sua virtude! Deixem que seu amor e seu conhecimento sejam dedicados ao significado da palavra terra!

— Assim rogo e conjuro a vocês. Não voem para longe do terreno e batam contra paredes eternas com suas asas! Ah, sempre houve tantas virtudes perdidas!

— Conduza, como eu, a virtude abandonada de volta à terra — sim, de volta ao corpo e à vida: para que dê à terra seu significado, um significado humano!

— Centenas de vezes o espírito e a virtude tem-se extraviado e enganado de muitas maneiras diferentes. Ai! Em nosso ser habita ainda toda essa loucura e ilusão: se tornaram em corpo e desejo.

— Centenas de vezes até agora o espírito e a virtude tentaram e se equivocaram. Sim, o homem foi apenas uma tentativa. Infelizmente, muita ignorância e muitos erros se tornaram incorporados em nós!

— Não apenas a racionalidade dos milênios — mas também sua loucura se revela em nós. É perigoso ser um herdeiro. Ainda lutamos, passo a passo, contra o gigante do acaso, e por toda a humanidade até agora reinava o absurdo e a falta de sentido.

— Que seu espírito e sua virtude sejam dedicados ao sentido da terra, meus irmãos: que o valor de tudo seja determinado novamente por vocês! Portanto serão combatentes! Para isso serão criadores!

— O saber purifica o corpo; o esforço inteligente exalta a si mesmo; para os homens de espírito todos os impulsos se sacralizam; ao ser exaltada a alma se torna alegre.

— Médico, cure-se a si mesmo, então também curará o seu paciente. Deixe que esta seja a sua melhor cura para ver com os olhos quem se faz inteiro.

— Existem mil trilhas que nunca foram experimentadas; mil fontes de saúde e ilhas de vida escondidas. Ainda não foi descoberto e é inesgotável ao homem o mundo e seu próprio ser.

— Despertai e escutai, solitários! Do futuro vêm ventos secretos, e aos ouvidos finos proclamam boas novas. Vocês, hoje, são os solitários, os que se separam; mas um dia seremos um povo: dentre vocês que se isolaram, um povo escolhido se levantará: — e destes se fará o Super-Homem.

— A Terra, em verdade, a terra se fará em um lugar de cura! E já há um novo perfume difundido em seu redor. Um odor que traz salvação e uma nova esperança!

III

Quando Zaratustra pronunciou essas palavras, ele emudeceu em uma pausa, como alguém que não concluiu seu discurso; e por muito tempo ele manteve seu auditório estático ao seu dispor. Por fim, ele com voz mudada falou assim:

— Agora, meus discípulos, eu vou sozinho! Agora vocês também irão embora, e sozinhos! Assim desejo.

— Em verdade, aconselho que se afastem de mim e guardem-se contra Zaratustra! E melhor ainda: tenham vergonha dele! Talvez ele os tenha enganado. O homem do conhecimento deve ser capaz não apenas de amar seus inimigos, mas também de odiar seus amigos.

— Recompensamos mal a um professor se permanecermos apenas como seus alunos. E por que não desejam arrancar os louros de minha coroa?

— Observem... e se sua veneração algum dia desmoronar? Tomem cuidado para que aquela estátua não os esmaguem!

— Vocês dizem que acreditam em Zaratustra? Mas qual é a conta a favor de Zaratustra! Vocês são meus crentes: mas o que importa todos os crentes!

— Vocês ainda não se procuraram; então me encontraram. Assim fazem todos os que creem; por isso toda crença é de muito pouca importância.

— Agora peço que me percam e se encontrem; e somente quando todos me negarem, retornarei a vocês. Em verdade, com outros olhos, meus irmãos, procurarei minhas ovelhas perdidas; e com outro amor então eu amarei vocês.

— E mais uma vez os tornarei amigos para mim e filhos de uma só esperança: então estarei com vocês pela terceira vez, para celebrar o grande meio-dia.

— E o grande meio-dia será quando o homem se encontrar no meio de seu trajeto entre o animal e o Super-Homem, o afamado; e comemorará seu avanço à noite como sua maior esperança, pois este é o avanço para uma nova manhã.

— Nesse momento o solitário se abençoará, para que ele seja um vencedor; e o sol de seu conhecimento estará ao meio-dia.

"Mortos são todos os deuses: Agora desejamos um Super-Homem para viver!" — Deixe que esta seja a nossa vontade final no meio-dia!

Assim falou Zaratustra.

SEGUNDA PARTE

" — e somente quando todos me negarem, retornarei a vocês. Em verdade, com outros olhos, meus irmãos, procurarei minhas ovelhas perdidas; com outro amor então eu amarei vocês." — ZARATUSTRA.
"A Virtude Dadivosa"

XXIII. A CRIANÇA COM O ESPELHO

Depois disso, Zaratustra voltou novamente às montanhas para a solidão de sua caverna, e retirou-se dos homens, esperando como um semeador que espalhou sua semente. Sua alma, no entanto, tornou-se impaciente e cheia de saudade daqueles a quem amava: porque ainda tinha muito a doar. Pois isso é o mais difícil que tudo: fechar uma mão aberta ao amor e manter a contenção em doar.

Assim passou solitários meses e anos; enquanto isso, sua sabedoria lhe aumentava, e causava-lhe dor por sua plenitude.

Em certa alvorada, porém, ele acordou antes do nascer do sol, e tendo meditado por muito tempo ainda na cama, finalmente falou assim ao próprio coração:

— Assustei-me tanto em meu sonho que acordei! Uma criança não veio a mim carregando um espelho?

— Ó Zaratustra! — disse-me a criança — Olhe-se no espelho!

— Mas quando olhei no espelho, gritei e meu coração palpitava por não ver minha miragem ali, mas um demônio em careta de escárnio.

— Na verdade, compreendo muito bem o significado e a intenção do sonho: meus ensinamentos estão em perigo; o joio se faz passar por trigo!

— Meus inimigos se tornaram poderosos e desfiguraram a semelhança da minha doutrina, para que meus queridos sejam envergonhados pelos presentes que lhes dei. Perdidos estão meus discípulos; chegou a hora de eu procurar as minhas ovelhas perdidas!

Com estas palavras, Zaratustra começou, não como uma pessoa angustiada ou desalentada, mas sim como um profeta e um cantor a quem o espírito inspira. Com espanto sua águia e sua serpente o contemplaram: como uma aurora luminosa, que se aproximava, a felicidade se mostrou em seu semblante.

— O que aconteceu comigo, meus animais? — disse Zaratustra. Eu não sou transformado? A felicidade não vem em mim como um vendaval? A minha felicidade é apenas uma tolice, e coisas tolas dirão: — Ela ainda é muito jovem, tenha paciência!

— Estou ferido em minha felicidade: todos os que sofrem serão como médicos para mim!

— Aos meus amigos posso descer novamente, e também aos meus inimigos! Zaratustra pode novamente falar e se doar; mostrar seu melhor amor aos seus discípulos queridos!

— Meu impaciente amor transborda em correntes, e desce em direção ao nascer e ao pôr do sol. Das montanhas silenciosas e das tempestades da aflição, minha alma se precipita aos vales.

— Por muito tempo eu desejei, sofri e olhei à distância. Por muito tempo a solidão me possuía; assim, eu desaprendi a manter o silêncio.

— Eu me tornei como um discurso totalmente enunciado; como o gritar de um riacho do alto das rochas para baixo nos vales vou atirar meu discurso. E deixarei o fluxo do meu amor varrer os canais nunca transitados! Como um riacho não chegaria finalmente ao mar?

— Antes, havia um lago em mim, isolado e contente de si mesmo; mas a corrente do meu amor me leva isso, a percorrer até o mar!

— Novos caminhos eu trilho agora, e um novo discurso vem a mim; me tornei cansado como todos os falantes das antigas línguas. Meu espírito não mais andará com calçados velhos.

— Toda linguagem antiga me torna lento em excesso, tudo em mim se agita dizendo: "Subo em sua carruagem, ó tempestade! E até você vou chicotear com a minha intensidade!"

— Como um grito e uma exclamação de júbilo atravessarei mares largos, até encontrar as bem aventuradas ilhas onde meus discípulos se encontram; e meus inimigos entre eles! Agora amo cada um a quem eu possa falar! Mesmo meus inimigos pertencem agora a minha felicidade.

— E quando eu quero montar meu cavalo mais selvagem, minha lança é o que mais me encoraja: ela é o servo sempre pronto ao meu lado. A lança que atiro contra os meus inimigos! Quão grato sou pelos meus inimigos quando posso finalmente abatê-los!

— Há grande tensão em minha nuvem: muitas rajadas de relâmpagos e chuvas de granizo nas profundezas lançarei. Violentamente, meu peito se excitará; e lançará sua tempestade sobre as montanhas: assim cumpre o seu desejo.

— Na verdade, como uma tempestade vem minha felicidade e minha liberdade! Mas meus inimigos pensarão que o mal é que ruge sobre suas cabeças.

— Sim, vocês também, meus amigos, ficarão alarmados com minha selvagem sabedoria; e talvez vocês até fujam, juntamente com os meus inimigos.

— Ah, mas que eu saiba como atraí-los de volta com as flautas dos pastores! Ah, que minha sabedoria como a da leoa saiba rugir baixinho! Muito temos que aprender um com o outro!

— Minha sabedoria selvagem ficou grávida nas montanhas solitárias; no bruto das pedras ela carregou o mais novo de seus filhotes. Agora corre ela loucamente no deserto árido, e procura o pasto macio — minha velha e selvagem sabedoria!

— Na suave relva dos seus corações, meus amigos! No seu amor, ela encontra sua cama macia!

Assim falou Zaratustra.

XXIV. NAS ILHAS DA BEM-AVENTURANÇA

Os figos que caem das árvores são bons e doces; e em cair os figos suas peles rubras se rompem. Para vocês, meus amigos, eu sou como o vento de uma tempestade para os figos maduros.

Assim como os figos caem, estas doutrinas também caem para vocês, meus amigos: absorvam agora a polpa e a essência deste ensinamento! É tarde de outono, por toda parte o céu é claro. Eis que a plenitude está à nossa volta! E, em meio a toda esta prosperidade, é maravilhoso contemplar mares longínquos.

Em outros tempos olharam para os mares distantes e afirmaram: "Deus!" — agora, no entanto, eu os ensinarei a dizer, Super-Homem.

Deus é uma conjectura; e eu não desejo que esta conjectura vá além da sua vontade de criar. Vocês poderiam criar um Deus? Então, peço-lhes que fiquem calados a respeito de todos os deuses! Mas vocês poderiam muito bem criar o Super-Homem.

— Talvez não vocês, meus irmãos! Mas vocês podem se transformar em pais ou antepassados do Super-Homem: e que esta mudança seja a sua melhor criação!

— Deus é uma conjectura; e eu desejaria que suas conjecturas se restringissem às coisas plausíveis. Você pode conceber um Deus? É bom que isso lhes signifique vontade de verdade; que tudo seja transformado no humanamente concebível, visível, e sensível! Seu próprio discernimento deve seguir para este fim!

— E o que se chama mundo deve ser criado, senão por vocês mesmos, de acordo com a sua razão, sua semelhança, sua vontade, seu amor, ele próprio se tornará! E em verdade será para sua própria satisfação, homens sábios!

— E como vocês, homens de sabedoria, suportariam a vida sem essa esperança? Nem no inimaginável ou no irracional vocês poderiam ter nascido. Mas para que eu revele meu coração inteiramente a vocês, meus amigos: se existissem deuses, como poderia eu suportar não ser um deles! Portanto, não há deuses.

— Sim, eu tirei essa conclusão e agora isso me atrai. Deus é uma conjectura; mas quem poderia experimentar toda a amargura dessa conjectura sem morrer? Os criadores são privados de sua fé? E a águia impedida de seus voos em alturas extremas?

— Deus é um pensamento que torce tudo o que está firme e correto.

— Como? Não existiria mais o tempo, e todo o que é perecível seria apenas uma mentira? Pensar assim é uma vertigem nos membros do corpo, e dá até náuseas no estômago. Em verdade, é uma moléstia o conjeturar tais coisas.

— Chamo de má e desumana toda essa doutrina sobre plenitude, imobilidade, suficiência e imortalidade!

— O imutável é apenas um símbolo; e os poetas mentem demais. Mas as melhores parábolas deverão falar do tempo e do ser: elas são um louvor a eles, e uma justificativa para todas as suas falibilidades!

— Criar — essa é a grande salvação do sofrimento, e alívio para a vida. Mas, para que o criador apareça são necessários o próprio sofrimento e muitas transformações.

— Sim, meus irmãos, deve haver muito amargo sofrer em suas vidas, criadores! Assim vocês serão defensores e justiceiros de tudo o que perece. Para ser criador é preciso ser o próprio filho recém-nascido. O criador também deve estar disposto a ter esse filho e suportar as dores do parto.

— Na verdade, minha senda atravessou cem almas e outros tantos berços e dores de parto. Muitas vezes até me despedi, imaginando as últimas horas comoventes.

— Mas assim será a minha vontade criativa, meu destino. Ou, para dizer mais sinceramente: esse destino quer ser minha vontade. Todos os meus sentimentos sofrem em mim e estão presos; mas a minha vontade criativa sempre vem para mim como libertação e mensageiro de alegria.

— Desejo e liberdade: essa é a verdadeira doutrina da vontade e da libertação. — assim ensina a Zaratustra.

— Não há mais disposição, não há mais valor, não há mais criatividade? Ah! Que essa enorme debilidade possa estar longe de mim!

— A alegria e deleite da minha vontade criativa está no estudo e na investigação; e se existe inocência em meu conhecimento, é porque existe vontade de criação nele.

— Essa ânsia me atraiu para longe de Deus e dos deuses. O que haveria para criar se existissem deuses!

— Essa minha fervorosa vontade de criar sempre me impulsiona ao novo, assim como a pedra impele o martelo ao golpe.

— Ah, senhores, dentro dessa pedra adormece uma bela imagem, a imagem de minhas visões! Ah, que ela adormeça na pedra mais dura e mais feia!

— Agora meu martelo avança impiedosamente contra essa sua prisão. Que da pedra voe fragmentos por todos os lados: o que me importa?

— Desejo terminar essa imagem: pois uma sombra me visitou; a mais silenciosa e mais leve de todas as coisas veio a mim!

— A excelência do Super-Homem veio a mim como uma sombra. Ah, meus irmãos! Que importância tem para mim os deuses!

Assim falou Zaratustra.

XXV. OS COMPASSIVOS

— Meus discípulos, palavras de zombaria chegaram aos ouvidos desse seu amigo: "Eis Zaratustra! Ele não anda entre nós como se estivesse entre animais?"

— Mas é melhor dizer assim: "O pensador caminha entre homens como entre animais."

— O homem que pensa chama ao homem animal de vermelhas faces. E por que isso? Não é porque ele foi envergonhado muitas vezes? Ó meus amigos! Assim fala o pensador: vergonha, vergonha, vergonha — esta é a história do homem!

— E por isso o nobre ordena a si mesmo não se envergonhar: timidez ele determina a si mesmo diante de todos os que sofrem. Na verdade, eu não me afeiçoo a eles, os misericordiosos cuja felicidade está em sua piedade: muitos são totalmente destituídos de vergonha.

— Sei que havemos de ser compassivos, não quero que saibam que sou; e se assim o for, que o seja a distância. Me agrado de esconder o rosto e fugir antes de ser reconhecido. Convido-os a fazerem o mesmo meus amigos!

— Esteja sempre diante de mim o meu destino na trilha que percorro, e também aqueles que como vocês não sofrem, e ainda aqueles com quem eu possa dividir esperança, alimento e doçura!

— Em verdade, tenho feito bastante pelos aflitos: mas algo ainda melhor deveria fazer quando aprender a me regozijar mais.

— Desde que a humanidade surgiu, o homem se divertiu muito pouco: esse, meus irmãos, é o nosso pecado original! E quando aprendemos a melhor nos divertir, melhor deixamos de causar e planejar dor a outros.

— Por isso sempre lavo as mãos que ajudaram ao que sofre; para que eu limpe também minha alma. Pois, ao ver o sofredor sofrendo, fiquei com vergonha por causa disso. E, ajudando-o, feri gravemente seu orgulho.

— Grandes favores não fazem ninguém agradecido, mas vingativo; e quando uma pequena bondade não é esquecida, torna-se um parasita roedor.

— Seja tímido e distinto ao aceitar! — assim aconselho àqueles que nada têm para doar.

— Eu, no entanto, sou um doador: muito me agrada doar, como amigo, aos amigos.

— No entanto, também os estranhos e os pobres podem colher por si mesmos os frutos de minha árvore. Assim causa menos humilhação e vergonha.

— É preciso acabar completamente com os mendigos! Na verdade, causa irritação a alguém o dar-lhes algo, e causa também incômodo o não lhes dar. Assim acontece também com pecadores e com más consciências! Acreditem em mim, meus amigos: remorso na consciência os ensina a atacar.

— As piores coisas, no entanto, são os pensamentos mesquinhos. Na verdade, era melhor ter feito mal do que ter pensado com mesquinhez!

— Certamente, você diz — "O prazer em males mesquinhos nos poupa muitas más ações." — Mas nisso não se deve poupar.

— As más ações são como uma úlcera: coçam, irritam e ferem. — diz sinceramente.

— Vejam! Eu sou uma doença! — diz a má ação e essa é a sua honra.

— Porém o pensamento mesquinho é como um lamaçal: rasteja-se, esconde-se, e deseja estar em parte nenhuma, até que os pequenos tumores apodrecem e abatem todo o corpo.

— Aos que estão em poder de demônios eu murmuro estas palavras aos ouvidos: "O melhor para você é criar o seu demônio! Pois até para você existe ainda um caminho para a grandeza!"

— Ah, meus irmãos! Sabemos bastante uns dos outros! E muitos há que se tornam bem transparentes, mas ainda assim não os podemos ler completamente.

— É difícil viver entre os homens porque é muito difícil guardar silêncio.

— Não nos é antipático aquele com quem fomos mais injustos, mas sim contra quem nada nos interessa. Se, no entanto, você tem um amigo sofredor, então seja um local de refrigério para ele. Mas seja como uma cama dura, uma cama de acampamento; assim o capacitará melhor.

— E se um amigo seu lhe faz mal, então diga: "Eu lhe perdoo pelo que me tens feito; mas se o tivesse feito contra si mesmo? Como eu o poderia perdoar?"

— Assim diz todo grande amor; supera até o perdão e a piedade. Deve-se manter firme o coração; pois quando o deixamos livre, depressa com ele perdemos também a cabeça!

— Ah, onde no mundo se fez as maiores insanidades que entre os compassivos? E o que no mundo causou mais sofrimento que as loucuras deles?

— Ai de todos os que amam e ainda não atingiram altitudes acima de sua compaixão!

— Às vezes assim me fala o diabo: "Até Deus tem o seu inferno; que é o seu amor pelo homem."

— Ultimamente, eu o ouvi dizer estas palavras: "Deus está morto! Por causa de sua piedade pelos homens morreu."

— Portanto, eu os advirto contra a piedade. Por ela ainda paira sobre os homens uma negra e pesada nuvem! E eu, na verdade, entendo bem estes sinais dos tempos!

— Mas preste atenção também a essa palavra: Todo grande amor está acima de sua compaixão; pois aquele que ama quer também criar!

— Eu mesmo ofereço-me ao meu amor e ao meu próximo como a mim mesmo! — tal é o dialeto de todos os criadores. E todos os criadores, são pessoas cruéis.

Assim falou Zaratustra.

XXVI. OS SACERDOTES

Um dia, Zaratustra fez um sinal aos seus discípulos e lhes falou essas palavras:

— Aqui estão os sacerdotes: mas, embora sejam meus inimigos, estejam diante deles em silêncio e com espadas embainhadas!

— Também entre eles há muitos heróis; e muitos deles sofreram demais: assim eles querem fazer os outros sofrerem. São maus inimigos. Nada é mais vingativa que sua mansidão. E quem se volta contra eles de imediato se macula.

— No entanto, o meu sangue é semelhante ao deles; e eu quero que o meu sangue seja honrado na presença deles.

Depois de terem passado, Zaratustra foi acometido por forte dor; e após ter lutado contra ela se ergueu e pronunciou:

— Dó é o que me inspiram esses sacerdotes; e muitos deles não transmitem simpatia. Não me dá prazer estar com eles; mas isso ainda é o mínimo, desde que me vejo junto deles.

— Com eles sofri e tenho sofrido: pois a mim, são como homens prisioneiros e condenados. Quem os pôs em cadeias é aquele a quem chamam Redentor.

— Grilhões de falsos ensinamentos e palavras vãs! Ah, se alguém os libertasse de seu Redentor!

— Acreditaram desembarcar em uma ilha, mas eram, na verdade, arrastados para o mar; e agora vejam, era um monstro que se levanta!

— Falsos ensinamentos e palavras vãs: eis as piores ameaças para os mortais — neles vigia longamente a espera e a fatalidade. Mas quando enfim surgem, despertam; trituram e devoram os que construíram suas cabanas sobre eles.

— Oh, contemplem a luz artificial das cabanas que esses sacerdotes levantaram! As chamam igrejas, essas masmorras de cavernas de cheiro atrativo.

— Observem essa claridade ilusória, esse ambiente sufocante! Ali, onde o espírito não pode voar além de seus limites!

— E em lugar disso sua fé determina: "Venham de joelhos à escada, ó impuros!"

— Na verdade, prefiro ver o homem abominável e sem vergonha a ver os olhos embevecidos dessa vergonha e devoção que eles demonstram!

— Quem na verdade concebeu essas masmorras e escadas para penitência? Não foram os que queriam se esconder e se envergonhavam diante da pureza do céu?

— E, somente quando o céu justo observar novamente pelos buracos do telhado em ruínas, para o jardim e para as flores vermelhas junto aos seus muros caídos, eu tornarei a voltar meus olhos e meu coração para essas habitações desse Deus.

— Chamaram Deus ao ser que os contradizia e lhes trazia sofrimento: mas, na verdade, há muito de vencedor em sua adoração!

— Pregar um ser humano em uma cruz! Para eles não há outra forma de amar ao seu Deus.

— Eles pensam em viver como cadáveres; vestem seus mortos de luto; ainda em suas pronúncias sinto o fedor dos mausoléus infectos.

— Quem permanece perto deles vive à beira de brejos obscuros, onde batráquios agourentos cantam com doce melancolia.

— Eles deveriam cantar a mim melhores canções para que eu desse os primeiros passos para crer em seu redentor: os seus discípulos teriam que me mostrar maiores provas de verdadeira redenção!

— Eu os desejaria vê-los nus; pois só o que é realmente belo pode pregar penitências. Mas quem se enganaria com essa mascarada contrição?

— Na verdade, os redentores deles não vieram da própria liberdade ou do seu sétimo céu! Sim, eles mesmos nunca pisaram sobre tábuas do conhecimento!

— O espírito desses redentores é feito de brechas; mas em cada uma delas está posta uma utopia, o tapa-buraco deles, que chamam Deus.

— Sua compaixão está afogada em seu espírito; e, quando mais se inflam e incham dessa compaixão, sempre boia na superfície uma grande bobagem.

— Com zelo e aos gritos eles conduzem seus rebanhos sobre uma estreita ponte: como se para o futuro houvesse uma única passagem!

— Na verdade, esses pastores ainda devem ser contados entre as ovelhas!

— Esses pastores têm almas grandes, mas espíritos mirrados: mas, meus queridos, que míseros territórios não são ainda essas ditas almas mais grandiosas!

— Em suas trilhas percorridas há marcas de sangue, e suas banalidades ensinam que a verdade se prova com o sangue. Mas o sangue não é boa testemunha da verdade; o sangue contamina até mesmo a mais pura doutrina, tornando-a loucura e ódio nos corações.

— Caso alguém ainda se ponha no fogo por seus dogmas, o que isso prova? Mais vale esse sacrifício, que se a nossa doutrina viesse de nosso próprio fogo!

— Coração aquecido e cabeça fria: quando esses elementos se encontram, surge o redemoinho impetuoso, este é o "Redentor".

— Na verdade, existiram homens nobres e de maiores dignidades que os ditos atuais redentores, esses ventos tempestuosos sim, arrebatam!

— E por homens ainda mais distintos que esses redentores terão de ser redimidos, meus irmãos, se desejam achar a verdadeira trilha para a liberdade!

— Nunca existiu um Super-Homem. A todos eu tenho visto sem máscaras, nus; desde o menor ao maior. — São muito iguais uns aos outros.

— Na verdade, também o maior deles me pareceu simplesmente humano!

Assim falou Zaratustra.

XXVII. OS VIRTUOSOS

— Com relâmpagos e explosões celestiais como de fogos é que se deve falar aos sentidos lentos e aos dormentes frouxos e adormecidos.

— No entanto, a voz da beleza fala mansamente: apenas se insinua nas almas mais despertas. Hoje meu escudo estremeceu levemente e me sorriu; este é o riso sagrado e o tremor da beleza.

— De vocês, virtuosos, a minha beleza hoje sorriu. E sua voz chegou até mim: "E eles ainda querem ser pagos!".

— Ainda querem pagamento, ó virtuosos! Querem recompensa por sua virtuosidade, querem também o céu pela terra e a eternidade por vossa finitude?

— E ainda se tornam meus inimigos por ensinar que não há um balcão de recompensas? E, na verdade, também não lhes ensino que a virtude é sua retribuição.

— Ah, aí está minha angústia: analisando essas coisas concluímos que como mentiras desastrosas foram implantadas as ideias de retribuição e penalidade ao final das missões; e agora também são implantadas no fundo de suas almas, senhores virtuosos!

— Essa minha palavra é semelhante ao colmilho de um javali feroz, ela escavará as suas almas até o fundo, é como uma relha de arado que eu serei para vocês.

— Todos os seus segredos escondidos nas profundezas virão à luz; e, quando estiverem tranquilos se aquecendo ao sol, serão escavados e despedaçados, e até a sua mentira será separada se sua frágil verdade.

— Porque é essa a sua verdade: vocês são muito puros para a podridão das palavras "vingança", "castigo", "recompensa", "retribuição".

— Vocês amam suas virtudes como a mãe ao filho ama; mas quando foi que uma mãe quis ser remunerada por sua dedicação?

— Sua virtude é o que vocês mais amam em si mesmos. O desejo do anel está em vocês; e que ele venha a vocês novamente; para isso luta e gira a cada anel.

— Toda essa obra de sua virtude é semelhante a uma estrela apagada: sempre sua luz esteve a caminho e viajou — e agora é hora de abandonar o caminho?

— Assim está o caminho com a luz de sua virtude, mesmo quando o projeto está concluído. Já está esquecida e apagada: seu raio de luz tenta ainda viver e viajar.

— Seja o seu ser autêntico, a sua própria virtude e não algo do outro, como um disfarce, uma cobertura; essa é a verdade do fundo de suas almas, ó virtuosos!

— Mas há pessoas para quem a virtude é o contorcer diante do chicote: e já ouviram demais os seus lamentos! E há outros ainda que declaram ser virtude ao curto desapego de seu vício; e, quando sua violência ou seu ciúme e inveja despertam, sua "justiça" apenas esfrega os olhos e volta à sonolência.

— E há também outros que são atraídos ao fundo: suas potestades os puxam. Mas, quanto mais se atolam, mais seus olhos brilham e instilam seu desejo pelo seu Deus.

— Esses, seus gritos se fazem notórios aos nossos ouvidos, ó virtuosos: "O que eu não posso ou não consigo, isso é, para mim, um Deus e uma virtude!".

— E ainda há outros que chegam pesadamente e fazendo estardalhaço, como carros velhos a transportar pedras morro abaixo: falam todo tempo em honra e virtude — pois esses são seus freios!

— E há também aqueles que são como simples relógios a quem foi dada corda: fazem seu eterno tique-taque e exigem que esse tique-taque, barulho incômodo, seja chamado virtude.

— Eu, em verdade, me divirto com esses tipos: onde encontrar esses relógios, lhes darei corda com minha fina zombaria; e se deleitarão ainda nisso!

— Muitos outros se enchem de orgulho por seu dedinho de justiça e em nome dela desferem golpes de mão fechada contra tudo a sua volta; assim o mundo se afoga em sua torpe injustiça.

— Puxa, como lhes fica mal na boca a antes bela palavra "virtude"! E, sempre que dizem "sou justo", na verdade soa um sonoro "estou vingado!"

— Em nome de suas virtudes desejam arrancar das órbitas os olhos de seus inimigos; e se levantam somente para derrubar outros.

— Existem também os tipos que permanecem em seu pântano e gritam de dentro de suas varetas: "Virtude — é ficar paralisado aqui no pântano. Não atacamos ninguém e evitamos aqueles que querem nos morder; e tudo se resume à opinião que os outros nos passam."

— Há ainda os que amam o gestual e pensam: que a virtude é uma espécie de gesto, uma mímica. Seus joelhos sempre se dobram, e suas mãos sempre louvam a virtude, mas seus corações estão alheios a tudo isso.

— Muitos julgam virtuosidade dizer: "A Virtude é necessária"; mas no fundo acreditam apenas que a polícia é necessária.

— E outros há, que não podendo perceber o que há de elevado em seus semelhantes, chamam virtude a habilidade de denunciar no outro aquilo que é reprovável: e assim, chamam virtude ao seu falso testemunho.

— E alguns desejam ser edificados e erguidos e essa fica sendo sua virtude: enquanto outros desejam ser lançados ao alto — e esta é a virtude que declaram.

— Assim é geral a crença de que se participa da virtuosidade; e cada qual pretende, no mínimo, conhecer o que é o "bem", assim como o "mal".

— No entanto, Zaratustra não veio para dizer a esses falsários e imbecis: "Que sabem vocês acerca da virtuosidade? Podem acrescentar algum saber a respeito da virtude?"

— E sim para que vocês, meus amigos, ficassem esmagados por essas loucas palavras que têm aprendido dos mentirosos e tolos.

— Cansados de palavras como "recompensa", "retribuição", "castigo", "vingança com justiça".

— Cansados de ouvir: "Para ser uma boa ação, deve haver desinteresse". Ah, meus discípulos! Que o seu eu permaneça em ação como a mãe permanece junto ao filho: assim sejam os seus discursos acerca da virtude!

— Em verdade, eu tirei de vocês cem palavras e os atrativos mais queridos de suas virtudes; e agora vocês estão bravos comigo como pirraçam as crianças.

— Elas se divertiam à beira-mar; mas a onda chegou e tomou-lhes o brinquedo estimado para as águas profundas: agora chorem.

— Mas essa mesma maré poderá lhes trazer novos divertimentos e lançar a sua frente pérolas e novas conchas coloridas!

— Assim vocês serão consoladas; e, tal como elas, também vocês, meus discípulos, alcançarão o consolo que desejam; além de novas conchas coloridas e pérolas!

Assim falou Zaratustra.

XXVIII. A GENTALHA

— Fonte de prazer é a vida; mas, onde a gentalha também bebe, todos os mananciais são envenenados.

— Tenho afeição ao que é limpo; e não me apraz ver bocas escancaradas e a sede dos impuros. Eles lançaram o olhar às águas da fonte e o reflexo do seu grotesco sorriso me aparece da fonte.

— Eles envenenam a sagrada água com sua lascívia: e, ao declararem ser prazer seus sonhos impuros, contaminam também as palavras.

— O fogo se aborrece, quando o ateiam em seus úmidos corações; o próprio espírito lhes ferve, quando esta gentalha se aproxima das chamas.

— O fruto em suas mãos fica menos gostoso e maduro demais: seu olhar resseca e torna frágil até as árvores frutíferas.

— Algumas pessoas que se afastaram da vida comum afastaram-se apenas por causa da gentalha: não queriam partilhar manancial, fogo ou sua mesa com a gentalha.

— Alguns que se isolaram nos desertos e passaram sede com os animais de rapina queriam apenas estar distantes das cisternas onde se reúnem cameleiros imundos.

— Alguns chegaram como destruidores e como tempestade de granizo para os campos frutíferos, queriam apenas pisar nas gargantas da gentalha e assim fechar-lhes a boca.

— E não foi esse o bocado em que eu mais engasguei, saber que a vida mesma necessita de inimizade, mortes e cruzes de martírio.

— Em certo dia eu quase me afoguei em uma pergunta, mas ainda assim perguntei: Como? É possível que a existência ainda necessite da gentalha? São necessários mananciais venenosos, fogueiras malcheirosas, sonhos emporcalhados e vermes na mesa posta?

— Não era o meu ódio, mas a minha aversão faminta me devorara a vida! Ah, estive constantemente cansado em meu espírito, quando percebi também na gentalha o espírito.

— E aos dominadores virei o rosto, ao entender que chamam de dominar o regatear e negociar pelo poder com esta gentalha!

— Vivi entre povos do estrangeiro, mas com ouvidos moucos: para que o linguajar do seu regatear continuasse estranho a mim, e também seu negociar pelo poder.

— E apertando o nariz percorri, com irritação, todo o passado e o presente: mas na verdade, todo o ontem e hoje fede a esta gentalha que escreve!

— Como um incapaz que agora é também surdo, cego e mudo: assim vivi muito tempo entre eles, para não viver como eles, a gentalha, do poder, da escrita e do prazer.

— A duras penas e com cuidado meu espírito subiu patamares; pobres esmolas de êxtase foram seu bálsamo; assim a vida para o cego se apoiava em uma bengala.

— Que me ocorreu, afinal? Como me salvei da aversão? Quem restaurou minha visão? Como retornei às alturas onde não há gentalhas estacionadas junto aos mananciais?

— Meu próprio asco me deu asas e a habilidade de descobrir outras águas? Na verdade, tive de me elevar às alturas para visualizar outro manancial de prazer!

— Eu o encontrei, meus irmãos! Aqui, nestas elevadas alturas, ressurge em mim o manancial do prazer! E há uma vida plena da qual nenhuma gentalha bebe conosco!

— Jorra exuberante e violenta demais para mim, uma fonte de prazer! E sempre esvazia novamente o copo, querendo de novo enchê-lo!

— Mas devo ainda aprender a me comportar com mais modéstia a seu respeito: meu peito flui impetuoso demais ao seu encontro.

— Meu coração, que agora queima em meu verão, rápido, quente, melancólico, extasiante: como é sedento por seu frescor meu quente coração!

— Esvaiu-se a hesitante agitação de minha primavera! Foi-se a maldade de meus frios flocos de neve em junho!

— Agora tenho um verão na mais elevada altura, com frescas fontes e bem-aventurada tranquilidade: venham amigos, para que ainda mais feliz se torne esta quietude!

— Pois aqui nesta altura é nosso lugar e pátria: aqui vivemos, de modo por demais elevado e arriscado a todos os impuros e sua sede.

— Apenas olhem e contemplem com puro olhar à fonte de meu prazer, amigos!

— Como poderiam sujar essas águas? Em resposta, elas sorrirão a vocês com a sua limpidez!

— Na árvore chamada Futuro coloquemos nosso ninho; a nós, solitários, as águias trarão alimento nos bicos! Não o alimento que os impuros também pudessem comer! Na verdade, eles pensariam estar comendo fogo e abrasariam suas bocas!

— Em verdade, aqui não mantemos comunhão com os impuros! A seus membros nossa satisfação é uma caverna gelada, assim como para seus espíritos!

— E como fortes rajadas de ventos ansiamos estar acima deles; seremos vizinhos das águias, da neve, do sol: pois assim é que vivem os fortes ventos.

— Quero um dia soprar forte contra eles como um vento tempestuoso, e o meu espírito há de tirar-lhes o fôlego: meu futuro assim deseja.

— Na verdade, este forte vento é Zaratustra para todos os espíritos baixos; e este conselho ele oferece aos adversários e a todos que vomitam e escarram:

"Acautelem-se de cuspir contra o vento!"

Assim falou Zaratustra.

XXIX. AS TARÂNTULAS

— Olha, eis o esconderijo da tarântula! Quer vê-la? Aqui está sua teia: toca-a, para vê-la agitar-se.

— Ela já vem sem demora: bem-vinda, tarântula! Em seu corpo se encontra, negro, seu triângulo e sua marca; e eu também sei o que se encontra em sua alma.

— Você traz vingança em sua alma: onde você morde, surge uma crosta negra; com a vingança em seu veneno faz uma alma rodopiar!

— Então lhes falo por símbolos, vocês que fazem girar as almas. Vocês, pregadores da igualdade! Tarântulas vocês são mim, e seres secretamente vingativos!

— Mas colocarei expostos seus pontos obscuros: por isso vou gargalhar em seus rostos com minha risada das alturas.

— É por isso que rasgarei suas teias, para que sua ira lhe faça sair de sua toca de enganos e sua vingança venha atrás de você com seu conceito de "justiça".

— Sejam os homens redimidos de sua retaliação: isso será para mim uma ponte para a maioral das esperanças e um arco-íris depois de terríveis tormentas.

— Mas, sem dúvida, as tarântulas sempre desejam outra coisa. "É justamente quando as tempestades de justiça inundam o mundo e nós pedimos que haja justiça" — assim dizem entre si.

— "Vingança vamos pôr em prática, e lançar nossas difamações contra aqueles que nos são diferentes" — assim planejam as tarântulas no seu íntimo.

— "De agora em diante a nossa máxima virtude será 'desejo por igualdade'; e entoaremos nosso hino contra tudo o que nos for contrário!"

— Vocês pregadores da igualdade, vocês são a loucura da tirania e da impotência que está em vocês e brada por "igualdade"; seus mais obscuros anseios tirânicos se camuflam em palavras virtuosas!

— A vaidade ácida, inveja aprisionada; talvez essa presunção e essa inveja de seus pais se agitam em vocês como um incêndio e loucura por vingança.

— O que um pai cala o filho fala; e muitas vezes vemos nos filhos os segredos mais obscuros revelados do pai.

— Se parecem muito com os entusiastas: mas esse entusiasmo não é produzido pelo coração — mas a letal vingança. Quando vocês se tornam refinados e frios, isso não é seu espírito, mas sua inveja e sagacidade maligna.

— Ao caminho dos pensadores até os levam seu zelo penitente; e este é um sinal desta sua ardente dedicação — sempre vão além: e o resultado é um cansaço tão mórbido que se deitam até em camas frias sobre a neve.

— A maldosa retribuição grita em cada um de seus lamentos, e inclusive em seus elogios há toques de injúria; e ser juiz é que lhes apetece o coração, uma suprema bem-aventurança.

— Eu assim lhes aconselho, meus discípulos: não tenham confiança naqueles em quem a sede por castigar é insaciável! São gente de péssima índole e família; em seus rostos se veem o capataz e o executor.

— Desconfiem muito, sobretudo daqueles que discursam bastante sobre suas justiça própria! Em verdade, às suas almas não faltam apenas as delícias e manjares.

— Quando eles se intitulam como "os bons e justos", não se esqueçam de que para serem como fariseus nada falta a não ser o poder!

— Discípulos meus, não imagino vocês serem misturados e confundidos com estes outros. Há pessoas que proclamam este meu estilo de vida: mas a um só tempo são pregadores dessa igualdade e tarântulas venenosas.

— Essas pessoas falam em prol da vida, mas são aranhas mortais, e mesmo estando em suas cavernas, isoladas da comunidade; e ainda assim desejam atacar.

— Assim eles querem retaliar contra os que têm o poder: pois a prática de assassinatos é uma pregação ainda bastante comum em suas casas.

— E se fossem diferentes, as tarântulas proclamariam verdades distintas; e em outras épocas elas foram justamente as maiores caluniadoras e executoras de hereges.

— Não me agrada nunca ser confundido ou ter sido como um desses pregadores de igualdade. Pois a justiça deles clama que todos os homens são iguais.

— E nunca poderão chegar a ser! Qual seria minha dedicação ao Super-Homem, se eu pensasse diferente?

— Por mil trajetos e passarelas diferentes tentarão eles alcançar o futuro, e sempre haverá mais lutas e desigualdades entre eles: assim sou levado a falar por meu coração!

— São inventores de símbolos e espíritos maus suas inimizades, e com essas imagens e espíritos levarão a cabo dentro de si guerras sem fim!

— Bom e mau, rico e pobre, grande e pequeno e todos os nomes desses valores: serão tornados em armas e sinais retumbantes de que a vida sempre tem de superar a si mesma!

— A vida quer construir-se a si própria, a partir de alicerces e andares; para alcançar pelo olhar longas distâncias, e para além, sempre em busca de belezas bem-aventuradas. Eis o porquê precisam de elevadas alturas!

— Mas, por que necessitam de alturas, necessitam de degraus? E a oposição a esses degraus os fazem sentir-se elevados! Subir na vida é o que querem; e, subindo, estão a superar-se.

— Observem, meus discípulos! Aqui onde se encontra o esconderijo da tarântula, erguem-se algumas ruínas de um antigo templo; — observai-as com olhos iluminados!

— Na verdade, aqueles que em outras épocas aqui construíram seus pensamentos em rocha conheciam o mistério da vida como o mais sábio de todos os homens!

— O que ele nos ensina? Nos ensina a partir da mais simples parábola que há luta e desequilíbrio inclusive na beleza, e na guerra pelo poder e o supremacia.

— Assim como as abóbadas e os arcos divinamente se interceptam em um forte combate: também pelejam entre si a luz e a sombra; esses que são divinos batalhadores.

— Desta forma assim bela e segura nos façamos também inimigos, meus discípulos! Lutemos divinamente uns contra os outros!

— Ah! Não é que a tarântula, minha velha inimiga, me golpeou?! Divinamente bela e segura ela me atacou o dedo!

— "Precisamos de castigo e justiça" — eis o modo como ela pensa: "neste templo ele não entoará sem punição o louvor à inimizade!"

— Sim, ela é vingativa! E, ai de mim! Agora, com esse seu golpe de vingança também fará minha alma rodopiar!

— Mas para que eu não rodopie, meus amigos, me prenderei com firmeza a este balaústre! Mil vezes ser um estilista a ser um turbilhão por sua vingança.

— Verdadeiramente, Zaratustra não é um redemoinho ou uma tempestade; mas, se for um dançarino, nunca dançará a tarantela!

Assim falou Zaratustra.

XXX. OS SÁBIOS FAMOSOS

— Vocês Sábios Célebres! Vocês têm servido ao povo e suas superstições; e não à verdade! E por isso têm sido muito veneráveis.

— E por isso também foi tolerada a sua incredulidade, porque também ela era um gracejo e uma artimanha para atingir a multidão. Assim um senhor deixa seus escravos aparentemente livres e até se diverte com sua arrogância.

— Mas o espírito liberto é odiado pelo povo como um lobo que é odiado por cães; este espírito é inimigo das algemas; aquele que se curva a nada; habitante solitário das matas.

— Procurar este espírito livre em seu refúgio — este sempre foi o senso de justiça para a multidão: sempre atiçam contra ele os seus cães ferozes de dentes raivosos.

— "A verdade aqui está — não está aqui o povo? Ai daqueles que os procuram!" — isto é dito desde sempre. Vocês querem justificar seu povo em sua idolatria: a isso vocês chamam "vontade de verdade", ó sábios famosos!

— Os seus corações sempre falaram a si próprios: "Viemos do povo; e de lá também me vem a voz de Deus". São reticentes e prudentes como as mulas, sempre foram assim, são como advogados do povo.

— E mais que um governante que queria estar bem com seu povo; preparou à frente de seus cavalos um pequeno asno, um sábio famoso.

— Eu desejaria agora, prezados sábios famosos, que se despissem totalmente de suas falsas jubas de leão! Esta pele de animal de rapina, sarapintada, e a juba daquele que procura, encontra e conquista!

— Para que se aprenda a crer na sua santa verdade, vocês deveriam antes de tudo romper essa sua vontade adoradora.

— Verdadeiro — é o nome que se deve atribuir àquele que se isola em desertos sem divindades e que partiu seu coração adorador.

— Acima da areia dourada e queimado pelo sol, ele olha de lado, sedento, para as ilhas abastadas de fontes, onde animais repousam debaixo de frondosas árvores. Mas sua vontade não os convence a serem como esses sibaritas; pois onde existem oásis há também imagens de ídolos.

— Faminta, violenta, solitária, sem deuses: assim quer a si mesma esta vontade de leão.

— Livre da satisfação dos escravos, livre de deuses e adorações, sem medos e temível, grandiosa e solitária: assim é a vontade que é verdadeiro.

— No deserto sempre habitaram os verídicos, os espíritos livres; são como os senhores do deserto; mas nas cidades moram os bem alimentados, os célebres sábios: os animais de tiro.

— Que puxem para sempre, como burros de cargas; a carroça do povo!

— Que eu não me indigne contra eles por esta causa: mas continuam para mim como serviçais e burros arreados, mesmo que seus arreios brilhem dourados.

— Muitas vezes até que foram bons serventes, dignos de elogios. Pois dessa forma diz a virtude: "Se precisar servir, faça-o a favor daquele a quem for mais útil o serviço! O espírito e a virtude de seu mestre devem avultar pelo fato de o servires: assim, você mesmo avultará em seu espírito e sua virtude!"

— Além do mais, sábios célebres, serventes do povo! Vocês mesmos cresceram com o espírito e a virtude do povo — e este povo, através de vocês! E isto em honra de vocês mesmos!

— Mas continuem como povo também em suas virtudes, assim como povo de olhos débeis; povo que não distingue o que é espírito!

— O Espírito é vida que corta na própria pele; e em seu próprio sofrimento aumenta o saber, sabiam disso?

— Esta é a satisfação do espírito: ser oferecido e ungido como vítima em um sacrifício com lágrimas, sabiam disso? A cegueira causada ao cego e o seu buscar tateante dão testemunho do poder do sol para o qual ele olhou; sabiam disso?

— Dessa forma, assim como as montanhas, o homem do conhecimento deve aprender a construir! Pouco trabalhoso é ao espírito mover montanhas — sabiam disso? Vocês conhecem apenas as fagulhas do espírito; mas não percebem a bigorna que ele é, nem sabem do peso de seu martelo!

— Verdadeiramente, não tens conhecimento do orgulho do espírito! E menos ainda vocês suportariam a sua modéstia, se um dia ela desejasse pronunciar!

— Vocês nunca puderam lançar seu espírito às cumeeiras cheias de neve: vocês não são ferventes o bastante para isso! Assim, não conhecem nem ao menos os delírios de sua frieza.

— Em tudo, porém, agis com excessiva familiaridade com o espírito; e muitas vezes fizestes da sabedoria um abrigo e hospital para poetas ruins.

— Vocês não são águias; dessa forma nunca experimentaram a satisfação que existe no terror do espírito. E não permaneça acima dos abismos se você não é um pássaro.

— Vocês são apenas mornos; ao passo que a corrente de todo o profundo conhecimento é gelada; são sim, gélidas as mais internas fontes do espírito: remédios para mãos quentes e para os que agem fervorosamente.

— Vocês, sábios honrados permanecem aí..., firmes e eretos, ó sábios célebres! — nem um ventou forte ou qualquer vontade os impele.

— Nunca jamais viram uma vela solta ao mar, cheia, inflada e tremendo à vibrante força do vento?

— Semelhante a essa vela, agitando-se na impetuosidade do vento, voa minha sabedoria sobre o mar; minha indomável sabedoria!

Mas vocês, serventes do povo! Vocês, sábios famosos, como conseguiriam me acompanhar neste voo?

Assim falou Zaratustra.

XXXI. A CANÇÃO NOTURNA

— É noite: momento em que todas as fontes que jorram lançam sua voz mais alto. E minha alma também é uma fonte a jorrar.

— É noite: momento em que todos os amantes despertam em suas cantorias. E minha alma também é o canto de alguém que ama.

— Há algo insaciável em mim, insaciável e que deseja proclamar. Uma vontade de amor se encontra em mim, e ela mesma fala a linguagem do amor.

— Uma luz eu sou: ah, como desejo que fosse noite! Mas aí esta a minha solidão: estar vestido de luz. Ah, quisera eu fosse escuro ou o breu noturno! Como eu desejo sugar dos seios da luz!

— E ainda desejaria abençoar vocês, pequenos raios estelares que iluminam como vagalumes no alto! — e seria muito feliz com esses presentes luminosos.

— Mas eu vivo em meu brilho próprio, e absorvo de volta para mim as chamas que de mim mesmo saem.

— Desconheço a felicidade de receber; e muitas vezes devaneei que furtar seria mais prazeroso que receber.

— Eis a minha pobreza; que minha mão nunca se descanse de presentear; eis a minha inveja: ver olhos na expectativa e as brilhantes noites do desejo.

— Ó tristeza daqueles que presenteiam! Ó escurecer de minha estrela mãe! Ó ânsia de desejar! Ó fome de satisfação!

— Eles recebem de mim: mas será que ainda toco sua alma? Entre dar e receber há um abismo; e o menor de todos os abismos é o último a se vencer.

— Nasce um homem a partir de minha beleza; gostaria de constranger aqueles que ilumino, de furtar daqueles a quem presenteio; — e assim tenho ânsia pela maldade.

— O retirar a mão quando uma outra já está à espera, estendida; igualmente a uma cachoeira, que já na queda hesita; dessa forma eu tenho fome de maldade. Estas vinganças meditam em minha plenitude, tais perfídias brotam de minha solidão.

— Minha alegria em dar morreu ao doar; minha virtude cansou-se de si mesma pelo seu excesso!

— Aquele que tem o hábito de presentear, é perigoso que perca o pudor; aquele que costuma dividir, sua mão e seu coração estão marcados de tanto repartir.

— Já não verto lágrimas diante do pudor dos pedintes; e minha mão se endureceu bastante para não sentir o tremor das mãos cheias.

— Onde foram parar as lágrimas de meus olhos e a pelúcia de meu coração? Ó solidão dos dadivosos! Ó silêncio dos iluminados!

— Muitos sóis dançam nos espaços ermos do céu: falam com sua luz a tudo o que é obscuro, mas se silenciam para mim.

— Vejam, esta é a inimizade da luz aos que brilham; impiedosa ela circula por suas órbitas.

— São injustos para com os que brilham desde o maior intimidade de seu coração; são frios para com os sóis; e assim anda cada sol.

— Os sóis passam por suas órbitas como se fossem uma tempestade, continuam em vontade implacável: eis a sua frieza.

— Ó seres obscuros, noturnos, somente vocês roubam o calor dos que são luminosos! Somente vocês bebem o bálsamo e o leite dos úberes da luz!

— Ah, há frieza ao meu lado, ao tocar no gelado minha mão se fere! Ah, há sede em mim, e ela arde por sua sede!

— É noite! Que eu venha a ser luz! E tenha sede que é escuridão! E também da solidão!

— É noite! Como uma nascente agora irrompe meus desejos — e discursar é meu desejo.

— É noite! Falam agora mais alto todos os mananciais que jorram. E também minha alma é um manancial a jorrar.

— É noite! E agora todas as cantigas dos que amam são despertadas. E também minha alma é o canto de alguém apaixonado.

Assim cantou Zaratustra.

XXXII. A CANÇÃO DO BAILE

Certo fim de tarde, quase ao anoitecer, Zaratustra caminhava com seus discípulos pela floresta; buscava um manancial, e eis que chegou a um campo verdejante, lugar tranquilo e rodeado de árvores e arbustos. Havia ali algumas garotas que dançavam umas com as outras e logo que reconheceram Zaratustra interromperam a dança. Zaratustra se aproximou com gestos solícitos e lhes disse:

— Não interrompam a dança, belas garotas! Quem se aproxima não é um inimigo dos festejos de olhar violento, nem um inimigo de garotas.

— Sou o defensor de Deus perante o Inferno; e o diabo é o espírito de gravidade. Como eu poderia, ó lindas criaturas, ser rival das danças celestes? Ou dos lindos pés de tão belas donzelas?

— Tudo bem que sou ainda como uma floresta e uma noite de árvores sombrias: mas quem não teme essa minha escuridão, encontra também rosas sob os meus arbustos. E o pequenino deus que é o favorito das jovens também pode ser encontrado; ele está junto à fonte, deitado, silencioso, de olhos fechados.

— Em verdade, ele adormeceu ainda em pleno dia, o folgazão! Teria ele se cansado correndo atrás de borboletas?

— Não fiquem bravas comigo, belas dançarinas, se eu reprimo um pouco esse pequeno deus! Com certeza ele vai gritar e chorar, mas é de rir até mesmo quando chora!

— Ele vai pedir a vocês uma apresentação de dança, mesmo que lhe custe algumas lágrimas; e para esta dança eu mesmo entoarei um de meus cantos.

— Um canto para dançar e zombar do espírito de gravidade, do meu elevado e poderoso Diabo; o mesmo que afirmam ser o senhor deste mundo.

— E eis o que Zaratustra cantou, enquanto o Cupido e as moças dançavam:

Observei em seus olhos há pouco, vida! E me parecia que eu caía no insondável.

Mas você me içou para fora com um anzol; e riu irônica, quando a chamei insondável.

— “Isto é o que todos os peixes dizem.” — falaste. “É insondável o que eles não sondam.”

“E eu sou apenas volúvel e selvagem, e como toda mulher, não virtuosa. Mesmo que por vocês, homens, eu seja chamada ‘profunda’, ou ‘fiel’, ‘eterna’, ‘misteriosa’. Mas vocês sempre nos presenteiam com suas próprias virtudes. Ah, virtuosos!”

— Assim a inacreditável riu, mas eu nunca acreditei nela e em seu sorriso, sobretudo quando fala mal de si mesma.

— Quando falei a sós com minha selvagem sabedoria; ela me respondeu insatisfeita: “Você me quer, me deseja, me ama, e apenas por isso me louva a vida!”.

— Estive a pouco de responder mal e dizer duras verdades àquela atrevida; e não se pode responder pior que quando se “diz a verdade” à sua própria sabedoria.

— Assim acontece conosco. Na verdade, eu amo apenas a vida; e, principalmente quando a detesto!

— Ainda que eu seja bom com a sabedoria, e sempre bom além da medida; isso vem pelo fato de que ela me lembra muito sobre a vida!

— Tem seus olhos e seu riso; e até sua varinha de pescar de ouro. Que posso fazer, se há tantas semelhanças entre as duas?

— Quando um dia a vida me questionou: Quem seria então a sabedoria? — eu respondi: “Oh, sim, a sabedoria! Temos sede dela e não nos fartamos, a percebemos por detrás de seus véus, e nos agarramos a ela por meio de suas redes.”

— É exuberante? Não sei dizer! Mesmo as mais espertas carpas se permitem fisgar por ela. Ela é volúvel e obstinada; sempre a vejo morder os beiços e eriçar seus cabelos.

— Talvez até seja uma mulher maldosa e falsária em todas as coisas; mas, quando pronuncia algo sobre si mesma, aí então se torna mais sedutora.

— Quando por mim soube disso a vida; riu com malícia e cerrou os olhos. “Sobre quem testemunhas dessa maneira?”, perguntou, “é sobre mim?”

— E, mesmo que tivesse razão; “você ousa me afrontar assim face a face! Mas, fale então a respeito da sua sabedoria!”

— Ah, agora você abre os olhos, vida querida! E até se mostra agora um tanto profunda e insondável.

— Assim Zaratustra cantou. Mas, quando a música terminou, as moças partiram, e ele ficou bastante triste.

— Há muito tempo o sol se pôs, disse finalmente; o campo está umedecido, e chega dos bosques uma brisa gelada.

— Algo desconhecido se encontra à minha volta, e olho pensativo. Como? Ainda vives, Zaratustra?

— Por quê? Para quê? Para onde? Como? Não é inválido ainda tentar viver?

— Ah, meus discípulos, estas são as perguntas que a noite agita em meu íntimo. Perdoem-me por minha angústia!

— Já é noite! Me perdoem, pois fez-se noite!

Assim cantou Zaratustra.

XXXIII. A CANÇÃO DOS SEPULCROS

— Ali está a silenciosa ilha dos sepulcros; ali se encontram também os sepulcros de minha juventude. É para ali que desejo levar uma imperecível coroa da vida. Meu coração me ajudou na decisão, e atravessei o mar.

— Ó imagens e lembranças de minha juventude! Ó olhares amorosos, momentos divinais! Como se esvaíram rapidamente! Hoje os tenho em lembrança como entes mortos. De vocês, meus amantíssimos mortos, me sobe um doce perfume, que me põe em prantos o coração e os olhos. De verdade, tudo isso nos abala e me solta o coração de navegador solitário.

— Eu sou sempre o mais rico e invejável dos homens; eu, também o mais solitário! Porque os tive, e vocês me têm ainda. Vocês dizem: — a quem caíram nas mãos esses frutos saborosos mais que a mim?

— Eu ainda sou herdeiro e plantação de seu amor, e esta plantação vive florescendo, em suas memórias, de virtudes silvestres e coloridas, ó meus muito queridos!

— Ah, fomos criados para estarmos sempre próximos, como sendo suaves e estranhas maravilhas; não como tímidas aves vocês vieram a mim e ao meu anseio; — não, vieram sim, como confiados àquele que inspira fé!

— Sim, sim... vocês são feitos para a fidelidade; assim como eu, que fui feito para eternidades singelas; mas agora devo atribuir-lhes nomes de acordo com sua infidelidade, ó olhares e momentos divinos: nenhum outro nome aprendi ainda para vocês.

— Na verdade, vocês morreram rápido demais para mim, fugitivos! E ainda em verdade vocês não me fugiram, nem eu lhes fugi: de nossa infidelidade somos inocentes um ao outro.

— Esmagaram a vocês como tentativa de me matar, pois vocês são pássaros cantores das minhas esperanças! Sim, contra vocês, meus amados, a maldade sempre lançou flechas — mas para atingir meu coração!

— E atingiu! Pois vocês sempre foram minha mais querida posse e o bem que me possuía; por isso vocês deviam morrer jovens, cedo demais!

— Atacaram contra o meu ponto mais frágil, e a flecha contra esse ponto foi lançada. Isso vocês eram, frágeis como a pele de um balão; e mais ainda, como um sorriso que é morto por um simples olhar!

— Mas esta palavra quero dizer a meus inimigos: que são todos os homicídios, comparados ao que me fizeram?

— Vocês foram mais cruéis que qualquer homicida; tiraram de mim o que é irrecuperável: — falo assim a vocês, inimigos!

— Vocês assassinaram as belas visões e as amadas maravilhas de minha jovialidade! Tiraram de mim meus discípulos, todos eram espíritos bem-aventurados! Em sua homenagem exponho esta coroa e esta maldição.

— Esta maldição é contra vocês, inimigos meus! Vocês acabaram com o que para mim era eterno, como um barulho nos desperta durante a noite fria! Quase como um relâmpago dos olhos divinos chegou até mim — mas foi apenas um curto momento!

Em boa hora, assim me disse minha pureza certo dia: "Todos os seres a mim serão Divinos". Então fantasmas imundos passaram a me assolar. Ah! E para onde deveria fugir naquele instante?

— Sagrados serão para mim todos os dias — a pureza da minha juventude assim falou certo dia: mas na verdade, esta fala foi de uma sabedoria espertalhona!

— Mas então vocês, meus adversários, roubaram minhas noites e as passaram às aflições de insônias noturnas. Ah! Para onde se furtou aquela sabedoria espertalhona?

— Nestes dias desejava ser visitado por felizes pássaros de boas profecias; mas o que me puseram no caminho foram agourentas corujas monstruosas, bichos repulsivos. Oh! Onde se refugiou meu doce anseio?

— Um dia prometi abdicar de toda repugnância; e então você mudou todos os queridos ao meu redor em chagas. Ah, para onde fugiu meu mais nobre juramento?

— Como cego percorri sim, trilhas bem-aventurados outrora. Mas então jogaram excrementos no caminho do cego; e agora ele se enoja em sua velha trilha outrora tão conhecida.

— Quando completei minhas mais duras tarefas e celebrei vitórias por minhas superações; vocês fizeram os que me amavam bradar que haviam por mim sido feridos como nunca.

— Mas a verdade é que este agir sempre foi o de vocês; estragaram o meu melhor produto da colmeia e me exterminaram as melhores abelhas.

— Vocês constantemente me enviavam os mais insolentes mendigos me pedindo solidariedade; e em volta de minha boa vontade sempre atiçaram incorrigíveis crápulas. O resultado foram feridas abertas em minha fé virtuosa.

— Eu dei o que me era mais caro como forma de expor meu sacrifício, e depressa a sua falsa devoção o colocava ao lado de suas gordas ofertas; assim a negra fumaça de seus sacrifícios nublava tudo o que me era mais sagrado.

— Uma vez eu desejei bailar como nunca houvera bailado; quis dançar acima de todos os céus. Mas como forma de traição seduziste meu cantor mais apegado.

— E naquele tempo ele cantou horrendas canções, melodias fúnebres. Oh! Seu toque soou em meus tímpanos como trompas da morte!

— Cantor homicida, instrumento de maldade, logo você que era a essência da inocência! Eu estava já preparado para as melhores canções e danças, e então matou-me os delírios com sons aberrantes!

— Somente com bailados eu saberia mostrar a semelhança das coisas elevadas. Agora meu corpo estagnado não executa os movimentos similares aos níveis mais altos!

— Mudas e condenadas permaneceram as minhas mais altas utopias! E morreram todas as imaginações e alegrias de minha mocidade!

— Como poderei suportar tudo isso? Como superarei e vencerei essas chagas? Como ressurgirá a minha alma desses mausoléus?

— Sim, coisas invencíveis, estão em mim pensamentos que nunca serão sepultados, eles fazem até rochedos tremerem: estas são as minhas vontades. Que são também silenciosas e imutáveis através dos anos.

— Seu caminho quer andar com meus pés, minha velha vontade; dura de coração é sua têmpera, e invulnerável.

— Sou vulnerável apenas em meu calcanhar. E você ainda vive e sempre é igual a si mesma, pacientíssima! Superou sempre todos os sepulcros!

— Em você ainda vive o que ficou sem redenção lá em minha mocidade; e como vida e juventude, você permanece aqui acomodada, esperançosa, sobre escurecidos escombros de sepulcros.

— Sim, você ainda é, a mim, a vencedora de sepulcros: salve, ó minha vontade! E até mesmo onde há apenas sepulcros, há ressurreições!

Assim cantou Zaratustra.

XXXIV. VITÓRIA PESSOAL

— Vocês chamam "vontade de verdade", aquilo que os motiva e os faz fervorosos? Ó mais sábios!

— Desejo de imaginação acerca de tudo o que existe: assim chamo eu à sua vontade!

— Antes de tudo vocês desejam tornar racional tudo o que existe; porque vocês duvidam, com justa incredulidade, que isso seja realmente racional.

— Mas querem que tudo se adeque e se curve à sua presença! Assim deseja a sua vontade. Perfeito e liso deve ser, e também submisso ao espírito, como um espelho e seu reflexo.

— Esta é toda a sua vontade, ó sábios entre os sábios, tens vontade de poder; e até mesmo quando pronunciam sobre o bem e o mal, além das valorações.

— Você deseja a criação de um mundo para poder ajoelhar-se diante dele; é a sua utopia e embriaguez últimas.

Como um rio por onde um barco transita, assim são os símplices, o povo. E nessa nau viajam sentadas, acomodadas e encobertas as apreciações das virtudes.

— Seus desejos e suas virtudes vocês depositaram no rio do existir; uma virtude ancestral de poder me foi revelada pelas pessoas que acreditam ser o bem ou o mal.

— Foram vocês, sábios dos sábios, que embarcaram estes convidados nesta nau e deram a eles pompa e nomes grandiosos— vocês e suas vontades dominantes!

— Agora que o rio leva adiante esse barco, tem de levá-lo. Não importando se a onda que revida em seu corpo espumeje e se oponha violentamente ao casco!

— Esse rio não é o risco de vocês ou o fim de seu bem ou mal, ó sábios dos sábios; seu risco é aquele mesmo desejo, a vontade de poder; a incansável, geradora vontade de vida.

— E para que entendam meu discurso a respeito do bem e do mal, quero também pronunciar a vocês meu discurso a respeito da vida e a forma de tudo que vive.

— Persegui tudo o que vive, passei pelos grandiosos e simplórios caminhos, para entender seus costumes.

— Usei espelhos de cem reflexos para captar seu olhar nos momentos em que não desejava pronunciar; seus olhos me revelavam tudo; seus olhos sempre me falaram.

— Obediência! Esta era a palavra que encontrei e sobre a qual ouvi todos os seres vivos falarem. Obediência é essência de tudo que vive.

— Sabe qual é o hábito daquele que vive? Ele recebe ordens por não saber obedecer a si próprio. Esta é a segunda coisa sobre tudo que vive.

— E esta é a terceira coisa que ouvi: ordenar é mais duro que obedecer! Não somente porque quem ordena carrega o peso de todos os obedientes, mas porque essa carga pode esmagá-lo.

— Em cada ordem há perigo e risco. Ao dar ordens, o mandante sempre arrisca a si mesmo. E também quando dá ordens a si mesmo; pois aí também há de pagar por ordenar. Terá que assumir a posição de juiz, executor e réu de sua lei.

— Mas como é isso? — perguntei a mim mesmo. O que leva o ser vivo a obedecer, ordenar e, ordenando, também exercer a obediência?

— Escutem agora minhas palavras, ó sábios dos sábios! Examinem detalhadamente se não adentrei no íntimo da vida e até nas entranhas do seu coração!

— Onde seres vivos foram encontrados, encontrei também desejo por poder; e ainda na vontade que serve encontrei a vontade de ser também senhor.

— Que o mais fraco sirva ao mais forte, a isto o persuade sua vontade, que quer ser senhora que é ainda mais fraco: desse prazer ele não prescinde.

— Assim como o pequeno se subjuga ao grande, para que experimente prazer e poder com o servilismo, assim também o maior de todos se entrega e entra no jogo, pelo poder — põe até a própria vida.

— Eis a entrega do maior de todos: sua ousadia, correr perigo; é um jogo de dados pela morte. E, de onde flui sacrifícios, serviços e olhares amorosos; também flui a vontade de ser senhor.

— Por caminhos cheios de curvas o mais fraco se apresenta até a fortaleza e ao coração do mais poderoso; e ali roubará poder.

— E este segredo me foi contado pela própria vida. "Veja", disse, "eu sou tudo o que deve superar a si mesmo."

— Muito certo é que vocês chamam por vontade de criação ou impulso para o objetivo, para o mais elevado, para o mais distante, para o mais diverso. Mas tudo isso é uma coisa e um segredo apenas.

— Prefiro abrir mão a renunciar a essas coisas; e, na verdade, onde há renúncia e queda de folhas, veja, a vida aí se sacrifica, e isto é pelo poder!

— Que eu seja luta, devir, objetivos e oposição de objetivos; ah, quem descobrir minha vontade, também descobrirá os caminhos irregulares que deverão ser percorridos!

— Seja qual for o objeto criado e como quer que eu o ame; logo ele me passa à condição de rival, mas também de meu amor. Assim deseja minha vontade.

— E você também, homem do saber! Você é apenas uma trilha ou um rastro da minha vontade: na verdade, meu desejo de poder segue também com as pernas da sua vontade pela verdade!

— Errou na verdade aquele que lhe julgou pela expressão "desejo de existir". Esta vontade não existe! Pois o que não existe não pode desejar; e como poderia o que já existe ainda desejar existência?

— Há vida apenas onde há também vontade; mas não essa simples vontade de vida, — e sim "eis o que lhe ensino — a vontade de poder!"

— Diversas coisas são superestimadas, pelo que vive, além da própria vida. Mas no próprio estimar expressa a vontade de poder!

— Em outros tempos a vida me ensinou: e assim, ó sábios dos sábios, ainda resolverei o dilema dos seus corações.

— Na verdade, eu afirmo a vocês. Que bem e mal sejam eternos: isso não existe! É preciso que a si mesmos se superem constantemente.

— Com seus valores e suas palavras de bem e mal vocês exercem violência. Oh avaliadores! E este é o amor oculto e o brilho de vocês; vibração e delírio de suas almas.

— Há ainda uma violência mais poderosa e que cresce de seus valores, e apresenta uma nova superação: nela se quebra o ovo e sua casca.

— E quem quiser ser um criador no bem e no mal, na verdade, deverá ser antes de tudo um demolidor a despedaçar valores.

— Assim, a suprema malignidade é parte complementar da suprema benignidade: este, no entanto, é criador.

— Debatamos sobre isso, ó sábios dos sábios, embora seja assunto intragável. Mas calar é pior; estas verdades mudas tornam-se venenosas.

— E que se faça em pedaços tudo o que possa por acaso despedaçar-se quando de encontro a essas nossas verdades!

— Ainda há muito que construir habitações!

Assim falou Zaratustra.

XXXV. OS HOMENS SUBLIMES

— O fundo de meu mar é bastante calmo: mas quem imagina que lá se escondam monstros divertidos? Minha profundidade é invencível; mas brilha de enigmas e de sorrisos.

— Hoje avistei um homem sublime, solene; um penitente do espírito. Oh! Como sorriu minha alma ao ver sua feiura!

— Com o peito estufado, como se segurasse o ar: assim ele estava, o sublime, em silêncio. Era enfeitado de feias verdades, sua botina de caça, e todo em roupas rasgadas; muitos espinhos também trazia; mas não vislumbrei nenhuma rosa.

— Ele ainda não sabe o riso nem a beleza. Grotesco, esse caçador regressava do bosque do saber. Voltava da luta com selvagens feras: mas seu rosto sério ainda se assemelha a uma fera das selvas; uma fera não vencida!

— Ele continua ali, como um tigre pronto ao bote; mas não gosto de pessoas de almas tensas; tenho afeição hostil a seres retraídos.

— Vocês, meus amigos, me dizem que gostos e escolhas não se discutem? Mas toda a vida é uma discussão sobre gostos e escolhas!

— O gosto é peso e libra ao mesmo tempo, e é também aquele que pesa. E ai do coitado ser vivo que pensa passar sem debate por peso, por balança e por quem pesa!

— Quando uma pessoa sublime se enfarasse de sua sublimidade; aí é que teria princípio a sua beleza, só depois disso então é que eu desejaria prová-lo e aprovar seu sabor.

— Somente quando se afastar de si mesmo poderá pular além de sua sombra; e, em verdade, poderá até penetrar em seu sol!

— Ele esteve nas sombras por muito tempo. O penitente do espírito teve suas faces empalidecidas; ficou moribundo tamanha era a fome em sua expectativa.

— Há ainda desprezo em seus olhos; e esconde asco em sua boca. Agora repousa, é uma verdade, mas não descansou ainda sob a luz do sol.

— Deveria ele agir como o touro; e sua satisfação deveria ter o perfume da terra e não de desprezo por ela.

— Desejaria vê-lo como um touro branco, bufando e mugindo adiante da relha do arado. Seu mugido seria ainda mais um louvor de tudo o que é terrestre!

— Ainda tem seu rosto em sombras; e sobre ele são projetadas as sombras de suas mãos. Obscurecida está ainda a sua visão.

— Sua própria ação é ainda tão somente uma sombra sobre ele. Sua mão obscurece sua atuação. E ele mesmo ainda não se superou em seu ato.

— Amo de verdade nele a cabeça do touro; mas me apraz também ver nele os olhos do anjo.

— Ele precisa também desaprender sua vontade de herói. Ele precisa ser um ser elevado, e não apenas um sublime. O éter deveria elevá-lo, pois ainda é um sem-vontade!

— Subjuga feras, decifra enigmas; mas deveria também perdoar suas feras e enigmas. Deveria torná-los em anjos celestes.

— Seu conhecimento não tem prática em sorrir e não ser ciumento ou invejoso; sua paixão descontrolada não se apaziguou ainda na beleza.

— Na verdade, não é na satisfação que deve o seu anseio emudecer e submergir, mas na beleza!

— A graça é parte da generosidade a uma grande alma. Com os braços sobre a testa deveria o herói descansar; e assim ele deveria igualmente dominar seu repouso.

— Para o herói o belo é a mais cruel de todas as coisas. A beleza não é alcançável a toda vontade impetuosa.

— Mais aqui, menos ali: e justamente pouco aqui é muito; verdadeiramente excessivo.

— Você deve ter os músculos relaxados e a vontade desarmada. Eis o mais difícil para vocês, ó homens sublimes!

— Quando o poder se torna clemente e cadente ao visível; chamamos beleza a essa descida.

— E de ninguém espero beleza tanto quanto de você exatamente, ó poderoso. Que sua bondade seja uma conquista pessoal final.

— lhe julgo capaz de todo o mal e por isso quero de você apenas o bem.

— Na verdade, me diverti muitas vezes com os fracos que se creem excelentes por terem patas mancas!

— Você deve desejar a virtude de uma coluna. Quanto mais uma coluna sobe, tanto mais bela e delicada fica, mas em seu interior precisa estar rígida, resistente.

— Ó sublime, sim, sim!! Um dia será belo e segurará o espelho que reflete a sua própria beleza.

— Então sua alma se agitará por divinos desejos; e haverá ainda em sua vaidade, adoração!

— Esse é, pois, o segredo da alma; o herói logo a abandona, e se aproximará dela, em sonhos — o super-herói.

Assim falou Zaratustra.

XXVI. A TERRA DA CIVILIDADE

— Em meu voo em direção ao futuro cheguei longe demais; fui assaltado pelo pavor. Olhando ao meu redor, somente o tempo era meu contemporâneo.

— Voltei atrás, no rumo de casa e cada vez mais rápido; assim cheguei até vocês, homens deste tempo presente, e aqui, ao país da cultura.

— Pela primeira vez trouxe junto a mim um bom olhar para vocês, e também bons anseios.

— E o que me aconteceu? Embora receio eu tivesse, tive que rir! Jamais meus olhos tinham visto algo tão bizarro!

— Eu ria e ria muito, enquanto isso meus pés tremiam, e também o coração: "Esse deve ser o país dos potes coloridos!" — imaginei.

— Com o rosto e os membros pintados de mil cores diferentes: assim vocês estavam ali, para meu espanto, homens de hoje!

— E havia ao redor de vocês cinquenta espelhos, e eles reproduziam o efeito de todas as suas cores! E vocês não poderiam estar usando melhores máscaras que as suas próprias faces, homens do presente! Naquela fantasia ninguém os reconheceria.

— Completamente riscados com símbolos antigos; e ainda com novos signos pintados sobre esses antigos. Assim vocês se escondiam com sucesso de intérpretes de signos!

— Mesmo que se tivesse um auscultador de entranhas, quem acreditaria que as tivesse? Vocês pareciam ser feitos de papéis coloridos unidos com cola.

— Todas as épocas e povos observam revoltados através do colorido de seus véus; todos os costumes e crenças parecem também confundidos no colorido por causa de seus gestos.

— Se algum de vocês retirasse o manto, o véu, as cores e os gestos, apenas seriam como os espantalhos para afugentar os pássaros.

— Sinceramente eu mesmo sou esse pássaro assustado que os viu sem roupas ou cores; e ao receber um aceno desse esqueleto, fugi apavorado.

— Eu preferiria descer ao inferno e ser serviçal naqueles antros junto às sombras do passado! Os habitantes desse mundo obscuro são mais fortes e saciados que vocês.

— É verdade, a amargura de minhas entranhas, é que não posso suportar vocês nem mesmo vestidos, quanto mais nus, homens do presente!

— O Futuro me traz inquietação; coisas e fatos que um dia causaram pavor aos pássaros arredios, me é, em verdade, mais costumeiro e prazenteiro que essa sua realidade.

— Vocês afirmam "Somos completamente reais, e não temos crendices ou mitos"; e com esse discurso se engrandecem, enchem-se de orgulho — logo vocês que não têm nenhum!

— Sim, como podem crer, ó homens rabiscados! — que vocês podem obras primas, objetos de arte daquilo tudo em que se acreditou!

— Vocês são a renegação da própria fé, e a quebra de todo raciocínio. São indignos de crença: assim declaro sobre vocês, ó homens da verdade!

— Dentro de seus próprios espíritos vocês são bazófios uns contra os outros; delírios e palavrórios de todas as épocas são mais proveitosos que a sua vida de prontidão

— Vocês são estéreis e por isso a sua fé não é efetiva. Mas quem sempre teve que criar, criava também seus falsos sonhos proféticos e sinais das estrelas; e até tinham fé nesta crença!

— Vocês são portões rompidos onde os coveiros fazem vigília. Essa é a realidade de vocês: "Tudo é digno desse final!"

— Oh, como podem se apresentar diante de mim, seus improdutivos, vocês têm ossos à mostra! E mais de um, dentre vocês, não têm se olhado no espelho.

— E dizem ainda: "Será que uma divindade me tirou alguma coisa enquanto eu pestanejava? Talvez, tirado o suficiente para formar uma mulher!"

— "Admirável é a magreza destas minhas costelas!", assim têm dito muitos desses célebres homens de nossa época.

— Sim, vocês me fazem rir, homens atuais! E especialmente quando se engrandecem de vocês mesmos!

— Eu seria mesmo muito pobre se não pudesse rir desse assombro que vocês são, e ainda se me fosse uma obrigação tragar tudo que é repugnante dessas suas tigelas!

— Eu, no entanto, lhes tomarei de maneira leve, pois tenho cargas pesadas a transportar; e não faria diferença se moscas ou besouros ainda pousassem em minha trouxa?

— Na verdade, a mim ela não ficaria mais pesada por isso! E a minha fadiga não me virá de vocês, pobres homens atuais!

— Ah, para qual altura devo me dirigir com meus desejos? A todos os picos dirijo a vista, nesta busca por pátrias e ou terras natais.

— Busco sem sucesso! Não encontro terras natais em nenhum lugar; ficou como errante em todos os lugares, e estou sempre de partida em cada portão.

— Hoje me são alheios; e são ainda escárnios a mim, estes homens atuais, a eles há pouco tempo meu coração me movia; e agora sou expulso de pátrias e de terras mães.

— Por isso apenas tenho afeição ao país de minha prole; uma terra ainda não descoberta, entre mares distantes: e ordeno a minhas velas que o procurem sem cessar.

— Quero corrigir em meus filhos o equívoco de ser filho de meus pais; e corrigir este presente em todo o futuro!

Assim falou Zaratustra.

XXXVII. PERCEPÇÃO IMACULADA

— Quando ontem a Lua surgiu, imaginei que daria à luz um Sol, pois pejada e muito grande se postava no horizonte.

— Mas essa sua gravidez me era um engano; e eu mais entendia que a lua fosse um homem a ser ela uma mulher.

— Mas ela certamente não é muito homem, por ser às vezes tímida e noctívaga. E acima de tudo, anda pelos telhados sempre em má consciência.

— Cobiça e inveja é o que enche a lua solitária, cobiçosa da terra e de todas as alegrias dos que se amam.

— Ninguém, não, ninguém gosta de gatos sobre os telhados! E nada me agrada também neles. Tenho repulsa a todo ser que passeia espreitando janelas entreabertas!

— Devotos e silenciosos eles andam sobre os caminhos de estrelas. E não admiro também os pés de homem que pisam com cautela, e nem suas esporas ouvem-se.

— Sempre ouve-se algo no passo de um homem de bem; porém os gatos flutuam acima do chão. Observe, a lua move-se como um felino, não é sincera.

— Esta semelhança eu os convido a perceber, hipócritas emocionais, a vocês, os "homens do puro saber"! Eu lhes intitulo — lascivos!

— Vocês também amam a terra e as coisas daqui: eu os entendo bem! Mas existe constrangimento nesse seu amor, e também consciências más! Vocês assemelham-se à lua!

— O seu espírito os convenceu a não valorizar as coisas da terra, mas vocês não foram convencidos em suas entranhas, e estas são o ponto forte em vocês!

— Seu espírito agora se envergonha de obedecer aos comandos de suas entranhas e, para escapar desse vexame, anda por trilhas obscuras e insinceras.

— "A mim seria o mais elevado" — assim diz a si mesmo esse seu espírito de falsidade — "Observar sem apego a vida, e não, com a ânsia de um cão, com a língua de fora.

— Ter felicidade na contemplação, mesmo com a vontade já morta, sem as armas e a competição do egoísmo — frio e sem cor no corpo, mas com olhos de luar embriagados!

— A mim seria mais aprazível — ser seduzido e seduzir dessa forma — amar tanto a Terra quanto a Lua com intensidade, e contemplar toda a sua beleza somente com os olhos.

— Que assim seja para mim o conhecimento puro de tudo à sua volta, que eu nada cobice das coisas; a não ser que eu possa apreciar a beleza delas como cem olhos eu tivesse.

— Ó hipócritas sentimentais, nojentos lascivos! Vocês não têm o desejo inocente: e por isso o desejo é caluniado em suas ações! Na verdade, vocês não amam a Terra como quem é criador, como quem gera, como quem se apraz no devir!

— Onde está sua inocência? Onde está seu desejo de gerar? E quem você deseja criar acima de si mesmo? Esses tem para mim a vontade mais pura.

— Onde está a beleza? Onde há necessidade de aplicar toda a minha vontade? Onde eu desejo amar e ser exterminado, a fim de que uma imagem não seja apenas imagem.

— Amar e declinar! São elementos que se combinam há eternidades. Vontade de amor é ter boa vontade para assumir a morte. Assim falo a vocês, covardes!

— Mas seu olhar afeminado e oblíquo quer ser chamado de "contemplação"! E pensam que o que se observa com tais olhos seus deve ser batizado de "beleza"! Ó defraudadores de coisas nobres!

— Sua maldição será essa, seus imaculados, homens do puro saber: vocês nunca darão origem e legado; ainda que se engrandeçam e se achem cheios de vida no horizonte!

— Na verdade, vocês enchem a boca de palavras elegantes. Podemos crer que os vossos corações são transbordantes, grandes falsários?

— Esse meu discurso ainda é pequeno, inculto e desprezível; e eu me agrado de recolher o que cai de sua farta mesa durante as refeições.

— Embora simples, posso ainda usar tais palavras para dizer a verdade aos hipócritas! Sim, estes meus ossos de peixe, estas conchas e cardos devem — incomodar bastante os narizes dos hipócritas!

— Sempre há um ar fétido à sua volta durante as refeições; pois mesmo nesta hora sagrada suas elucubrações lascivos, suas falsidades e segredos estão por aí!

— Primeiro ousem acreditar em si próprios — além é claro, de suas entranhas! Sempre mente quem não pode acreditar em si mesmo.

— Homens "puros" vestem máscaras de deuses, ó "puros"! Por dentro desta feição de uma divindade se esgueira um horroroso verme arredondado.

— Na verdade, enganam a si próprios, senhores "contemplativos"! Também eu, Zaratustra, fui, certa vez, enganado por essa sua divina pele; não percebi camuflados anéis de serpente que nela estavam.

— Até imaginei ver a alma de um deus brincar em seus mesmos brinquedos, ó homens do puro saber! Não imaginava outras artes melhores que as suas!

— A sujeira e o mau cheiro de cobras eram ocultados pela distância. Mas ali passeava em vigília a lascívia e a astúcia de um lagarto.

— Mas demais cheguei perto de vocês; e então as coisas se tornaram claras a mim, e agora se tornam para vocês; chega então ao desfecho este caso de amor com a lua! Observe! Ela está ali, assustada e pálida — antes da aurora!

— E logo o incandescente chega — chega com o seu amor total à terra! O amor solar é a completa inocência e desejo de criação!

— Observe como chega sem paciência acima do mar! Vocês não sentem sua sede e o seu quente hálito de amor?

— Ele deseja tomar o mar e beber toda a sua infinitude, levando-a até as alturas. E assim o desejo do mar se agita em milhares de ondas.

— Beijado e sugado o mar deseja ser pela paixão do sol. O mar quer tornar-se ar, alturas elevadas, caminho de luz e ser ele próprio luz!

— Na verdade, assim como o sol, eu amo a vida e todos os profundos oceanos.

— E isto para mim é o conhecimento. Tudo o que é profundo deve ser elevado até a minha altura!

Assim falou Zaratustra.

XXXVIII. OS DOUTOS

— Enquanto eu dormia, uma ovelha comeu parte da coroa de hera que eu levava na cabeça — comeu e disse: — "Zaratustra não mais é um sábio". Falou assim e saiu orgulhosa, cheia de si.

— Uma criança foi quem me contou esse fato. Tenho prazer em deitar aqui onde as crianças brincam, junto ao muro em ruínas, entre cardos e papoulas vermelhas.

— Para as crianças eu ainda sou um homem sábio; e imagino que também o seja para os cardos e papoulas vermelhas. Esses são inocentes, mesmo que tenham ainda sua maldade. Mas para as ovelhas não o sou mais; assim quis o meu destino — bendito seja!

— Pois esta é a verdade: saí da habitação dos sábios; e, além do mais, bati a porta atrás de mim. Por longo tempo esteve minha alma junto deles à sua mesa; não fui, no entanto, como eles, habilitado a conhecer como se treina para quebrar nozes.

— Amo esta liberdade, o ar puro desta terra aprazível; prefiro dormir em cima de peles rústicas que sobre seus troféus e honrarias. Sou muito ardente e queimado demais por meus próprios pensamentos; e muitas vezes isso até me afoga. Tenho de vir ao ar livre, longe daqueles quartos embolorados.

— Eles, no entanto, ainda se encontram friamente sentados na gélida sombra; querem apenas ser plateia para tudo, e até evitam sentar-se nos locais onde o sol queima os degraus. Muitos deles ficam parados na rua, como postes, boquiabertos olhando para a multidão que passa; também assim aguardam, e olham estupefatos para os pensamentos que outros tiveram.

— Caso alguém os toque com as palmas das mãos, espalham pó como sacos de farinha, até mesmo sem querer; mas quem poderia saber que essa poeira vem do trigo e do amarelo deleite da estiagem nos campos?

— Quando se fingem de homens cheios de espírito, dão-me nervuras suas frases feitas e meias verdades. Sua sabedoria em todo o tempo exala um fedor, como se proviesse do brejo infecto: e, em verdade, nela já ouvi inclusive um sapo a coaxar!

— São bastante habilidosos, seus dedos são ágeis: por que querem sempre a nossa ingenuidade junto de suas maiores habilidades? Para fiar, tecer, atar e enrolar são hábeis seus dedos: assim produzem bem as meias do espírito!

— Eles são excelentes relógios: tenha sempre o cuidado de lhes dar corda adequadamente! Assim indicarão sem falhas as horas, fazendo um singelo ruído.

— Trabalham também como moinhos e trituradores: precisa apenas lhes ofertar os grãozinhos! — têm excelente habilidade em triturar o pequeno grão e torná-lo em pó branco.

— Incrível! Eles se analisam atentamente e não depositam confiança uns nos outros. São bastante inventivos em suas pequenas astúcias; esperam sempre por passadas mancas de outros que julgam ter também o saber — nisso são como as aranhas. Sempre os vejo urdir teias e manipular o veneno com cautela; para isso sempre usam luvas de vidro nos dedos.

— Jogam com muita habilidade dados chumbados; e os vi jogando tão extasiados que até suavam. Eles não me conhecem; menos ainda eu a eles. Suas honras me ofendem mais ainda que suas falsidades e suas trapaças.

— E, quando eu estava em meio a eles, procurava me manter acima. E por esta causa não se agradaram de mim. Eles não permitem que alguém se sobressaia além de suas cabeças; então jogaram madeira, terra e imundícies em cima de mim.

— Com isso me silenciaram o som dos passos; e entre eles, os que menos me ouviram foram os mais "sábios". Todos os pecados e deslizes dos homens enumeraram entre a sua honradez e a minha fraqueza: — a isso eles chamam "falso piso" nas suas casas.

— A despeito de tudo isso, meus pensamentos continuam acima de suas cabeças; e, mesmo que eu quisesse pisar em cada uma das minhas falhas pessoais, ainda assim estaria acima deles e de suas cabeças.

— Os homens não são iguais: a justiça assim diz. E as coisas que julgo corretas eles não podem aceitar!

Assim falou Zaratustra.

XXXIX. OS POETAS

— Desde que eu conheci o corpo melhor — disse Zaratustra a um de seus discípulos — metaforicamente o espírito tem sido para mim apenas espírito, e ainda assim até certa medida; e este 'imperecível' também é apenas uma simbologia.

— Antes eu já o ouvi dizer... — respondeu o discípulo, e então acrescentou — que os poetas mentem demais; por que você disse que os poetas mentem muito?

— Por quê? — disse Zaratustra. — Você questiona por quê? Eu não pertenço ao grupo daqueles a quem se pode fazer um questionamento sobre o porquê? Seria a minha experiência de ontem apenas? Há já bastante tempo que observo e experimento os fundamentos de minhas posições.

— Você deveria ser um tonel de memórias, para que eu lhe informasse as minhas razões. Já é demais para mim reter minhas opiniões; e ainda muitos pássaros voam de mim para longe.

— Às vezes, também acontece de invadir meu viveiro algum pássaro estranho, quando o apanho vejo que pode não ser meu e que este treme quando lhe coloco a mão.

— Mas o que mesmo Zaratustra lhe disse? Que os poetas mentem demais? — Por que teria dito isto, se Zaratustra também é poeta. Você crê que ele possa ter dito a verdade? Você acredita nisso?

O discípulo respondeu:

— Eu acredito em Zaratustra!

Mas Zaratustra balançou a cabeça e sorriu.

— Sua crença não me beatifica. — disse ele — e muito menos se esta crença é depositada em mim. Aceitando que alguém disse seriamente que os poetas mentem demais, ele estava certo — os poetas mentimos demais.

— E mais; também muito pouco sabemos e não somos bons aprendizes. Somos levados a mentir. E entre os poetas qual de nós não adulterou o vinho? Muitas bebidas e misturas venenosas foram elaboradas em nossos bares. Muitas coisas até que não se podem descrever.

— É porque sabemos pouco, e assim estamos bem quando somos seduzidos por pessoas pobres de espírito, principalmente quando são mulheres jovens! E entre aquelas coisas que mais desejamos, estão ditas pelas mulheres idosas à noite. A isso damos o nome de "eterno feminino".

— Cremos no povo e em sua sabedoria. Entendemos como se existisse um caminho secreto ao saber, e este caminho fosse bloqueado para todos os que aprendem alguma coisa.

— Assim acreditam todos os poetas: que quem se presta a ouvir os murmúrios, deitado no gramado ou em colinas ermas, aprende muito a respeito do céu e da terra. E, se lhes brotam emoções de ternura, estes poetas acreditam que a natureza se apaixonou por eles.

— Esta natureza chega vagarosamente aos ouvidos deles e lhes murmura segredos e lisonjas amorosas; e depois, entre os mortais, eles se propagandeiam de tais conquistas.

— Muitas coisas há entre céu e terra que apenas os poetas vislumbraram! E mais novidades há ainda acima do céu, pois os poetas se colocam semelhantes aos deuses, artimanhas de poeta! Na verdade, somos sempre atraídos e levados acima, ao paraíso das nuvens; para ali transferimos nossas estátuas coloridas e as batizamos por deuses e super-homens.

— Esses deuses e super-homens são muito leves para essas cadeiras! Não podem ocupar esses lugares. Ufa, já estou exausto de tantos incapazes que a todo custo tentam ser colocados com evento fantástico! Estou sim, exausto destes poetas!

Quando Zaratustra terminou o discurso, seu discípulo estava bastante irritado, mas optou por guardar silêncio. Zaratustra também ficou calado; mas seus olhos se volveram para o interior, como perdidos no espaço distante. Depois suspirou e respirou fundo.

— Eu sou de agora e do passado — disse —, mas há em mim algo de amanhã e de depois de amanhã, e do futuro. Estou farto dos poetas, tanto antigos como dos novos; são a mim muito artificiais, são mares rasos. Eles não meditaram profundamente, e por isso suas emoções não foram até os temas profundos.

— Pouca voluptuosidade e bastante tédio: até agora sua melhor reflexão foi esta. Os seus dedilhar na harpa são o respirar e voar de fantasmas a mim. O que eles sabem sobre o fervor dos sons? Além disso, não são asseados o bastante para minha companhia; todos eles agitam a lama nas águas para que pareçam propícias apenas a si mesmos.

— Adoram se passar por conciliadores: mas para mim continuam sempre em cima do muro e intrometidos, são ambíguos, meio isso, meio aquilo, e gente suja!

— Quando lancei minha rede naquelas suas águas imaginava fisgar belos peixes; mas sempre trouxe para fora d'água a cabeça de um deus esquecido. Dessa forma o mar deu aos famintos uma pedra. Imagino que eles próprios tenham vindo desse mesmo mar.

— Duvido que neles possamos encontrar pérolas; e eles se parecem bastante com duros crustáceos. Em vez de uma alma, achei internamente neles apenas mucosa salgada. Foi do mar que tiveram lições de vaidade: não seria o mar o dito pavão real?

— Mesmo diante de um búfalo grotesco eles insistem em abrir a cauda de leque, jamais se cansam desse costurado de rendas, prata e seda. O búfalo, chateado, olha carrancudo, segue adiante, pois tem sua alma nos areais, nas matas e nos pântanos, coisas de sua real natureza, não pavão. Que valem para ele, beleza, mar e adorno de pavão! Essa simbologia faço em homenagem aos poetas.

— Na verdade, o seu espírito próprio é o pavão entre os pavões; é vaidade naufragada no mar de vaidade!

— O espírito de poeta espera ter muitos espectadores: mesmo que eles sejam brutos búfalos! Mas eu me enfarei desse espírito; e vejo breve tempo em que eles se cansarão de si mesmos.

— Já testemunhei os poetas transformados, e tendo o olhar voltado para si mesmos. Penitentes do espírito vi serem formados; vieram a partir deles.

Assim falou Zaratustra.

XL. OS GRANDES EVENTOS

Existe uma ilha no mar —, não longe das bem-aventuradas ilhas de Zaratustra — nela uma montanha vulcânica solta fumo todo o tempo; sobre ela o povo diz, especialmente as idosas, que existe um rochedo como portal para o mundo infernal, mas que por essa montanha desce um estreito caminho, como um atalho para a dita porta do mundo inferior.

Nos dias em que Zaratustra se isolou nas ilhas bem-aventuradas, um navio lançou âncora junto à ilha do monte fumegante; o povo embarcado desceu para terra, a caçar coelhos. Por volta do meio-dia, quando o capitão e seus marinheiros se reuniram para embarcar, viram de repente um homem aproximar-se voando e uma voz bradar claramente: — É tempo! Não se pode perder mais tempo!

No momento em que a aparição se aproximava deles — voava rápido como uma sombra, indo em direção à montanha de fogo — identificaram, com espanto enorme, que era Zaratustra; pois todos já o conheciam, a não ser o Capitão; já o tinham visto, e o prezavam da forma como o povo idolatra: com amor e temor em partes iguais.

— Veja! — disse o velho timoneiro — "lá vai Zaratustra para o inferno!"

Por esse mesmo tempo em que os marinheiros chegaram à ilha do fogo, corria notícia de que Zaratustra havia desaparecido; e, ao serem perguntados, os discípulos responderam que ele havia embarcado à noite, sem dizer o destino.

Isso gerou inquietação e três dias depois, essa inquietação foi acrescida do evento dos marinheiros — assim o povo dizia que o Diabo havia levado Zaratustra. É verdade que os discípulos riram dessa boataria e um deles chegou a dizer: — É mais fácil acreditar que Zaratustra levou o Diabo. No entanto, as almas de todos estavam angustiadas e contritas; por isso grande alegria se apresentou quando, cinco dias depois Zaratustra apareceu a eles.

E esta é a narração do diálogo entre Zaratustra e o cão de fogo.

— A terra — disse ele, — tem uma pele; e essa pele padece de enfermidades. Uma delas chama-se "homem". E outra dessas chama-se "cão de fogo": e sobre o cão de fogo os homens têm narrado muitas lendas e mentiras. Contaram e deixaram que fossem contadas. Para desvendar esse segredo, naveguei e atravessei o mar: e vi, totalmente, a verdade nua; dos pés à cabeça.

— Tenho agora informações sobre o cão de fogo; e ainda a respeito de muitos estragos e erupções, além da sua subversão, fatos dos quais todos têm medo e não só as velhas supersticiosas.

— Venha, cão de fogo, de seu profundo esconderijo! — gritei eu, — e declara como é profundo esse abismo! De onde produz essa lava que vomita aqui acima?

— Você bebe com fartura do mar: essa sua salina fala revela! Sinceramente, para um cão das profundezas, você busca demais o seu alimento na superfície!

— Para mim você se assemelha a um ventríloquo da terra! Das vezes que ouvi falar sobre demônios da erupção e da subversão, identifiquei-os semelhantes a você: salgados, falsários e mentirosos e comuns.

— Você sabe rugir e fazer sujeira com suas cinzas! Vocês são os maiores fanfarrões e sabem muito bem cozinhar o barro, a arte de fazer lama quente. Onde estiver, sempre haverá lama por perto e muita coisa esponjosa, cavernosa e escorrida: e tudo isso clama por liberdade.

— "Liberdade" é a palavra que mais gostam de berrar todos vocês: mas não mais acredito em "eventos grandiosos" quando há muitos gritos e fumaça à volta. E acredite, amigo Barulho do Inferno! Os grandes eventos — não são essas nossas explosões de gritaria, e sim os nossos momentos mais sossegados.

— O mundo não gira ao redor dos fazedores de novíssimos barulhos, mas dos criadores de novos valores; e estes, giram sem fazer um só ruído.

— E pode confessar! Quando seu ruído e sua fumaça se espalharam; nada de novo aconteceu. Que valor mudou se uma cidade ficou afundada ainda mais na lama ou se em outra aumentou o número de múmias e estátuas de barro?

— E profiro estas palavras também aos abaladores de colunas. Não há nada mais improdutivo que jogar sal no mar e estátuas na lama. Na lama do seu desprezo se enterra mais uma estátua; e esta é a sua lei: que a partir do desprezo lhe nasce nova vida e beleza viva!

— Com traços mais divinos ela se reergue agora, e sedutora pelo que passou; e, na verdade, ela ainda lhes louvará por a terem derrubado, ó derrubadores!

— Dou este conselho aos reis, às igrejas e a tudo o que é fraco no tempo e na virtuosidade — deixem-se arruinar! Assim poderão voltar à vida, e que assim também lhes retorne a virtude!

Assim falei ao cão de fogo e ele me interrompeu —, raivoso perguntou:

— Igreja? O que é isso?

— Igreja? — respondi eu — é uma espécie de Poder, o mais mentiroso. Mas silêncio, ó cão hipócrita! Você a conhece muito melhor que todos os da sua espécie! Tal como você, o Estado é um cão hipócrita; tal como você. Também gosta de falar com fumaça e estrondos — de modo a impelir crença, como você, que fala coisas de dentro da barriga.

— E ele, o Estado, se gaba de ser o maior e mais importante animal da terra; e as pessoas creem nisso.

Após isso, o cão de fogo reagiu endoidecido de ciúmes.

— Como? — gritou — o maioral entre os animais da terra? E acreditam nisso? — e de sua garganta saiu tanto vapor e palavras horrendas, que o imaginei sufocado de ira e inveja.

Quando enfim se acalmou e sua respiração desacelerou; eu logo lhe disse sorridente:

— Você se irrita muito, cão de fogo! Estou certo sobre você! E, para que eu confirme, escute informações sobre um outro cão de fogo: ele fala diretamente do coração da terra. Há ouro em seu bafo, e chuva de ouro: assim quer seu coração. Para ele as cinzas, a fumaça e este escarro quente não são nada? O seu sorriso lhe sai fazendo voltas maravilhosas, nuvens coloridas; ele é totalmente diferente desse seu murmurar e vomitar ao remexer suas entranhas. Ele, ao contrário, expele ouro e riso — ele os tira do íntimo da terra. Você sabia que o coração da terra é de ouro?

Ao ouvir esse discurso o cão de fogo não me aguentou mais escutar. Constrangido, pôs o rabo entre as pernas, disse um murcho "au, au!" e abatido em sua voz desceu em retorno à sua grota.

Zaratustra narrou assim. Seus discípulos, no entanto, quase não o ouviam pois tinham a vontade de lhe contar a respeito de navegantes, de coelhos e do homem voador.

— Que devo pensar disso? — disse Zaratustra. — Sou acaso uma alma penada? Mas pode ter sido a sombra minha. Já ouviram falar sobre o andarilho e sua sombra, não? Mas há uma coisa certa: preciso lhe prender os passos — ela ainda vai me estragar a fama.

E novamente Zaratustra balançou a cabeça e se admirou. — Que devo pensar disso? — repetiu.

— E por que o fantasma gritou? — É tempo! É tempo! Não se pode perder mais tempo!

Assim falou Zaratustra.

XLI. O PROFETA

"— E eis que vi os homens desaparecendo-se numa grande melancolia. Os mais habilidosos deles estavam cansados por suas obras.

— Foi proclamada uma doutrina, seguida de uma crença: 'Tudo é vazio, tudo é igual, tudo passou!' E em todos os montes e vales ressoou: 'Tudo é vazio, tudo é igual, tudo passou!'

— Fizemos a ceara, e isto é certo: no entanto, nossos frutos apodreceram e sua cor não agrada, por quê? Que mau agouro lhes caiu nesta última lua amaldiçoada, maldita noite? Todo o nosso trabalho foi perdido, nosso doce vinho se tornou em veneno, a má sorte queimou nossas culturas e secou nossos corações.

— Todos nós estamos secos; caso ainda venha fogo, vamos nos verter em cinzas completas; mas o próprio fogo tem cansaço de nós.

— Nossas fontes estão ressecadas e até o mar evita nosso litoral. O chão se abre, mas os abismos não nos desejam devorar! Oh! Onde existe um mar em que nos possamos afogar? Vejam que até nos pântanos já ressoa a nossa queixa e lamento.

— Na verdade, estamos muito cansados para a morte; já deveríamos estar em sepulcros, no entanto, ainda estamos acordados de pé!"

Assim Zaratustra ouviu um profeta falar; e a profecia desse homem moveu seu coração e o transformou. Ele perambulava triste e fatigado, e mudou-se em igual aos que o profeta havia levado a fúnebre mensagem.

— Em verdade — disse ele a seus discípulos — falta muito pouco, e logo será o longo anoitecer. Oh, como livrarei minha luminosidade através daquela prometida escuridão? Para que não me sufoque em meio a essa tragédia! A outros mundos distantes ela poderá ser um farol, e também para as noites ainda vindouras!

Zaratustra foi atacado fortemente em seu coração, que passou a perambular e por três dias não se alimentou nem bebeu; não se pacificou e ficou mudo. Finalmente padeceu em sono profundo. Seus discípulos ficaram ao seu lado em vigílias ininterruptas, esperando, atônitos, que ele acordasse, falasse novamente e se recuperasse de melancolia.

E este foi o discurso proferido por Zaratustra quando acordou; apesar da distância notável, sua voz ainda se fez ouvir aos discípulos mesmo distantes.

— Ouçam o sonho que me afligiu, ó irmãos, e me auxiliem a decifrar seu valor! Esse sonho é um grande enigma para mim; sua simbologia está escondida e aprisionado nele, ainda não flutua livremente, com asas soltas, meu raciocínio acerca dele.

— Sonhei que renunciara à vida. Me tornei um guardião noturno de túmulos e mausoléus, na erma cidade da morte. Lá eu cuidava dos seus ataúdes: as abóbadas estavam repletas dos troféus das vitórias de vocês. Pelos ataúdes de vidro, eu apreciava a vida que tivemos. Eu sentia o perfume de coisas eternas empoeiradas; minha alma padecia sufocada e entorpecida. E quem ali conseguiria sua alma arejar?

— A penumbra da meia-noite era minha companheira, a solidão se ajoelhava junto a ela; e, depois delas, um silêncio de cemitérios, apavorante imobilidade e mistério, os piores de meus companheiros. Eu tinha as minhas chaves, todas elas bastante enferrujadas de eternidade; com elas eu sabia manejar e abrir os mais rangentes de todos os portais.

— Gritos horrendos de cólera corriam por todos os cantos quando se moviam os portais; pássaros sinistros soltavam gritos aterrorizantes, e despertava insolentes. Mais tenebroso ainda e mais preocupante, no entanto, era quando oprimidos por seu coração enchiam o peito, quietos; então eu tornava a me incomodar com aquele traiçoeiro silêncio.

— O tempo passava de modo lento, pausado, se é que ainda havia esta medida: o que eu sabia disso? Benção me foi quando ocorreu o fato que me despertou. Três pancadas soaram em minha porta, foram iguais a trovões, e três vezes soaram e urraram nas abóbadas; então fui até o portão.

— Alpa! — gritei — quem vem trazer suas cinzas ao monte? Alpa! Alpa! Quem traz suas cinzas ao monte?

Posicionei a chave, movimentei o portão com força. Nem um centímetro o portão se moveu. Então um vento barulhento o deslocou com violência; e entre silvos e assovios estridentes jogou contra mim um esquife negro. E em meio a esse rugir, e zunir e gritar o esquife se quebrou, e dele foram despejadas mil gargalhadas diferentes.

— E mil visões com caretas de crianças, de anjos, corujas, alienados e até borboletas do tamanho de crianças riam, zombavam e berravam contra mim. Me assustei, e muito horrorizado caí ao chão. Gritei apavorado, como nunca havia gritado.

— Meu próprio grito me despertou e voltei a mim.

Assim contou Zaratustra seu pesadelo, e calou-se; porque ainda mirabolava em saber qual era o sentido, como interpretar aquele sonho. Mas o discípulo mais querido se pôs de pé; e tomando a mão de Zaratustra e falou:

— Sua própria trajetória de vida nos leva a interpretar esse sonho, ó Mestre Zaratustra! Não és o senhor mesmo esse vento de zunidos agudos, que arromba os portões dos lugarejos de morte? Não é mesmo o senhor um esquife cheio de multicores maldições e angelicais máscaras desta vida?

— Na verdade, assim como as mil gargalhadas de crianças o senhor chega a todos os mausoléus, zombando dos guardas noturnos de túmulos e deles faz as chaves retinir sombrias em mistério. O senhor vai espantá-los e derrubá-los com esse riso; seu desmaio, sono e seu despertar demonstram seu poder sobre eles.

— E, mesmo quando chegar o eterno crepúsculo e o cansaço mortal, o senhor não desaparecerá de nosso céu, ó legislador da vida! O senhor nos apresentou novas estrelas, novos brilhos da noite; e em verdade, o próprio riso armou sobre nós como uma colorida cabana.

— Agora dos esquifes sempre teremos risos de crianças; agora, um vendaval sempre terá vitória sobre o cansaço da morte: o senhor é para nós, o patrocinador e o profeta! Na verdade, o senhor sonhou com os seus inimigos, foi mesmo com eles: esse foi seu sonho, mais um pesadelo!

— Mas, tal como despertou e voltou a si, eles acordarão de si mesmos — e voltarão ao senhor!

Assim falou o discípulo querido; e toda a comunidade se aproximou em torno de Zaratustra, cuidaram e tomaram-lhe as mãos e o persuadiram a sair do leito e da melancolia e voltar a eles.

Zaratustra ficou ainda na cama, aprumado, com olhar alienado. Como alguém que volta de uma longa viagem a terras distantes, observou seus discípulos examinando-lhes os rostos; não os reconheceu. Mas, quando eles o levantaram sobre seus próprios pés, subitamente seus olhos brilharam; e ele compreendeu então todos os acontecimentos, alisou sua barba e falou com voz potente:

— Bem meus amados! Haverá tempo para todas as coisas; cuidem agora, meus discípulos, para que tenhamos uma boa mesa, e logo! Dessa forma pretendo penitenciar por sonhos ruins!

Mas o intérprete deverá cear e beber ao meu lado; e, na verdade, desejo lhe mostrar ainda um mar para que se afogue!

Assim falou Zaratustra.

Em seguida, porém, fixou longamente no rosto do discípulo que havia interpretado seu sonho, e nisso balançava a cabeça aprovando.

XLII. A REDENÇÃO

Zaratustra continuava seu caminho passava por uma grande ponte, quando deficientes, aleijados e mendigos o cercaram. Dentre eles um corcunda se dirigiu Zaratustra:

— Olha, Zaratustra! É certo que a multidão aprende grandes lições com você e cresce na fé em seus dogmas; mas, para que a fé deles seja completa, é necessária uma coisa maravilhosa — você precisa convencer também aos aleijados que aqui estamos!

Você tem aqui uma boa representação nossa, na verdade, uma grande oportunidade! Você pode dar visão aos cegos e dar mobilidade às pernas de paralíticos; e deste que tem corcovas nas costas você poderá tirar o excesso. Penso que esta é uma boa forma de levar os deficientes a terem fé em Zaratustra!

Mas Zaratustra respondeu àquele que lhe falava:

— Quando se alivia as costas a um corcunda, tira-se junto o seu espírito — é o que acredita o povo. Ao cego, quando se torna a ele a visão, dá a ele a triste oportunidade de ver muitas mazelas na terra; como resultado ele amaldiçoa aquele que o ajudou. E ainda mais prejudica-se aquele que ajuda um paralítico, pois mal conseguiria andar, arrastaria atrás de si muitos vícios que acumulou na vida. Isto é o que se ensina a respeito da cura dos aleijados.

— E por que Zaratustra não pode aprender com o povo, se o povo aprende com Zaratustra? Desde que voltei para o convívio dos homens, isto me parece o razoável.

— Esta não tem olho, ao outro falta uma orelha e ainda a um outro falta a perna, e também existem os que perderam a fala, o nariz ou a razão. Vi e continuo vendo coisas ainda piores, e muitas são tão terríveis que não quero pronunciar a vocês; e muito menos silenciar sobre algumas delas.

Aos homens com os quais tudo se fala e aos quais falta tudo, exceto um órgão que têm de mais — homens que nada são a não ser um grande olho, ou uma grande boca, ou uma grande barriga, ou qualquer outro órgão gigantesco — aleijados ao contrário os chamo.

— Ao sair de meu isolamento e passando por esta grande ponte pela primeira vez, não acreditei em minha visão e ajustei a vista, tornei a olhar e pensei:

— Aquilo é uma orelha! Mas uma orelha grande como um homem! Olhei com mais detença e, era verdade, abaixo da orelha movia-se um pequeno órgão, mirrado e franzino a ter dó. Realmente, a enorme orelha estava pendente sobre frágil e estreito caule — e esse caule era um minúsculo homem!

— Quem examinasse pela lente conseguiria identificar um miúdo rosto cheio de inveja; mas havia também uma almazinha inchada e oscilante ao caule. O povo me deu a informação de que aquela grande orelha não era apenas uma orelha, ou um homem; mas um grandioso homem, um gênio. E eu que nunca acredito nas pessoas, sobretudo quando falam de grandes homens — mantive minha teoria de que ali estava apenas mais um aleijado às avessas, desses que têm pouquíssimo de tudo e em excesso uma coisa só.

Assim Zaratustra disse ao corcunda e aos que o tinham por emissário e representante; voltou-se para seus discípulos, com muito desânimo, e disse:

— Em verdade, meus discípulos, eu ando entre os homens como se fosse no meio de pedaços e órgãos de homens! E isso é terrível aos meus olhos, encontrar homens destroçados e alheios como se estivessem em um campo de guerra ou em um abatedouro.

— Quando o meu olho foge de hoje para outras épocas, se depara sempre com a realidade igual: partes e órgãos, e apavorantes cenas — mas nunca homens realmente!

— O presente e o passado expostos na terra — ah, amigos! —, aí está o mais detestável para mim; e eu não saberia viver, se não fosse também um profeta das coisas que hão de acontecer.

— Um vidente, um desejoso, um criador, um homem futuro; e até ele próprio um aleijado imóvel nesta ponte — tudo isso é Zaratustra. E também vocês se perguntam muitas vezes. — "Quem é Zaratustra para nós? Como podemos chamá-lo?".

— E como eu mesmo faço, vocês se dão perguntas como respostas. Ele é um prometedor? Seria ele um cumpridor? É um conquistador? Ou ainda um herdeiro? Uma estação do ano? Uma relha de arado? Um médico? Um convalescente? Ele é um poeta? Ou seria um homem verdadeiro? Um libertador? Ou um domador? Um bom? Ou um mau?

— Eu caminho entre os homens como se eles fossem destroços de um mundo futuro; aquele porvir que vislumbro. E isso é todo o meu esforço e criatividade, eu componho e transformo em um o que é pedaço, enigma e apavorante acaso.

— Como eu poderia tolerar ser homem, se não fosse também um poeta, intérprete de enigmas e redentor das sortes? Corrigir o que passou e modificar o "acontecido" em "eu queria"! — somente isso para mim já seria a redenção!

— Vontade própria! — esse é o lema desses libertados e porta-voz da alegria: assim eu ensino, meus discípulos! E aprendam também esta lição: a vontade própria também está ainda presa.

— O desejar é libertador; mas que nome pode ser dado ao que aprisiona até aquele que liberta?

— "Aconteceu!" — é assim que se chama trincar os dentes e a aflitiva solidão do desejo. Sem forças diante do que é feito — ela é uma expectadora nervosa por tudo que viveu. Ela não pode querer o retrocesso; não poder diluir o tempo e o seu desejo por tempo — eis a solitária aflição da vontade.

— O querer liberta: o que o querer imagina, para poder se ver livre de sua ânsia e poder e zombar de suas algemas?

— Oh! Todo aprisionado se muda em tolo! Assim a tolice também redime a ela mesma, a vontade aprisionada. Não! O tempo não voltará seus passos, isto o contraria. "O que já passou" — esse é o nome da rocha que não se pode mais movimentar.

— Dessa forma, por raiva e desânimo, ele movimenta pedras, pratica revides em alvos que não sentem, como ela, ira e desânimo.

— Dessa forma a vontade, a que livra, mudou-se em causadora de dores: e assim causa dores em tudo que sofre; se vingando de não poder voltar no tempo.

— Isto, somente, é a própria vingança: a contra vontade pelo tempo e seu "Passado".

— Na verdade, uma grande alucinação reside em nossa vontade; e se transforma em maldição para tudo que é humano o fato de essa loucura haver adquirido espírito!

O espírito da vingança: meus amigos, até agora foi essa a melhor reflexão dos homens; e onde havia dor, é porque foi ali aplicado algum castigo. Pois "castigo" é o outro nome da vingança; palavra que apresenta uma face, mas traduz outra verdade que finge ter boa consciência.

— O sofrimento ocorre apenas naquele que o deseja, e uma vez que não é permitido o querer para ontem — o mesmo querer e a própria vida inteira deveriam ser um castigo! E brumas se acumularam, e uma após outra caíram sobre o espírito: o que resultou finalmente em delírio: "Tudo passa, e o resultado tudo merece passar!"

— Eis como a justiça é definida: como a lei que defende a ideia de que o tempo deve se alimentar de seus próprios filhos. E assim a loucura proclama.

— Eticamente, como direito e penalidade todas as coisas estão organizadas. Oh, como poderíamos nos livrar desta correnteza das coisas e da penalidade de existir? Assim prega o delírio.

— Quando há um direito eterno há possibilidade de redenção? Ah, é uma pedra que não se consegue mover, o "passado": a eternidade também deve sofrer todo o seu castigo! Também assim pregou o delírio.

— Nenhuma ação pode ser desfeita: como o castigo poderia desfazer algo? Esse é o ponto de eternidade no castigo da existência, porque ela mesma é classificada como ação e culpa de novo! E eternamente ação e culpa!

— A não ser que esta vontade alcançasse perdão para si própria e o desejar se tornasse não desejar —, mas vocês conhecem, irmãos meus, essa ladainha extraordinário deste tal delírio!

— Destas cantorias fabulosas eu tentei afastar cada um de vocês, quando lhes mostrei que "o desejo é criador". Todo "Passado" é uma parte, um enigma, um apavorante azar — até que o desejo criador diz: "Mas assim eu desejei!"

— Mas até que isso seja dito: "Mas assim eu quero! Assim desejarei!" Mas já pronunciou assim? E quando foi esse fato? Essa vontade já foi desatrelada de sua própria tolice?

— Ela porventura já se tornou redentora de si mesma e atalaia de sua própria satisfação? Despiu-se da vingança e do hábito de ranger dentes? E quem lhe ensinou sobre essa reconciliação com o tempo, ou há ainda algo mais elevado que a reconciliação?

Há necessidade de que a vontade; esta mesma vontade de reconciliação queira algo mais alto que ela mesma —, mas pode isso acontecer? Quem deu essas lições preciosas do retrocesso?

Nesse ponto de sua fala, aconteceu algo que paralisou de repente Zaratustra, ele permaneceu aterrorizado em excesso. Com semblante apavorado olhou para seus discípulos; seu olhar entrou certeiro como uma flecha em seus pensamentos. Depois de alguns instantes riu novamente e disse, aliviado:

— É difícil estar junto aos homens, pois o silêncio é tarefa dura. Sobretudo para um falador incontrolável.

Assim falou Zaratustra.

Mas o corcunda estava atento à conversa, e já ocultando o rosto; quando ouviu Zaratustra rir, olhou para cima, curioso, e disse lentamente:

— Mas por que Zaratustra fala a nós de maneira diferente da que se comunica com seus discípulos?

Zaratustra respondeu:

— Que surpresa há nisso? Com os corcundas, nada melhor que falar de maneira torta!.

— Certo! — disse o corcunda e com discípulos é comum falarmos pelos cotovelos.

— Por que Zaratustra fala com seus discípulos de maneira distinta da que fala consigo mesmo?

XLIII. VIRILIDADE PRUDENTE

— Terrível não é a altura; o que é terrível é a descida! A descida começa de onde parte o olhar que se precipita abaixo, para o fundo e as mãos se estendem para o alto.

— É neste ponto que a vertigem se apodera do coração; e passa a ser dupla a vontade. Ah, queridos, vocês entendem a vontade dupla do meu coração?

— Vejam, qual é a minha queda e o meu perigo, observe que o meu olhar se precipita para o topo, enquanto isso minhas mãos tentariam se prender e amparar nas profundezas!

— Ao homem minha vontade se agarra; me amarro com correntes e me ligo ao homem, porque sou atraído para o alto, ao Super-Homem; porque minha natureza quer se dirigir a essa minha outra vontade.

— E, assim me porto, sou cego no meio dos homens, como nunca os tivesse visto: pois minhas mãos não podem nunca perder a fé na firmeza.

— Não conheço vocês, senhores. E esta melancolia e consolo estão entranhados em mim. Me assento diante das casas de todos os desonestos e pergunto: alguém deseja me enganar hoje?

— A minha primeira realização humana é me deixar enganar, para que não esteja me preocupando em não ser enganado todos os dias.

— Puxa! Se eu me pusesse em vigilância contra meus semelhantes, como um homem poderia ser uma âncora para a minha embarcação! Certamente com facilidade eu seria arrastado pela correnteza.

— Não terei precaução! Esta é a precaução que fica como marca sobre minha existência, pois que tenho de ficar sem precaução. E aquele que não quiser morrer seco entre os amigos, deve ter lições de beber em todos os vasos; e aquele que deseja se manter limpo entre os homens, deve também saber se lavar mesmo em águas barrentas.

— E para meu consolo, muitas vezes me dirigi a mim mesmo nestas palavras: “Coragem! Ânimo coração meu! A angústia falha em tentar lhe assolar; aprecie esse ataque como sua máxima satisfação!” — “Eis porém, uma outra circunspecção humana que trago: sou mais considerável aos vaidosos que aos orgulhosos.

— Não é uma vaidade ferida a mãe das maiores tragédias? Quando, por sua vez, o orgulho é atacado, junto a ele cresce reações melhores que o orgulho.

— A vida para ser um espetáculo, precisa ser bem vivida; assim como um jogo bem jogado agrada mais aos espectadores; mas para isso, entretanto, são necessários bons atores. E bons atores nós os encontramos, todos bem vaidosos. Eles encenam e adoram que a plateia goste de apreciá-los — todo o seu espírito está nesse desejo.

— Fingem e teatralizam bem quando se põem em cena; eu ao lado deles sinto prazer na admiração dos lances da vida; esse espetáculo cura males de melancolia.

— Por isso absolvo os vaidosos, são eles os médicos de minha tristeza e me ligam ao sentido do homem quando os vejo no teatro.

— E ainda mais, quem poderia mensurar a grandeza da simplicidade do homem vaidoso! Sou adepto dele e junto a ele lamento a sua modéstia.

— O modesto quer aprender com você a sua crença em si mesmo; ele se alimenta da sua maneira de olhar, ele se nutre do elogio que você lhe oferece.

— Até em suas mentiras ele acredita se você as disser o fizer a favor dele; pois seu coração suspira profundamente: "Quem eu sou?"

— Se a real virtude é a que ignora tudo sobre si; então o homem de vaidades está desinformado de sua simplicidade! É esta, no entanto, a terceira prudência humana: não me engano com a vista dos maus por uma timidez semelhante as suas.

— Fico extasiado em mirar maravilhas que nascem ao sol quente: tigres, palmeiras e cobras. Também se veem entre os homens lindas ninhadas de pequenos sóis quentes, e muitas dessas coisas são extraordinárias aos maliciosos.

— Em verdade, como os aparentemente mais sensatos entre vocês definitivamente não os são, achei também que a maldade humana está abaixo da fama.

— Muitas vezes me questionei movimentando a cabeça: por que ainda mantém seus sonhos, cobra cascavel?

— Na verdade, mesmo ao mal ainda resta futuro! E sol mais ardente do meio-dia ainda não é uma descoberta do homem.

— Muitas coisas são agora consideradas como pior maldade, mas são apenas como doze pés de tamanho! Algum dia, certamente, dragões maiores virão a este mundo.

— Assim, pode o Super-Homem não ter um dragão seu; um superdragão que seria páreo para ele; e ainda há de ter muito sol quente aquecendo a umidade em florestas virgens!

— É necessário que seus gatinhos selvagens sejam evoluídos a tigres; e também que seus sapinhos venenosos sejam cambiados em crocodilos; pois aí sim, o bom caçador terá bom motivo para a caçada!

— E esta é a verdade a vocês, bons e justos! Há em vocês muitos motivos para riso, e principalmente o seu terrível pavor daquilo que se tem chamado de "diabo"!

— Muitas coisas estranhas às almas grandes ainda estão próximas a você, alma bondosa; fato que seria uma surpresa até ao Super-Homem!

— E vocês, sapientes e informados! Vocês fugiriam do brilho solar da sabedoria, luz na qual o Super-Homem banha, se divertindo, a sua nudez!

— Vocês, homens elevados de saber, que vivem dentro do meu conhecimento! Eis a minha dúvida sobre vocês, e suas risadas secretas: Eu tenho suspeitas de que vocês chamariam meu Super-Homem de demônio!

— Uff, eu me enfastiei dos mais altos e melhores; da sua "altura" anseio estar bem longe; de vocês cada vez mais longe e por sua vez mais perto do Super-Homem!

— Um pavor me tomou conta quando vi, nus, os seus melhores. Admiravelmente cresceram para mim algumas asas para me socorrer, levando-me a futuros distantes.

— E em futuros mais distantes, e em mais meios-dias equatoriais sobre os quais nunca sonhamos; lá, onde os deuses se envergonham de qualquer peça de vestimenta!

— Quero vê-los, vizinhos e companheiros, mas disfarçados, bem-vestidos, vaidosos e estimados, no meio dos "bons e justos".

— E ainda que disfarçado eu mesmo me sentarei junto a vocês, para que eu lhes seja um comum; e que com vocês seja confundido. Porque essa é minha última prudência viril.

Assim falou Zaratustra.

XLIV. A HORA TRANQUILA

— O que aconteceu comigo, meus amigos? Vocês me veem perturbado, rejeitado, estranhamente submisso, pronto a me retirar; infelizmente, me retirar de vocês!

— Sim, é necessário mais uma vez que Zaratustra se retire para o isolamento de sua solidão. Mas, infelizmente, nessa ocasião o urso volta à sua caverna! O que me ocorreu? Quem está por trás desta ordem? — Ah, zangada está minha senhora, e deseja isso; ela havia me dito. Já lhes disse alguma vez o nome dela?

— Ao final da tarde de ontem, falou-me a Minha Hora Mais Tranquila; este é o nome de minha possessiva dama.

— E observem o que me aconteceu; pois vou lhes revelar tudo, para que vocês não endureçam seus corações neste caso de partida tão repentina.

— Podem tremer de pavor dos pés à cabeça! Vocês conhecem o terror daquele que não adormece e começa a imaginar coisas? Está apavorado dos fios de cabelo aos dedos dos pés, porque um abismo se abre sob ele, e o sonho começa.

— Isto lhes falo por parábolas. Mas ontem, nessa que é a hora mais tranquila, o chão se moveu sob mim e o sonho começou.

— O marcador das horas avançou, o relógio da minha vida ofegava; eu nunca tivera ouvido tamanha quietude à minha volta, pois que meu coração ficou aterrorizado. Então algo me falou, mesmo sem voz: "Você sabe isso, Zaratustra?"

— E eu chorei de terror com este sussurro, e o sangue saiu do meu rosto: mas fiquei calado.

Então a fala sem voz mais uma vez me disse:

— Você o conhece, Zaratustra, mas você não o fala!

E eu respondi, finalmente:

— Sim, eu sei, mas não vou falar!

Então novamente me foi dito sem voz:

— Não quer, Zaratustra? É sério! Não se esconda por trás da sua insolência!

Eu então chorei e tremi como uma criança, e disse:

— Oh, sim, mas como poderei fazer? Livra-me disso, por favor! Está além das minhas forças!

Então, novamente, falou-me sem voz:

— Nada me importa sobre você mesmo, Zaratustra! Emita a sua palavra e morra!

E eu respondi:

— Hã, a minha palavra? Quem eu deveria ser? Eu espero o mais digno! Eu não sou digno de me quedar por esse labor.

Então, novamente, falou-me sem voz:

— O que importa sobre você mesmo? Você ainda não é humilde ao padrão que espero. A humildade tem a pele mais resistente.

E eu respondi:

— Em que a pele de minha humildade ainda não foi treinada? Habito aos pés de minha estatura; não sei qual a altura de meus topos, ninguém ainda me informou. Mas eu conheço bem os meus abismos.

Então ouvi a voz misteriosa mais uma vez:

— Zaratustra, aquele que há de mover os montes também remove vales e planícies.

Eu respondi:

— Meu discurso ainda não moveu colinas, e a minha fala não alcançou os homens. Tentei ir aos homens, mas ainda não os alcancei.

Então novamente me foi dito pela voz:

— O que você sabe, portanto? O orvalho vem sobre o relvado em horas de noite silenciosa.

E eu respondi:

— Eles me ironizam e zombam quando eu descobri e trilhei meu próprio caminho; é certo que meus pés vacilaram. E por isso me afrontaram: — "Perdeste o caminho primeiro; agora já não sabe nem andar!"

Então, novamente, falou-me o sem voz:

— Que problema há na zombaria deles? Você não é o prometido que não teve lições de obedecer comandos? Agora é seu o comando! Não percebe quem é mais necessário sobre todos? Quem agora profere grande ordenanças. Sim! Realizar grandes missões é difícil; mas a missão mais difícil é comandar grandes coisas. E essa é a sua teimosia imperdoável: Você tem o poder, e não deseja reinar!

E eu respondi:

— Eu não possuo o rugir do leão para todos os comandos.

Então, em sussurro, mais uma vez me foi dito:

— Você é a palavra silenciosa! E palavras silenciosas têm poder para trazer a tempestade. Pensamentos macios como a lã coordenam o mundo. Ó Zaratustra, você passará como uma sombra que está por vir; assim você ordenará, e ao dar ordens, chegará a ser o primeiro.

Respondi:

— Tenho vergonha!

Mais uma vez me foi dito sem voz:

— Você ainda deve tornar-se uma criança; que perca essa vergonha! O orgulho dos jovens ainda reina em você; muito tarde você se tornou jovem, mas se quer se tornar criança deve superar essa sua jovialidade.

Esperei considerando um longo tempo, tremendo. Finalmente, no entanto, eu disse o que a princípio era meu passo.

— Eu não vou!

Então riu-se ao meu redor. Infelizmente, essa risada, como as demais, dilacerou minhas entranhas e estraçalhou meu coração! E me foi dito uma última vez:

— Ó Zaratustra, seus frutos estão maduros, mas você não está maduro para os seus frutos! Portanto, precisa voltar à solidão, para que ainda a tempo se torne maduro.

E novamente a risada; e ela fugiu, depois ficou imóvel em volta de mim, como se tivesse uma dupla imobilidade. Deitei-me ao chão e o suor escorria dos meus membros.

— Agora vocês já ouviram tudo, e a razão pela qual preciso voltar à minha solidão. Nada escondi de vocês, meus amigos. Mas ainda assim vocês me ouviram dizer: quem mais poderia ser um homem mais discreto, e será assim!

— Ah, meus amigos! Eu poderia ter mais coisas a lhes dizer! Eu deveria ter algo mais para lhes oferecer! Por que eu não ofereço? Seria eu então um avarento?

Quando, no entanto, Zaratustra pronunciou essas palavras, a intensidade de sua dor, e a sensação da iminência de sua partida vieram sobre seus amigos, e fez com que ele chorasse alto. Ninguém poderia consolá-lo. Naquela noite, porém, ele foi embora sozinho e deixou seus discípulos.

TERCEIRA PARTE

"Vocês olham para o alto porque desejam exaltação; eu olho para baixo porque já sou exaltado. Quem entre vocês pode ao mesmo tempo sorrir e ser exaltado? Quem sobe nas montanhas mais elevadas ri de todas as peças e realidades trágicas." ZARATUSTRA

XLV. O ANDARILHO

Era aproximadamente meia-noite, Zaratustra percorreu o caminho da ilha, para que ele chegasse ao alvorecer à outra costa; pois de lá pretendia embarcar. Havia ali uma boa enseada, na qual as embarcações estrangeiras preferiam ancorar.

Nesses navios embarcavam também algumas pessoas das Ilhas Bem-aventuradas, desejosas de atravessar o mar. Enquanto Zaratustra subia a montanha, meditava nas viagens solitárias que já havia feito e nas muitas montanhas, cordilheiras e cúpulas que ele já havia escalado desde a sua juventude.

Eu sou um viajante e um alpinista — disse ele ao seu coração — eu não me afeiçoo às planícies; e tenho em meu espírito que não posso ser constante em todo o tempo.

Deve ser porque o meu destino ou as coincidências que me esperam, me preparam sempre uma viagem como forma de ascensão. No resumo, cada qual vive somente para si mesmo. Já passou o tempo em que eu poderia me deter a circunstâncias. E o que me poderia acontecer que não me pertença. Esse é o momento em que acidentes talvez aconteçam; e o que poderia agora vir por sorte, que já não seja a minha?

O meu ser está de regresso; apenas volta, chega em casa, finalmente! Eu próprio, que há muito tempo permaneci no exterior e me espalhei por coisas e situações incidentais.

Mas uma coisa eu sei: estou agora pouco antes do meu último cume, e ante de tudo aquilo que desde a eternidade me é reservado. Ah, meu caminho mais difícil devo subir! Ah, eu comecei minha mais solitária divagação!

Quem há de ser, porém, da minha natureza, e não foge em tal hora; a hora que lhe diz:

— Agora, sozinho, só, você vai para a grandeza! Cúpula e abismo — agora são compostos juntos! Siga o caminho da sua grandeza; ele agora se tornou o seu último refúgio, o mesmo que foi até agora o seu último perigo!

— Vá para a sua grandeza; essa hora há de ser sua maior coragem pois não há mais caminho de volta, e se vai para a sua grandeza, ninguém o furtará! Os seus passos não deixarão pegadas atrás de você, e ao olhar para voltar verás a placa: Impossibilidade.

— Caso as escadas daqui em diante falhem, você deverá aprender a montar sobre si mesmo; ou poderia subir de outra forma? Sobre a sua própria cabeça, e além de seu próprio coração! E agora mais gentil você precisa se tornar, o que é tarefa dura.

— Aquele que sempre se cuida em excesso, adoece e fica carente de muitos cuidados. Elogios para aquele que se faz resistente! Não me agradam a terra onde homens são criados a manteiga e mel!

— É preciso olhar para as distâncias se quisermos ver muito mais paisagens; essa habilidade é primordial a todo alpinista.

— Aquele que é investigador, mas de olhos indiscretos, como poderia perceber além das coisas superficiais, ali no primeiro plano!

— Mas você, Zaratustra, que deseja ver a essência de todas as coisas, ver a razão e o profundo; deve subir além de si mesmo. — Para cima! Ao alto! Até que as suas próprias estrelas lhe estejam aos pés!

— Sim! Olhar para mim mesmo e para minhas estrelas olhando para baixo. Só identifico assim a minha Cúpula, e essa é a última cúpula que me falta alcançar!

Assim Zaratustra disse a si mesmo enquanto subia, alimentando seu coração com máximas verdadeiras; pois seu coração estava ferido como nunca antes. E quando alcançou o alto da montanha, viu diante de si um outro mar. Ele ficou parado, quieto e silencioso. Neste momento, a noite estava fria, clara e estrelada.

— Sei reconhecer a minha sina. — disse afinal, com tristeza: — Vamos! Estou de prontidão. Teve início agora a minha última solidão. Oh, este mar sombrio e triste aos meus pés! Ah, esse sombrio e noturno pesadelo! Ah, destino e mar! É necessário agora descer para vocês!

Diante estou de minha mais elevada montanha e de minha mais longa peregrinação! Preciso ir ao mais profundo que jamais desci.

— É necessário ir mais fundo na dor, como nunca fui; preciso ir até as mais negras profundezas! Pois assim quer o meu destino! Vamos! Estou pronto!

— De onde vêm estas montanhas tão elevadas? — eu perguntei certa vez — Então aprendi que elas surgem do próprio mar.

— Esse testemunho está redigido em pedras e nas paredes de suas cimeiras. Desde o mais profundo ao mais alto deve alcançar ao seu topo.

Assim falou Zaratustra no cume da montanha, onde o frio era cortante; quando, no entanto, ele chegou à proximidade do mar, e finalmente estava sozinho entre os penhascos, sentiu-se cansado daquela trilha e ficou mais desejoso ainda que nunca.

— Tudo ainda dorme — disse ele — até o mar dorme sonolento. E noto que dirige um olhar misterioso e sonolento. Mas sua respiração é quente; eu percebo. E também percebo que ele agora sonha. Se agita sonhando sobre travesseiros duros.

— Ouça! Ouça! Percebe-se pelos gemidos que o sonho traz más recordações! Ou maus agouros?

— Ah! Monstro das Sombras, estou triste contigo, e zangado comigo mesmo por sua causa.

— Por que minha mão não tem força suficiente? Desejo livrar minha alma dos sonhos maus!

Enquanto Zaratustra falava, ele, em profunda melancolia e amargura, ria de si mesmo.

— O que Zaratustra! — disse ele — deseja mesmo cantar consolos ao mar?

— Ah, Zaratustra! Você é um louco próspero de amor e bêbado de crença! Mas sempre foste assim; sempre lhe aproximaste intimamente de coisas tétricas. Se há uma aberração, você a acaricia. Um bafo quente, e algumas garras de agilidade um pouco mais lenta e você esta pronto a amar e trazer para si.

— Amor, devoção a qualquer coisa, basta-lhe um suspiro de vida — esse é o perigo do solitário. Cômicos, na verdade, são esta minha loucura e esta modéstia para amar!

Zaratustra assim falou e mais uma vez riu. Se lembrou desta feita dos amigos deixados atrás; como se pecado contra eles tivesse; se censurou por esta causa. E da risada chorou. — Zaratustra chorou copiosamente de raiva e ansiedade.

XLVI. A VISÃO E O ENIGMA

I

Ao correr entre os marujos a nova de que Zaratustra estava embarcado; pois um habitante das Ilhas Bem-aventuradas tinha subido junto dele, houve grande euforia e curiosidade.

No entanto, Zaratustra se manteve em silêncio por dois dias e permaneceu na frieza e surdez absolutas por causa de sua melancolia; e assim não reagia a olhares nem a perguntas.

Na noite do segundo dia, no entanto, ao serem abertos seus ouvidos, ainda permaneceu calado para ouvir uma série de coisas insólitas que aconteciam naquela viagem. Viagem que vinha de longe, mas ainda se esperava ir mais longe ainda; pois Zaratustra é amigo de todos os que fazem longas viagens, assim como dos que amam os grande perigos.

Ao perceber que sua própria língua estava liberada, e o gelo do coração já se derretera, ele então começou a falar:

— A vocês, que são corajosos e arrojados aventureiros, não importando quem quer que sejam, mas que já tomaram parte em viagens em naves de velas espertas e em mares assustadores.

— Para vocês, misteriosos, os amantes do crepúsculo, cujas almas são seduzidas por sons de flautas a por ventos traiçoeiros. — Porque não aprovam descobrir o caminho com olhos cegos; e onde se pode conhecer, para que tentar adivinhar?

Apenas digo o enigma que vi — a visão do anacoreta.

Caminhava eu preocupado durante o crepúsculo, pálido com um defunto; preocupado e firme, com lábios cerrados. Não havia mais um único raio de sol para mim.

Um caminho morro acima e a subida tinha muitas pedras, necessário era muita ousadia para vencê-la. E era caminho para solitários, amaldiçoados, gente que não se agrada de ervas nem de arbustos. Algumas vezes os pedregulhos rolavam-me debaixo dos pés; outros eram triturados pela ousadia deles. Os meus pés marchavam para cima, fazendo tremer os seixos ou pisoteando firme em pedras que me fizeram escorregar; nesse esforço meus pés me levaram a subir.

Acima! Embora estivesse sobre mim, como uma opressão, o espírito que me puxava abaixo, na rota do abismo, o espírito da gravidade, meu diabo e arqui-inimigo.

Acima! Embora estivesse sobre mim outro espírito, este meio anão, meio míope, paralisando-me e prendendo-me; pesando-me os ouvidos com chumbo, e também pensamentos como gotas de chumbo em minha mente.

— Ó Zaratustra! — sussurrou com choça, sílaba por sílaba. — Pedra de Saber!! Você se jogou ao alto, foste para cima, mas cada pedra jogada deve cair! Ó Zaratustra! Pedra da Saber, pedra de estilingue, destruidor de estrelas! Você se arremessou tanto, mas todas as pedras jogadas sempre devem cair!

— Condenou-se a si mesmo a sua própria ourivesaria: Ó Zaratustra, muito alto atiraste a sua pedra — agora ela lhe cai sobre a cabeça!

O anão então ficou em silêncio; e muito tempo esse silêncio durou; e cada vez mais me oprimia; e quando uma pessoa se divide, sente-se duplamente solitária, muito mais que quando sozinho! Eu subi, subi, sonhei, pensei — mas tudo me oprimia. Semelhante a um doente, que se cansa da tortura de seu padecimento e do seu sono é despertado por um pesadelo.

Há em mim qualquer coisa que chamo coragem; e essa é que eliminou em meu espírito a prostração. E, por fim, essa coragem me habilitou a bradar:

— Anão! Enfim, sou eu ou você! — Pois a coragem é o melhor assassino — é a coragem quem ataca; pois em todo ataque, há notas do som de triunfo.

O homem é o ser mais corajoso: assim vence qualquer animal. Com brados de triunfo ele vence toda dor; e essa dor, humana dor, é a mais grave.

A coragem também mata o medo à beira dos abismos; e onde não estará o homem, senão à beira de abismos! Olhe aí agora a seus pés... não vê seu abismo?

A coragem é mais hábil executor; ela elimina também a compaixão. A compaixão por um amigo, entretanto, é o abismo mais profundo; tão profundo quanto ao homem lhe parece. Quanto mais alto o homem olha no viver, mais fundo também ele olha no sofrer.

A coragem, entretanto, é o melhor matador, a coragem vai para cima; ela extermina até a própria morte; pois diz: — "Quê? Era a vida isto? Então comecemos novamente!"

Nesse discurso há muito do som de triunfo em guerras. Quem tem ouvidos para ouvir, ouça.

II

— Alto, anão! — disse eu. — Ou eu, ou você! Mas eu sou o mais forte de nós dois — e você conhece meus profundíssimos pensamentos! Você não me poderia suportar!

Logo depois ocorreu um fato que me deixou mais aliviado: o anão irreverente pulou dos meus ombros, agachou-se numa pedra à minha frente. Ali perto de onde paramos havia um portal.

— Olhe para este portal, anão! — continuei — ele tem duas faces. E duas estradas se unem aqui; e ao fim deles ninguém trilhou ainda.

— São duas ruas largas; uma que sobe e outra que desce; ambas para a eternidade. E esses caminhos são contrários e se completam um ao outro; — e é aqui, neste portal, que eles se reúnem.

— O nome do portal está escrito logo acima: "Agora"! Mas se alguém seguisse sempre, a local cada vez mais longínquo, adiante; você pensa, Anão, que essas estradas seriam eternamente contrárias?

— Tudo o que é reto mente! — murmurou o anão com desdém. — Toda a verdade é torta; o próprio tempo é um círculo.

— Você, espírito de pesadelo! — eu disse irado — não fique nessa superficialidade! Ou o deixarei por aqui o resto da vida; e não se esqueça de que eu o carreguei até aqui em cima!

E continuei:

— Veja este momento! Da porta de entrada, "Agora" volta para trás esta estrada eterna e larga. Uma eternidade fica para trás de nós. Todas as coisas capazes de movimento já não devem ter se movimentado por esta estrada? Todas as coisas que podem ocorrer já não podem ter ocorrido alguma vez?

— E se tudo já existiu por aqui, qual é a sua opinião, anão, sobre esse Agora? Este portão já não deve também ter existido por aqui? E as coisas não mantêm entre si uma ligação, de forma que esse momento atrai outros após si mesmo? E por resultado... caminha até aqui esse mesmo agora? Pois tudo o que é capaz de movimento deve seguir seu destino também nessa mesma estrada que sobe!

— Lembre-se daquela lenta aranha que se assustava à luz da lua? Ela é a própria luz da lua; e eu e você, que nos encontramos juntos aqui no portal do "agora" dialogando sobre coisas eternas; já não teríamos passado por aqui, e tornamos a correr juntos pela mesma rua que sobe? Não deveríamos, nós, retornar eternamente?

Assim eu falava, e sempre com voz cada vez mais leve; pois meus próprios pensamentos me traziam medo, eram pensamentos retrógrados. Ouvi um cachorro uivar bem próximo. Já não teria eu ouvido o uivo deste cão? Meus pensamentos voltaram.

— Sim! Quando eu era uma criança, na minha infância mais distante. — O vi também, com pelos bem arrepiados, com a cabeça para o alto; e tremia naquela calma meia-noite, quando até os cães acreditam em fantasmas.

— Essa cena me causou pena. Por que a lua cheia foi silenciosa como a morte sobre a casa; só então parou, com seu brilho, por acima do telhado, como se ela fosse propriedade de alguém.

E foi isso que atormentou o cachorro, pois cães acreditam em luas, fantasmas e ladrões.

E tive novamente uma grande pena, pois o cão uivou outra vez. O que aconteceu então, agora, com o anão? Com o portal? E com a aranha? E onde estão agora aqueles segredos todos? Eu teria sonhado? Eu estava acordado? Me vi logo depois entre rochas ásperas, estava sozinho, abandonado e triste ao luar mais sombrio.

Mas encontrei ali perto um homem! E também lá um cachorro pulando, todo arrepiado. E cada vez que eu caminhava aquele cão choramingava. Nunca vi um cão chorar uivando assim daquela forma.

Mas na verdade, eu nunca havia visto algo como o que ali estava.

Vi um jovem pastor se contorcendo, a tremer e desejoso; tinha o semblante distorcido e também uma forte serpente negra pendurada na boca. Alguma vez eu teria visto um rosto semelhante em repugnância e terror? Certamente ele pegara no sono e ali em sua boca a serpente aferrara-se, entrando até sua garganta.

Comecei a tirar a serpente, e minhas mãos puxavam e puxavam — em vão! Não conseguia puxar a serpente para fora de sua garganta. Então saiu de minha boca um grito:

— Morda! Morda e corta-lhe a cabeça! Morda! — essa ordem foi exclamada de dentro de mim; com meu horror, meu ódio, minha indignação, minha pena, todo o meu bem e o meu mal explodiram com uma só voz para fora de mim.

— Vocês! Corajosos a minha volta! Vocês, exploradores e aventureiros, e quem quer que tenha embarcado em velas agitadas em mares de novidades! Vocês amam os enigmas! Resolva para mim o enigma que então vi, interprete para mim a visão do mais solitário! Pois sei que é uma visão e uma profecia, — que teria eu visto então naquela simbologia? E quem é aquele que um dia há de chegar?

— Quem é o pastor a cuja garganta a serpente se apegou? Quem é o homem cuja garganta foi entupida pelas mais negras e pesadas coisas?

O pastor então, ouvindo o meu grito de advertência, mordeu fortemente e com essa dentada forte arrancou pedaços. Longe ele cuspiu a cabeça da serpente e saltou ao ar.

Já não mais era um pastor, nem um homem — ele era um ser transfigurado, era um iluminado, que sorria bastante! Nunca na terra um homem sorriu como ele!

— Ó meus irmãos, eu ouvi uma risada que não era humana, e agora há uma sede dentro de mim, um desejo que nunca será saciado. Devora-me uma ânsia por aquele sorriso! Meu desejo por esse sorriso me atormenta: — oh, como ainda posso suportar viver? E como poderia morrer agora?

Assim falou Zaratustra.

XLVII. BEM-AVENTURANÇA INVOLUNTÁRIA

Zaratustra navegou pelos mares com tais enigmas e algumas amarguras em seu ser. Quando se encontrava ainda a quatro dias de distância das Ilhas Bem-aventuradas e de seus amigos, então ele superou toda a sua dor; — triunfante e com passos firmes, ele novamente retomou seu destino. E Zaratustra assim falou à sua consciência que estava radiante de satisfação:

— Estou novamente só, e assim quero continuar, sozinho com o céu sereno e o mar aberto à minha frente; reina de novo belas tardes à minha volta.

Em certa tarde, encontrei meus amigos uma primeira vez. E em outras tardes, naquele mesmo horário — hora em que toda a luz se torna mais calma; eu os encontrava outras vezes.

Desejo agora que os fachos de felicidade que se encontram a caminho entre céu e terra encontrem asilo numa alma luminosa. Agora a ventura tornou mais tranquila a luz.

— Ó tardezinha da minha vida! Houve vez em que minha felicidade também desceu ao vale para procurar um abrigo; bom que encontrou então aquelas almas hospitaleiras.

— Ó tarde da minha vida! O que eu não ofereci para que tivesse uma única coisa: esta viva plantação dos meus pensamentos, e esta alvorada de minhas mais altas esperanças!

Certo dia o criador procurou companheiros e filhos de sua viva esperança; porém, ocorreu que não os encontrou; percebendo a necessidade de criá-los.

— Estou, portanto, no meio desta minha tarefa, indo a meus filhos, e deles voltando; por causa desses seus filhos, Zaratustra precisa se aperfeiçoar.

— Pois no coração se ama apenas o filho e a obra; e onde existe um grande amor para si mesmo, aí há o sinal de muita fertilidade. E esse é o sinal que tenho percebido.

Meus filhos, que são árvores de meu jardim e da minha melhor porção de terra, são ainda verdejantes em sua primeira primavera, um sempre de pé, pertinho um do outro, e sacudidos em comum pelos ventos. Que bom! Pois, na verdade, onde essas árvores permanecem perto umas das outras, aí existem Ilhas Bem-aventuradas!

Mas um dia eu desejo pegá-las e transplantá-las em outros locais, separadamente. Para que aprendam a solidão, a altivez e a prudência.

Cheias de nós, contorcidas, mas com flexível dureza, elas devem permanecer próximos ao mar, como um farol vivo, de vida invencível.

No mesmo local onde as águas das montanhas se precipitam para o mar, onde as bases das montanhas são beijadas pelas águas, cada um deles deverá estar de sentinela dia e noite, como se fosse seu teste e aprovação.

Todos eles serão testados e reconhecidos, para comprovar que são de meu tipo e linhagem: — se são donos de vontade persistente, sóbrios mesmo quando falam, e condescendentes de tal maneira que aceitem doar.

— Tudo isso para que um dia cada um se torne um meu companheiro, um colaborador e amigo de Zaratustra: — alguém que escreva minhas vontades em tábuas, colocando a perfeição mais completa como raiz de todas as coisas.

— E por ele e seus semelhantes, terei como objetivo me aperfeiçoar; portanto agora fujo de minha satisfação pessoal e me apresento a todo infortúnio, para a minha última prova e formação.

Pois que já era tempo de partir, e a sombra do viajante, o tédio prolongado e a hora mais tranquila — todos me disseram: — Não há mais tempo para se aguardar!

A palavra me foi soprada pelo buraco de uma fechadura: — "Ande!"

Mas eu estava aprisionado pelo amor aos meus discípulos: a intensidade causada por esse amor me levava a ser oferecido como presa por meus discípulos e morrer por eles.

A mim, que desejava, o desejar é já me ter entregado. Eu os possuo, meus filhos! E nessa posse tudo deve ser certeza e nada desejo.

O Sol do meu amor ardia sobre mim. E Zaratustra também se queimava em seu próprio jugo. Foi quando sombras e dúvidas se abalaram sobre mim.

Tudo era tão quente, que eu desejava a geada e o inverno:

— Oh! Voltem a mim a Geada e o Inverno!! Venham me fazer tiritar e triturar! — suspirei eu. — Então se avultaram dentro de mim, nuvens glaciais.

— Meu passado arrebentou seu esquife dentro de mim; inúmeros traumas sepultados vivos acordaram: — eles estavam apenas adormecidos em vestes de fúnebres.

Assim tudo me convocava em símbolos:

— Está na hora! — mas eu não ouvi, até que finalmente meu abismo se agitou, e meu pensamento me mordeu.

— Ah, pensamento abismal, que é o meu pensamento! Quando encontrarei forças para lhe ouvir ecoar sem tremer?

— Minha garganta repete os tremores do coração quando ele palpita. Mas o silêncio dele me faz como que estrangulado por seu abismal silêncio.

— Nunca ousei lhe chamar à superfície; só sua companhia ao meu lado já era bastante, mais ainda quando o carregava. Até agora não fui audaz e nem tive a potência suficiente para o meu último lance de leão.

— Seu peso me tem sido bastante terrível, mas em breve hei de ter força e voz de leão para lhe invocar à superfície! Quando eu me superar, então me superarei também no que me será o maior triunfo; e essa vitória será para mim como selo de minha perfeição!

— Por enquanto ainda divago em águas duvidosas; o acaso me tem elogiado e seduzido; olho para trás e para frente, não consigo enxergar meu destino final.

— Não é ainda tempo de minha luta! Ou pode ser até que chegue agora. Certo é olharem para algumas belezas traiçoeiras em mim, o mar e a vida que me rodeiam.

— Ó crepúsculo da minha vida! Ó felicidade de antes da noite! Ó farol e porto no alto mar! Ó paz na inconstância! Como tenho descrença em todos vocês!

— Sim! É verdade que desconfiado sou de sua beleza pérfida! Como amante eu sou aquele que desconfia de um sorriso muito elegante. Sou como o ciumento que repele sua amada, é carinhoso até em sua hora mais violenta, assim também eu me recuso na hora venturosa.

— Saia! Se aparte de mim hora venturosa! Ao seu lado eu fui bem-aventurado, mas esse foi também meu pesar! Aqui continuo, pronto para me entregar à minha dor mais intensa; chegou em má hora!

— Para longe de mim, hora feliz! Busque antes abrigo além; vá para junto de meus discípulos!

— Vá! Corra! Abençoe-os antes do anoitecer e transmita-lhes a minha satisfação! Já se aproxima a noite, declina o Sol! Está se esvaindo a minha felicidade!

Assim falou Zaratustra.

E esperou sua desgraça a noite toda; mas inutilmente esperou. A noite permaneceu clara e calma, e a felicidade cada vez mais se ajustava a ele. Pela alvorada, no entanto, Zaratustra riu do seu coração e afirmou com ironia:

— A felicidade me persegue. E é por isso que eu não corro atrás de mulheres. Porque a Felicidade, meus queridos, é uma mulher!

XLVIII. AO ALVORECER

Ó céu exuberante, céu exposto acima de mim! Céu claro e eterno! Eternidade de luz! Ao contemplá-lo eu tremo de desejos divinais.

Elevar-me até as tuas alturas: essa é minha desejada profundidade! Cobrir-me com sua pureza: eis meu desejo de inocência! Você oculta Deus em sua beleza; da mesma forma esconde as suas estrelas. Você não fala; mas ainda assim me ensina sabedoria.

Mudo aparecestes a mim sobre o mar agitado; seu amor e seu pudor revelam-se à minha alma inquieta.

Tão belo, veio a mim tentando ocultar sua beleza. Mesmo mudo, falou profundamente a mim, ensinando-me sabedoria. Como pude, oh céu, não adivinhar todos os segredos de sua alma? Antes de me chegar o sol, o mais solitário.

Somos amigos, companheiros de sempre; as nossas agruras, tristezas e horrores são o limite de nossos seres; até o sol nos é comum.

Nós não falamos um ao outro, porque já nos sabemos demais; ficamos em silêncio e nos entendemos por sorrisos.

Você não é a luminosidade de minha chama? Não é a alma irmã de minha inteligência? Tudo aprendemos juntos; juntos aprendemos elevar-nos acima de nós mesmos e a sorrir sem nuvens para baixo, com olhos desimpedidos, até locais distantes, quando abaixo de nós se decompunham como fumaça a imposição, o termo e o equívoco.

E quando eu peregrinava sozinho naqueles caminhos do erro, não imaginava que a minha alma desejava se nutrir. E quando subia os montes, a quem eu buscava nos cumes, senão a você?

Todas as minhas excursões e escaladas não passavam de uma estratégia para romper com minha inércia. Todo o meu desejo é voar; voar para você!

E o que eu odiava mais que as brumas passageiras que ainda assim o encobriam? Eu odiava inclusive o meu próprio ódio, porque estando eu nele a sua imagem em mim era manchada!

Tenho repulsa às nuvens, pois a elas esses felinos monteses se achegam; levam, de você e de mim, aquilo que nos é comum: a enorme e infindável afirmação das coisas.

Detestamos essas nuvens baixas, e bem assim os seres de meio-termo e de composições dúbias, as falas ambíguas que não abençoam nem maldizem com todo o sentimento.

Em vez disso, preferia estar metido num abismo ou túnel lacrado sem poder contemplar a você, Céu de Luz; vê-lo escondido pelas nuvens que teimam em tentar cobrir.

Desejos de as traspassar muitas vezes me vêm; o faria com fulgurantes fios de ouro e bradaria como um trovão saindo de sua chaleira. O rufar nervoso de um tambor rouba de mim a sua afirmação.

Oh, Céu puro! Céu sereno! Infinito de luz! — por que roubam o seu sim de mim. Pois eu prefiro o ruído, as rajadas e trovões do mau tempo a essa calmaria comedida e duvidosa dos felinos.

E também entre homens os que não sabem abençoar devem aprender a amaldiçoar! — De um firmamento iluminado me chegou esta máxima brilhante: inclusive nas escuras noites brilha essa estrela em meu céu!

Mas eu sempre afirmo e bendigo, com a exigência de que me rodeie, céu sereno, infinitude de luz! A todos os abismo tenebrosos, levo, pois, a minha afirmação de benevolência.

Eu me tornei um ser que abençoa e diz afirmativamente: por essa causa eu pelejei muito tempo para que um dia eu tenha mãos livres para abençoar.

E a minha dádiva consiste em estar acima de todas as coisas, como sendo seu próprio céu, sua abóbada iluminada, sua redoma anil, sua serenidade perene: e quem assim abençoa é na verdade, bem-aventurado!

Todas as coisas são batizadas na fonte da eternidade e acima do bem e do mal; mas esses não podem ser mais que sombras que se completam, úmidas preocupações e nuvens passageiras.

É certo que há bênçãos e não maldições quando eu leciono: em verdade, trata-se de uma bênção e não de uma blasfêmia, quando ensino que "sobre todas as coisas está o céu azar, o céu ingenuidade, o céu ocasional, o céu imaginação".

"Acaso" — esta é a mais antiga aristocracia da terra, a que devolvi todas as coisas, ao livrá-las da escravidão.

Essa liberdade e serenidade celeste eu as coloquei como abóbadas do céu sobre todas as coisas, quando lecionei que acima, delas e por elas, nenhum desejo eterno se aspira.

Ensinei também, que arrogância e insanidade, mas há uma coisa impossível de ser encontrada em todas as partes, e essa coisa é a razão

Uma pitada de razão, grãos de sabedoria espalhados de estrela em estrela — é o fermento razoavelmente misturado a todas as coisas; e por causa da loucura deve se encontrar também a sabedoria dosada em tudo!

Um pouco de lucidez é possível; mas eu encontrei em tudo essa certeza de benevolência: todas elas ainda preferem dançar com os pés do acaso.

Ó céu! Céu límpido e elevado! Sua pureza consiste em que não se encontre aranhas nem suas teias eternas de razão: — que você seja para mim um salão de danças para acasos divinais, seja para mim e para outros jogadores, um tablado divino para lançamento de divinos dados!

Mas você sorri e se enrubesce? Disse por acaso algo indizível? Blasfemei o seu nome ao querer louvá-lo?

O ser dois é que lhe faz sorrir, além da vergonha por esta ambiguidade? Pode mandar-lhe retirar-me e calar-me, por chegar agora o dia? O mundo é vasto, e mais vasto que jamais pensou o dia. Nem todas as ideias podem ser expressas diante do dia. Mas ele chega: distanciemo-nos, então!

Ó céu exposto acima de mim, cheio de pudor e fogo! Ó felicidade minha, antecedente à aurora! Eis que chega o dia: distanciemo-nos então!

Assim falou Zaratustra.

XLIX. A VIRTUDE DA MESQUINHEZ

I

Quando Zaratustra voltou à terra ele não foi rapidamente para suas montanhas e sua caverna, mas fez algumas peregrinações e questionamentos para se inteirar de uma série de coisas; e brincando, dizia de si mesmo:

— Vejam, eis aqui mais uma vez um rio que sempre torna seu manancial depois de muitas ondulações!

Zaratustra queria saber o que havia sido dos homens durante esse tempo de ausência; se haviam se tornado maiores ou menores. E vendo, certo dia, uma vila de novas casas, se admirou e disse:

— Que significam essas casas? Na verdade, nenhuma grande alma as colocou aqui como um símbolo de si mesma.

Poderia alguma criança ignorante retirá-las de sua caixa de brinquedos? Que outra criança possa recolocá-las devidamente na caixa!

E essas salas e quartos vazios? Poderão entrar e sair livremente dali os homens? Me parecem ser criados para bichos da seda, ou ainda para felinos esfomeados, que talvez até se deixem avaliar.

E Zaratustra ficou inerte a refletir. Por fim, disse tristemente:

— Tudo se tornou menor! Em todos os lugares vejo portas minúsculas; alguém da minha espécie talvez ainda seja capaz de passar por ali, mas precisará se agachar!

— Oh, quando estarei de regresso a minha habitação, onde não mais precisarei inclinar-me; não precisarei mais inclinar-me ante os pequenos!

Zaratustra suspirou e olhou para longe.

No mesmo dia, porém, fez pronunciamento sobre a virtude de se tornar mesquinha.

II

— Passo entre esse povo, mas mantenho meus olhos abertos; eles não me perdoam por não invejar suas virtudes. Eles me morderiam, porque eu lhes disse que para pessoas pequenas, pequenas virtudes são suficientes; e porque afirmo que é difícil, para mim, entender que pessoas pequenas sejam necessárias!

— Permaneço aqui ainda como um galo em um estranho quintal, no qual até as galinhas o atacam com esporadas e bicadas; mas nem por isso me mostro hostil às galinhas.

— Sou cortês para com elas, como sou para com todas as pequenas moléstias; ser espinhoso para com os pequeninos, parece-me comportamento digno dos ouriços. Todos falam de mim quando estão sentados à beira do fogo noturno; eles falam de mim, mas nenhum deles pensa por mim.

— Vejam esta nova quietude que aprendi: o burburinho que é feito ao meu redor espalha um manto sobre meus pensamentos. Eles gritam uns aos outros: O que essa nuvem sombria deseja nos fazer? Cuidemos para que isto não nos cause uma praga!

— Por estes tempos uma mulher agarrou seu filho que estava vindo em minha direção: — Levem embora as crianças! — exclamou ela — esses malditos olhos queimam as almas infantis!

— Muitos tossem quando eu falo; imaginam que tossir é uma objeção a ventos tempestuosos — nada vislumbram do sussurrar de minha felicidade! — Ainda não temos tempo para Zaratustra! — então eles se opõem —, mas o que importa ter tempo "para não ter tempo" para Zaratustra?

— Ainda bem, pois se me elogiassem inteiramente, como eu poderia dormir em louvores como os deles? Um cinturão de espinhos são os seus louvores para mim; me arranham e ferem ainda quando eu já os tirei.

— E também eu aprendi entre eles: aquele que elogia faz como que uma entrega, mas em rigor quer que lhe devolvam em vantagem.

— Perguntem aos meus pés se as suas ações elogiosas os atraem, por favor! Na verdade, com esse compasso de dança, não querem dançar nem ficar parados. Suas pequenas virtudes são procuradas para objeto de elogio e louvor, e querem me atrair para elas; quiseram conduzir meus pés a esses sons de felicidades modestas.

— Eu passo por esse povo e mantenho meus olhos bem abertos; eles tornaram-se menores, e cada vez menores: isso se deve a sua doutrina de felicidade e virtuosidade.

— Pois em virtude eles também são moderados; pois querem conforto. Com o conforto se satisfaz uma virtude mesquinha.

— Em nome dessa virtude querem sempre ter certeza, e aprendem a sempre andar a seu modo e adiante; sempre em frente: chamo isso de "ir aos trancos e barrancos". Assim, eles se tornam um obstáculo para todos que poderiam ir mais depressa.

— E há muitos deles que seguem em frente olhando para trás; com os pescoços travados, rígidos. Eu com eles bem que gostaria de correr.

— Os pés e olhos não mentem; nem poderiam desmentir um ao outro. Mas há inúmeras mentiras entre as pessoas pequenas.

— Alguns desejam, mas para a maior parte deles esse querer é apenas um vazio querer. Alguns são genuínos, mas a maioria deles são péssimos atores.

— Há entre eles atores sem saber, e atores sem querer ser. — Os autênticos são sempre muito raros, especialmente os genuínos atores.

— Do homem varonil há pouco aqui. Portanto, suas mulheres se masculinizam a si mesmas. Pois somente aqueles que são homens o suficiente, consegue redimir a mulher em ser mulher.

— Mas agora temos a pior das hipocrisias encontradas entre os homens; é que aqueles que comandam fingem as virtudes daqueles que são comandados. — "Eu sirvo, tu serves sirvas, nós servimos." — assim entoa aqui a hipocrisia dos governantes.

— E infelizmente! Se o primeiro senhor não é mais que o primeiro servo! Ah, a curiosidade de meus olhos se acende e se deteve na hipocrisia, e facilmente adivinho a sua completa felicidade como a das moscas com seu zumbido em vidraças ao sol.

— Fraqueza é toda a bondade que eu vejo; tanta justiça e piedade, são fraqueza excessiva.

— São corretos, justos e atenciosos uns para com outros; assim como são corretos os grãos de areia entre si, justos e atenciosos com grãos de areia.

— Abraçar sem vontade uma pequena felicidade; é isso o que eles chamam de submissão; e ao mesmo tempo, já cobiçam de olhos enviesados uma nova e pequena felicidade.

— Em seus corações, eles têm apenas um único desejo, uma simples conquista acima de tudo; que não sejam prejudicados por ninguém. Só por isso são amorosos e procuram fazer o bem a alguns.

— Isso, no entanto, é covardia; mas entre eles recebe a honraria de virtude. E quando esses medíocres têm a chance de falar com severidade, essas pessoas pequenas, de suas vozes o que eu ouço é discurso fanho — qualquer corrente de ar os tornam roucos.

— São astutos, de fato; suas virtudes têm dedos astutos. Mas eles não têm pulso: seus dedos não se dobram para ganhar força de punhos. A virtude, para eles, é o que torna domesticado e manso: assim eles fazem do lobo, um cachorro; e o próprio homem se torna um animal doméstico do homem.

— Colocamos nossa cadeira no meio, — assim assume o sorriso deles — e longe estão de gladiadores enfermos e de imundos porcos satisfeitos.

— Isso, no entanto, é a mediocridade, embora seja elegantemente chamada moderação.

III

— Transito entre esse povo e a eles deixo cair muitos discursos: mas eles não sabem como os tomar, muito menos como retê-los.

— Eles se perguntam por que não venho debater os apetites e os vícios; mas na verdade, eu também não vim advertir contra batedores de carteira!

— Eles se perguntam por que eu não estou pronto a encorajar-lhes e aguçar sua sabedoria: como se ainda não tivessem muitos sábios traiçoeiros, cujas vozes ressoam em meus ouvidos como giz arranhando a lousa!

E quando grito:

— Amaldiçoem todos os demônios em vocês, seus covardes! Isso faz vocês choramingarem baixinho, cruzar as mãos e adorá-los.

Então eles gritam:

— Zaratustra é um herege!

— São os pregadores de resignação os que mais caem na gritaria. Mas é justamente a esses que mais me apraz gritar aos ouvidos:

— Sim! Eu sou Zaratustra, o ímpio!

Os professores de submissão! Onde quer que haja mediocridade, enfermidade sarna, ali eles rastejam como piolhos; e só por meu asco eu não os esmago.

Bem! Este é o meu sermão que prego a eles, ou a vocês: eu sou Zaratustra, o ateu, e digo:

— Quem é mais ímpio que eu, para que eu possa me regozijar com seu magnífico ensino? Eu sou Zaratustra, o ímpio: onde encontro o meu igual? E todos aqueles que são meus iguais se entregam à vontade, e se desinvestem de toda submissão.

— Eu sou Zaratustra, o ateu! Eu preparo todas as possibilidades cozidas em minha panela. E somente quando tudo estiver bem cozido, eu o recebo como meu alimento.

E, na verdade, muitas oportunidades vieram a mim como a um senhorio; mas ainda mais imperiosamente minha vontade falou com ele, — então ele mentiu implorando de joelhos — suplicando que lhe desse abrigo e o acolhesse amigavelmente, falando em tom adulador:

— Olhe amigo Zaratustra, apenas um amigo pode se aconchegar assim a outro!

Mas a quem poderia eu falar, quando ninguém me tem ouvido? E por isso preciso gritar a todos os ventos:

— Gente medíocre! Cada vez vocês se tornam menores, vermes pequenos! Você se desmoronam facilmente, gente acomodada! Vocês ainda vão perecer por suas diversas pequenas virtudes, por suas inúmeras pequenas omissões e por suas muitas pequenas submissões!

Pouco produtivo e muito fofo — assim é o seu solo! E para uma árvore se tornar frondosa, ela carece de abraçar duras pedras com raízes resistentes! Até o que vocês omitem tecem, e tecem a teia do futuro dos homens, até a sua omissão é uma teia de aranha, e uma aranha vive em seu sangue futuro.

E quando vocês recebem, é como se tivessem roubado; pequeninos medío-cres; pois mesmo entre os bandidos a honradez diz que só se admite furtar se não se pode roubar.

Como é isso: — essa também é uma doutrina de submissão. Mas eu digo a vocês, vocês que se sentem acomodados, aquilo que é retirado de vocês, continuará a ser ainda mais retirado!

Ah, é preciso que vocês renunciem de uma vez por todas essa vontade dividida e se definam pela ociosidade ou pela ação imediata! Ah, que bom que vocês compreendem a minha instrução — "Faça sempre o que você quiser; mas adquira primeiro a capacidade de desejar."

— Ame sempre o seu próximo como a si mesmo — mas primeiro esteja o amor própria em sua prioridade máxima. Vocês amam com grande desprezo!

Assim fala Zaratustra, o ímpio.

— Mas por que eu ainda falo, quando ninguém mais me tem ouvido? Ainda é tempo muito antecipado a mim aqui.

Neste auditório eu mesmo sou aquele que me antecede, meu próprio precursor. O meu próprio canto do galo ainda em ruas escuras.

— É chegada, porém, a sua hora! E vem aí também a minha ocasião! A cada minuto eles se tornam menores, mais pobres, menos frutíferos — ervas pobres, terra pobre!

Em breve estarão diante de mim como capim seco e pradaria desejosa por chamas; e em verdade, cansados de si mesmos — e ofegantes por fogo, mais que por água!

Oh bendito momento do raio! Ó mistério antes do meio-dia! Há de reinar o tempo em que os farei como arautos das correntes de fogo, arautos das línguas incendiárias que inclusive bradarão profecias!

— Eis que já vem! Vem e está próximo o Grande Meio-Dia!

Assim falou Zaratustra.

L. NO MONTE DAS OLIVEIRAS

— O Inverno é um mau hóspede; invade minha casa e minhas mãos ficam roxas ao seu amigável cumprimento.

Eu o honro, mas me agrada deixá-lo sozinho, esse hóspede maligno. Tento fugir dele correndo bastante, e tendo agilidade neste frio, é possível escapar ao seu abraço.

Com pés e pensamentos aquecidos eu corro para onde o vento se cala, é o canto ensolarado meu Monte das Oliveiras. Aqui eu me divirto contra meu rígido hóspede. Mas eu gosto deste convidado, pois ele me limpa a casa de pequenos insetos e aplaca pequenos ruídos. A ele não agrada o zumbido de uma ou duas pequenas moscas; as ruas ficam tão solitárias que até a Lua tem pavor de sair à noite.

Ele é um convidado difícil. Mas eu o recebo sem ver necessidade de fazer cultos ao barrigudo deus do fogo, como fazem os meninotes fracos. Mais vale tremer os beiços que tagarelar adoração a ídolos! — esta é a minha natureza.

E, em especial, eu tenho rejeições contra deuses do fogo, contra os ardentes e contra os que fumegam e seus ídolos.

Nos momentos em que amo, amo mais intensamente durante o inverno que no verão. Melhor que eu agora zombe dos meus inimigos e com mais entusiasmo enquanto o inverno está em minha casa.

De verdade; até mesmo posso me deitar em minha cama; lá, então se alegra e ri minha alma; e me devolve a felicidade oculta; até meu sonho enganoso ri.

Eu, me arrastar? Nunca em minha vida rastejei diante de poderosos; e se por acaso menti, menti por amor. Por isso mesmo estou realizado em minha cama de inverno.

Uma cama simples me aquece mais que uma cama rica, pois sou ciumento de minha pobreza. E no inverno esta pobreza é ainda mais fiel a mim.

Inicio todos os meus dias com uma maldade; eu ironizo este inverno com um banho gelado, e por isso esse meu hóspede ranzinza resmunga nos cantos de casa.

Também gosto de fazer raiva nele com uma vela de cera, para que ele possa finalmente deixar que o céus saiam das nuvens cinzentas e raiem em auroras brilhantes. Pois eu sou ainda mais perverso pela manhã: bem cedo, quando os baldes ainda chocalham junto ao poço e cavalos já relincham animados em ruas cinzentas.

Impaciente então espero que o céu luminoso possa finalmente amanhecer para mim; o céu de inverno com barba branca; o velho de cabelos grisalhos; o cabeça branca; o silencioso céu invernal, que muitas vezes mantém em silêncio até o sol!

Alguma vez eu teria aprendido sobre isso com ele? Sobre esse claro e amplo silêncio? Ou aprendeu ele de mim? Ou cada um de nós o inventou para si mesmo?

O surgimento de todas as boas coisas é múltiplo; todas as coisas boas e perigosas nascem para a alegria, como acontece apenas uma única vez!

Outra coisa boa, mas uma grande travessura é um longo silêncio. É como o céu de inverno, os grandes olhos redondos em um semblante claro. — como silenciar o sol e sua inflexível vontade? Em verdade aprendi bem essa arte e esse truque de inverno!

Minha mais amada arte e maldade é meu silêncio, que inclusive aprendeu a não trair-se por ser silêncio. Balançando palavras e informações, eu engano meus solenes vigilantes. Todos esses serão iludidos por minha vontade e propósito.

Que ninguém possa visualizar a profundidade de minha vontade última; e por causa desse propósito eu implantei um longo e claro silêncio.

Encontrei muitos homens sagazes; e eles ocultaram seus rostos e agitaram as águas barrentas, para que ninguém os vissem através dela.

Mas era justamente a eles que vieram os astutos descrentes; esses lhes pescavam os peixes mais entocados.

Mas os claros, honestos, os translúcidos — esses a mim são os mais sábios silenciosos; neles, o eu é tão profundo, e é a própria profundidade da límpida água que o revela. Você, hóspede barbudo como a neve, silencioso, céu de inverno, olhos brancos, cabeça branca e barba nívea, seus olhos redondos se erguem acima de mim! Oh, símbolo celestial da devassidão de minha alma!

E não será necessário que eu me esconda como alguém que engoliu ouro, para que não me rasguem as entranhas da alma? Não deverei usar próteses para alongar minhas pernas contra todos esses invejosos tristes e feridos a minha volta?

Como poderiam essas almas sombrias, corrompidas, consumidas pelo fogo, aborrecidas e gastas, suportar a minha realização e minha felicidade? Assim, mostro a eles apenas o inverno e as geleiras de meus picos — mas não os revelo ainda as faixas solares que cingem toda a minha montanha! Ouvem apenas o assobio das minhas tempestades de inverno; e não sabem que eu também viajo por mares aquecidos, como ventos rápidos, fortes e quentes ventos do sul.

Os meus incidentes e azares trazem a eles inspiração de pena. Mas a minha palavra diz: Deixai vir a mim o agouro; inocente é ele como uma criança!

Como poderiam suportar minha felicidade, se eu mesmo não a envolvesse em acidentes, e privações de inverno, esconderijos de urso e gigantescas avalanches de neve! — Se eu mesmo demonstrasse dó de sua compaixão; pena daqueles invejosos e feridos! — Se eu mesmo não suspirasse e tremesse de frio diante de sua dó, me deixaria mansamente me envolver por sua falsa compaixão!

Sábia e caridosa é esta malícia de meu espírito; que não esconde o seu inverno e seus gélidos vendavais; nem sequer oculta as suas geleiras. A solidão de alguns é fuga de enfermidades; mas a outros a enfermidade é voo altiplano.

Ouça meu tiritar e suspirar diante de tão intenso frio de inverno por toda essa miséria espertalhona e invejosa que me rodeia! Com esses suspiros e êxtases eu escapo de seus quartos aquecidos.

Simpatizem e lastimem com dó de mim por minhas geleiras: — Acaba-se por congelar com o frio de seu saber! — e é assim que gemem para a morte.

No entanto, eu corro para todos os lados com pés aquecidos; corro pelo meu Monte das Oliveiras; no recanto ensolarado do meu Monte das Oliveiras eu canto e zombo de toda essa compaixão.

Assim cantou Zaratustra.

LI. DE PASSAGEM

Atravessando assim, como num passeio por muitos povos e vilas, voltava Zaratustra a sua montanha e sua caverna. E eis que, surpreendentemente, assim chegou ao portal da Grande Cidade. Aqui, no entanto, um tolo espumante, com as mãos estendidas, avançou contra, de braços abertos e que lhe impediu a entrada. Era o moço a quem as pessoas chamavam "macaco de Zaratustra"; pois ele aprendeu com o mestre a falar e gesticular como Zaratustra; e também lhe era aprazível explorar os tesouros escondidos da sabedoria.

E o louco assim falou a Zaratustra:

— Ó Zaratustra, aqui é a Grande Cidade; aqui nada terá a procurar, mas tudo terá a perder. Por que você sujaria aqui seus pés neste lodaçal? Tenha misericórdia de seus pés! Cuspa nos portais desta cidade e retorne por suas pegadas!

— Este lugar é um inferno aos solitários pensantes; estão aqui os grandes caldeirões de cozimento para pensamentos profícuos; e esses aqui são reduzidos a mingau. Aqui todos as grandes aspirações decaem; aqui podemos apenas ouvir o chocalhar de ossos ressequidos!

— Ainda não sentiu o cheiro dos matadouros e das baiúcas do espírito? Não percebeu as fumaças das cozinhas dos abatedores de espírito? Não viu penduradas as almas vestidas em trapos sujos? E desses trapos aproveitam-se para fazer calhamaços e jornais!

Não percebeu como aqui o espírito se tornou um jogo verbal? Sempre vomitam um repugnante turbilhão de palavras! — E eles também fazem jornais com essa habilidade verbal. Eles se perseguem e nem sabem por que! Eles se incendeiam mutuamente, e também não sei por quê! Eles brincam com seus broches de lata e fazem sons de seus ouros.

Eles são gelados e buscam se aquecer em bebidas destiladas; eles estão inflamados, e buscam frescor em espíritos congelados; eles estão todos doentes e doloridos por causa da opinião pública.

Todos os desejos e vícios tem aqui a sua morada; mas aqui também existem os virtuosos; e há muita virtude hábil e destacada; muita virtude digna de nota com bons dedos de escriba, e carne firme para se assentar e esperar ouvindo, muitos são abençoados com pequenas estrelas no peito adornado, cruzinhas benzidas por raparigas devotas e sem nádegas.

Aqui também há muita piedade, mas também lisonjeira vida cortesã e muitas baixarias ante o Deus dos Exércitos. Do alto gotejam as estrelas e a saliva sagrada; para cima, vão os desejos de todo peito sem estrelas.

A lua tem o seu átrio, o átrio tem os seus bezerros; todos, no entanto, que vêm da corte são povos mendigos; ora, e hábeis virtudes mendicantes são seus pedidos.

— Eu sirvo, tu serves, nós servimos! — assim ora todos os desejáveis de virtude ao admirável soberano, para que os peitos emagrecidos mereçam a estrela da honradez!

— A Lua, porém, gira em volta de tudo o que é terrestre; e assim também o soberano gira em torno de tudo o que é terrestre: o ouro dos mercadores. O deus das hostes de guerra não é também o deus das barras de ouro. O soberano propõe, mas os mercadores dispõem!

— Por tudo que existe de luminoso, forte e bom em você, ó Zaratustra! Cuspa nesta cidade de mercadores e volte em seus passos!

— Aqui flui todo o sangue contaminado, pútrido e espumoso, corre friamente por todas as veias: cuspa nesta grande cidade, que é um grande vertedouro de esgoto onde se acumulam excrementos.

— Cuspa na cidade de almas reprimidas e corações estreitos, de olhos pontiagudos e dedos pegajosos. Cuspa na cidade dos inconvenientes e intrometidos, dos rostos de bronze, dos demagogos da caneta e da língua, dos ambiciosos efervescentes. Na cidade onde tudo é mutilado, desagradável, lascivo, putrefato, desconfiado, de amarelado doentio e sedicioso, e que apodrece perniciosamente; — Cuspa na grande cidade e volte!

Aqui, no entanto, Zaratustra interrompeu o louco furioso e lhe fechou a boca.

— Cale-se! Pare com isso de uma vez! — esbravejou Zaratustra, — por muito tempo a sua fala e suas maneiras me incomodam e me enojam!

— Por que você tem vivido tanto tempo aqui no brejo; veja que você está a ponto de se tornar um sapo ou uma rã? Já não flui sangue de pântano contaminado e espumoso em suas próprias veias? Quando foi que você aprendeu a coaxar e a ofender assim?

— Por que você não escapou para a floresta? Ou por que não arou a terra ? O mar não está cheio de ilhas verdejantes?

— Eu desprezo o seu descaso; e se me avisa agora, por que não serviu para você esse aviso?

— Só do amor poderá nascer o meu desdém, e também do meu pássaro da anunciação. Mas nunca virá do próprio pântano esse alerta!

— Eles o chamam de meu macaco, seu tolo raivoso; mas eu o chamo de meu porco grunhidor; e por causa desse seu grunhido você estraga até o meu louvor à loucura.

— Em princípio quem foi que primeiro o fez grunhir? Porque ninguém o elogiou o suficiente? Por isso você se assentou ao lado dessas imundícies? Que motivo você pode ter para tanto grunhido? Você deseja ter motivos de vingança? Por vingança, seu louco tolo e vaidoso, por vingança é que você até espuma pela boca. Eu fiz bem a sua leitura?

— Olha que o seu discurso de louco me fere, até mesmo quando tem razão! E mesmo que a palavra de Zaratustra estivesse certa mil vezes, você sempre a tornaria em descrédito contra mim, me acertaria com minhas próprias palavras!

Assim falou Zaratustra, e olhando para a Grande Cidade, suspirou e ficou em silêncio por muito tempo. Por fim, ele falou assim:

— Eu também detesto esta Grande Cidade, e não apenas esse tolo. Aqui e ali não há nem como melhorar nada, e nada mais para piorar.

— Ai desta Grande Cidade! E gostaria de ver já a coluna de fogo em que será consumida! Pois tais pilares de fogo hão de surgir antevendo o Grande Meio-Dia. Mas isso tem seu tempo e seu próprio destino.

Este preceito, no entanto, lhe dou, ao nos separarmos, Louco: Onde alguém não pode mais amar, deve esse alguém não passar!

Assim falou Zaratustra e passou ao largo do louco e da Grande Cidade.

LII. OS APÓSTATAS

I

Ah! Já se encontra murcho e cinzento tudo o que há pouco nestes campos estava cheio de vida e verde! E quanto mel de esperança eu carreguei daqui para as minhas colmeias!

Todos esses corações juvenis já se tornaram velhos — e outros muitos nem velhos chegaram a se tornar! Se mostram cansados, comuns, confortáveis; e dizem:

— Nos tornamos novamente piedosos.

Ainda há pouco eu os via sair pela madrugada com passos valorosos: mas aqueles pés lançados ao conhecimento se cansaram, e agora eles maldizem até seus brios da manhã!

Na verdade, muitos deles levantavam as pernas como um bailarino; para eles acenava o riso da minha sabedoria: — então eles se repensaram. Agora mesmo eu os vi curvados arrastando-se para uma cruz.

Como pequenas mosquinhas ou jovens poetas, eu os via girar animados em torno da luz e da liberdade. Agora, um pouco mais velhos, um pouco mais frios: e eles já são ajoelhados ao amor da luz, como se fossem santidades.

Talvez o coração deles tenha desalentado por terem me sugado a solidão como uma baleia? Por acaso teriam os ouvidos deles prestado atenção as minhas trombetas e aos meus gritos de arauto por muito tempo?

Ai! Sempre existem pouquíssimos daqueles cujos corações têm resistência e coragem persistente, e são também os únicos de espírito longânimo. Todos os são covardia.

Os outros, o resto é sempre a grande massa, o lugar comum, o superficial, os que sobram, estão além; são todos covardes!

Aquele que é da minha natureza, tropeçará em seu caminho em experiên-cias como as minhas; de forma que os seus primeiros companheiros sejam cadáveres e palhaços.

Seus segundos companheiros, no entanto, serão chamados crentes; será um enxame ouriçado, muito amor, muita tolice, muita veneração juvenil.

A esses crentes, vocês que são do meu tipo e natureza não devem ligar seu coração; nesses campos primaveris há muitas cores e perfumes; o que se conhece não deve nos mostra a limitada e torpe condição humana!

Eles fariam o contrário, se o pudessem optar por caminho diverso. As coisas em partes sempre atrapalham o conjunto. Quando as folhas perdem vigor, por que haveria uma pessoa de se queixar?

Deixe-os ir embora, ó Zaratustra, e não lamente! Melhor ainda é soprar o grupo deles, que são como folhas soltas, com ventos farfalhantes.

— Sopre entre essas folhas, ó Zaratustra, para que tudo o que for murcho possa ir para longe de você mais depressa!

II

— Tornamos a ser novamente piedosos! — assim também os apóstatas se confessam; e alguns entre eles são ainda covardes demais para confessar.

Olho em seus olhos; e diante deles eu afirmo em suas faces e até o rubor em suas faces envergonhadas eu vislumbro:

— Vocês são aqueles que novamente rezam!

No entanto, é uma pena que orem! Não por todos, mas por você e por mim, e para quantos têm a sua consciência na cabeça. Para você é uma vergonha orar.

Você o conhece bem: o demônio de coração fraco que habita em você e se compraz em unir mãos, cruzar braços; mas colocar as mãos ao peito é bem fácil: — isso o diabo acovardado diz e lhe convence que existe um Deus!

Assim, agora você faz parte dos que andam no temor da luz, a quem a luz nunca permite descansar. Agora você deve diariamente empurrar sua cabeça mais fundo no mistério e nas trevas!

E, na verdade, é boa a hora em que fez essa escolha: porque agora tem início o voo dos pássaros noturnos, pássaros que voam novamente para o exterior. Chegou a hora dos seres tementes a luz, a hora do refrigério, em que não se tem descanso.

Ouço muito bem: chegou a hora da caçada a eles; não é de fato uma caçada selvagem, mas uma caçada mansa, devagar, silenciosa, de caçadores sensíveis, de farejar suave, barulho nenhum. — caçamos santos cheios de piedade; todas as armadilhas para o coração devem estar novamente a postos!

E a cada cortina que levanto sai ao menos uma borboleta noturna assustada. Talvez eu pudesse encontrar ali algo mais que essas mariposas da noite? Por todo lado sinto o cheiro de pequenas comunidades escondidas; e onde quer que haja esconderijos existem aí novos devotos; há novos devotos e uma pestilência denuncia a presença deles.

Eles se reúnem durante noites inteiras e dizem uns aos outros: Vamos novamente nos tornar como crianças e invocar o "senhor bom Deus!" — as bocas e os estômagos foram contaminados por confeiteiros piedosos. Ou também eles passam longos períodos da noite observando alguma aranha preparando sua teia, pois isto é prudência pregada às próprias aranhas que ensinam que "debaixo das cruzes é bom que se saiba tecer!"

Outros também passam dias inteiros em pântanos com varas de pesca, e por isso pensam ter profundidade; mas quando alguém tenta pescar onde não há peixe, eu entendo que não seja uma pessoa nem superficial!

Eles também aprendem a tocar harpa com um compositor de hinos que mais parece tentar flertar com o coração das donzelas; pois se vê que já não agrada das velhas beatas e de seus elogios.

Ou ainda, eles aprendem a estremecer com um louco instruído que espera em quartos escuros a oportunidade de espíritos virem até ele — mas o seu próprio espírito tem fugido dele!

Eles também escutam um idoso enganador, que é músico ambulante que executa tristes marchas fúnebres ensinadas por ventos misteriosos; agora ele lança ao vento tristeza e prega em tons melancólicos lições de compreensão.

E alguns deles até se tornaram vigias noturnos: agora sabem como tocar instrumentos, vagam à noite e despertam coisas antigas que há muito adormeceram.

Estando ao lado do muro de um jardim, aprendi algumas palavras a respeito dessas coisas aleatórias que esses velhos e tristes vigias diziam:

— Para um pai, vê-se que não se importa suficientemente com seus filhos; pais humanos fazem isso melhor!

— Ele já é velho demais! Agora não se importa mais com seus filhos. — respondeu o outro vigia.

— Quê? Será que ele tem filhos? Ninguém pode provar a menos que ele mesmo prove! Há muito desejava que ele o provasse com verdades.

— Provar? Acaso ele alguma vez provou algo! Provar é difícil para ele; enfatiza muito a pessoa que está acreditando nele.

— Sim! A crença o salva; a crença nele. É assim com pessoas mais velhas! O mesmo tem acontecido conosco!

Falavam assim entre si os dois velhos vigias noturnos e crentes da luz; e tocaram com tristeza os seus instrumentos. Assim aconteceu ontem à noite no muro do jardim.

A mim, no entanto, o coração se contorceu de tanto rir e foi como se ele parasse; não entendia por que tanto riso, mas ria e ria.

Na verdade, ainda a minha morte será o engasgar-me em meu riso quando vejo animais bêbados, e quando ouço os morcegos noturnos, como aqueles, duvidarem de Deus.

Não há muito tempo que essas dúvidas começaram a surgir? Quem ainda pode hoje em dia despertar tais coisas velhas, adormecidas e que não interagem com a luz!

Há muitos séculos que já teriam acabado com as antigas deidades, há muito tempo já havia chegado o fim; e em verdade, imagino que as divindades tiveram um divino final feliz! Eles não se renderam à morte — não passaram pelo crepúsculo que as pessoas fabricam! E pelo contrário, eles mataram a si próprios de tanto rir!

Isso aconteceu quando a mais profana declaração veio de um próprio deus a expressão: "Só existe um Deus! Não terás outros deuses diante de mim!"

— Um velho barbudo e sombrio deus, ciumento, que excedeu-se de tal maneira. E todos os demais deuses então riram, sacudiram seus tronos e exclamaram:

— Não se pressupõe a divindade para que haja deuses, mas não um Deus?

Quem tem ouvidos para ouvir, ouça.

Assim falou Zaratustra na cidade que ele amava, que tem o nome de "A Vaca Malhada".

A partir dali, ele tinha apenas dois dias para viajar até alcançar mais uma vez sua caverna e seus animais; sua alma, no entanto, se alegrava incessantemente com a iminência da sua chegada em casa.

LIII. O RETORNO AO LAR

Ó solidão! Minha Casa, solidão! Por longo tempo eu estive em distância hostil, para não voltar para você sem lágrimas! Agora me ameace com o dedo como as mães ameaçam; agora sorri para mim como as mães sorriem. Agora diga apenas: Quem foi que, como um turbilhão, fugiu uma vez para longe de mim? Quem partiu e disse que há muito tempo estava acompanhado da solidão; aí eu me esqueci de calar! E foi isso o que você aprendeu agora, certamente?

— Ó Zaratustra, eu o conheço; e sei que você se sente mais abandonado entre a multidão, que quando você esteve sozinho aqui comigo! Uma coisa é o abandono, outra é a solidão; mas creio que agora você tenha aprendido! E que entre os homens sempre será um selvagem e estranho; e mesmo que o admirem, cuidado, pois o que mais querem é que tenha por eles alguma indulgência!

— Aqui, porém, você está em sua casa e em sua pátria, além de estar com você mesmo; aqui você pode falar tudo e apresentar suas ideias; pois aqui ninguém terá vergonha ou má vontade com seus princípios.

— Aqui o carinho e a aprovação se congregam com a sua palavra e lhe animam e consolam; pois eles querem andar colados em você. Apegados em todos os símbolos da verdade que você traz.

— Você tem liberdade de falar todas as suas ideias de integridade e retidão: e na verdade tudo o que você disser nos soará como louvor a nós mesmos!

— Outra coisa, no entanto, é o abandono. Pois, você se lembra, ó Zaratustra? Quando o seu pássaro gralhou acima de você na floresta; naquela ocasião em que você parou, irresoluto, indeciso da direção a que seguir, ao lado de um cadáver. E você dizia: “Que me guiem os animais e as feras! Mais perigo encontrei entre os homens que entre as feras!” — Aquilo, sim, era o abandono!

— E você se lembra, Zaratustra? Quando você se acomodou em sua ilha, uma fonte de excelente vinho junto a dezenas de baldes vazios, ofertando e se dando em sabedoria aos sedentos; até que, infelizmente, você se encontrou mais sedento que os próprios ébrios, e se lamentou por muitas noites: “Receber não é mais abençoado que ofertar? E roubar também não será melhor que dar? — Isso é o abandono!

— E você se lembra, Zaratustra? Quando chegou a sua hora mais tranquila e expulsou-se de você mesmo! Quando com sussurros perversos disse: “Fala e sucumbe! — Quando você se enojou com a espera e o silêncio, e se enfraqueceu a sua humilde coragem? Esse sim, foi mais um caso de abandono!

— Ó solidão! Pátria minha, solidão! Que bom que a sua voz me fala terna e abençoadamente! Não nos questionamos, não nos queixamos; nós vamos juntos calmamente por entre as portas abertas.

— Tudo em você é tão franco e transparente que até as horas aqui se esvaem em maior rapidez e silêncio, pois na obscuridade o tempo é mais pesado que na luz.

— Aqui voa em asas soltas a essência e expressividade de todas as palavras e estágios do ser. Aqui todas as coisas estão no ponto de passar à existência, aqui todos se tornam aprendizes de bom falar. Lá fora, no entanto, toda conversa é em vão! Lá, se esquecer e passar adiante é a melhor sabedoria: e só agora é que eu aprendi!

— Quem quiser entender tudo no homem deve aprender a lidar com todos esses eventos. Mas pelo menos eu saio dessas situações com minhas mãos muito limpas.

— A mim desagrada respirar com eles o mesmo ar; infelizmente! Como posso ter conseguido viver tanto tempo junto às más conversas e ao mau hálito deles? Agora tenho o seu abençoado silêncio ao meu redor! Ó odores puros à minha volta! Veja como meu profundo peito aspira tanto por esses puros sopros! Ouça isso! Ouça esse bendito silêncio!

— Mas lá embaixo; se fala de tudo, mas nada se ouve. Se alguém anuncia a própria sabedoria com sinos, os pregões dos lojistas do mercado e suas moedas de um centavo os calam! Tudo entre eles fala; e ninguém jamais sabe entender! Tudo cai na água; mas nada vai às profundezas dos poços.

— Tudo entre eles fala, mas tudo é nada além de falatório e nada se concretiza. Tudo entre eles cacareja; mas quem ficaria quieto em seu ninho a chocar ovos? Tudo entre eles fala, tudo é falado. E aquilo que ontem ainda era muito difícil para o próprio tempo e para seus dentes; hoje se mostra pendurado e ofuscado, gasto pelas bocas dos homens de hoje.

— Tudo entre eles fala, mas tudo é traído. E o que antes era chamado segredo e sigilo de almas profundas, hoje pertence ao trompetista de rua e outros do mesmo tipo.

— Ó burburinho humano! Que coisa maravilhosa o tipo humano! Sua algazarra em ruas obscuras! Agora parte de novo atrás de mim — meu maior perigo me persegue!

— O olhar absorto e a piedade sempre foram a minha maior ameaça, pois todos os seres humanos desejam ser socorridos e admirados. Por isso já vivi entre pessoas que a mim compareciam com verdades fingidas, com mãos loucas e corações ensandecidos, aparentando serem mestres da piedade.

— Eu estive entre eles disfarçado; sentei-me junto deles, pronto a me condenar a fim de absolvê-los, e voluntariamente dizendo a mim mesmo: "Você é um tolo por não se permitir conhecer os homens!"

— A pessoa desaprende a viver entre os homens quando se está muito entre eles; há muita superficialidade em todos os homens — o que tiver que fazer ali os olhos de longe percebem; mas faça-o de longe!

— E, como eu era um tolo; quando me julgaram mal, eu os entreguei ainda mais desse eu mesmo; e fui constantemente duro comigo, e muitas vezes eu até me penalizei.

— Picado por moscas venenosas e escavado como a pedra por muitas gotas de maldade; assim eu me sentia entre eles, e ainda disse para mim mesmo: "Tudo quanto há de pequeno é inocente em sua pequenez!"

— Entre os homens, os que se diziam piedosos eram justamente as moscas mais venenosas: picam sem nenhuma culpa, mentem com toda inocência. Como eles poderiam ser justos comigo?

— Quem vive entre homens tem lições sobre como mentir, a piedade é sua mestra. Piedade faz o ar se tornar sufocante a todas as almas livres. E a estupidez dos bons é insondável.

— Esconder-me de mim mesmo é para mim uma riqueza: veja agora o que lá aprendi; pois todos se mostram bastante pobres de espírito.

— A falsidade da minha compaixão eu olhava e sentia em cada um o que era espírito suficiente e o que era espírito demais!

— Aos seus firmes sábios eu os designei como sábios; eu não os denomino rígidos — assim aprendi a digerir as palavras. — Aos coveiros eu os denominei pesquisadores e perscrutadores — aprendi assim a cambiar as palavras.

— Os coveiros somam enfermidades por força de cavar sepulturas. Sob as velhas ruínas estão gases insalubres.

— Não é bom que se removam os pântanos. Deve-se optar pela vida nas montanhas.

— Com as narinas satisfeitas, respiro de novo a liberdade da montanha. Finalmente meu nariz foi liberto de todo aquele cheiro de confusão humana! A brisa de ar puro lhe faz carícias; como com o bom vinho espumante, a minha alma sedenta propõe contente: "Saúde a Ti!"

Assim falou Zaratustra.

LIV. TRÊS COISAS MÁS

I

— Em meu sonho da madrugada, eu me encontrava num promontório... Era para além do mundo. No sonho eu segurava uma balança em minhas mãos e pesava o mundo.

— Puxa! Por que veio o amanhecer tão brevemente a mim? Fui cedo despertado pelo ardor da zelosa. Pois ela é sempre zelosa ao ardor dos meus devaneios matinais.

— Mensurável por quem tem tempo, pesável por uma boa balança, atingível por asas fortes, elucidáveis por divinos quebra-nozes: assim meu sonho viu o mundo.

— O meu sonho é um marinheiro ousado, meio baixel, meio vendaval, silencioso como uma borboleta, impaciente como um falcão: teve muita paciência hoje ao pesar o mundo! Talvez minha sabedoria eu secretamente falasse a ele sobre ela; minha sabedoria cotidiana, que é risonha e desperta, que zomba de todos os "mundos infinitos". O que ela diria: "Onde existe força, conquista-se também um número; que é o mais forte."

— Qual foi a confiança que com meu sonho observou esse mundo finito! Não era de curiosidade, nem de inconveniência, nem de temor, nem de timidez, nem de clemência.

— Foi como se mostrasse à mão uma grande maçã — redonda, dourada, madura, tendo uma fria pele macia e aveludada. — Assim o mundo se apresentou a mim.

— Foi como se uma árvore me acenasse; uma árvore de ramos longos, galhos de força e de vontade firmes, curvada como se fosse ofertar apoio, abrigo e frescor a um viajante fatigado. Assim me fez o mundo em minha colina.

— Foi como se mãos delicadas trouxessem um cofre para mim — um cofre aberto para o deleite de modestos olhos adoradores. Assim veio o mundo se apresentar diante de mim.

— Não é enigma suficiente para espantar o humano amor; solução não suficiente para colocar adormecida a sabedoria humana; é coisa humanamente boa; é o que me pareceu acerca do mal que se diz do mundo hoje!

— Sou agradecido ao meu sonho matinal por ter assim, logo ao amanhecer, ter pesado o mundo! Sim! Como uma coisa humanamente boa, me chegou esse sonho consolador de corações!

— E para que eu possa fazer o mesmo; para me servir de melhor exemplo e eu reproduzir, coloco agora na balança os três piores males e pesares da humanidade.

— Quem ensinou a abençoar também ensinou a amaldiçoar; quais são as três coisas mais amaldiçoadas no mundo? Essas eu colocarei na balança.

— A volúpia, o desejo por dominação e o egoísmo: essas três coisas tem sido, até agora, as mais amaldiçoados e difamadas até nossos dias; e essas três eu quero muito bem pesar humanamente.

— Bem! Aqui está o meu monte, e ali existe o mar; e com muitas carícias ele rola aqui, correndo em ondas o mar, esse cão velho e fiel, fiel monstro de muitas cabeças a quem eu amo!

— Bem! Aqui eu manterei a balança sobre o mar agitado; e também escolho uma testemunha; — É você árvore solitária! Árvore de forte perfume e de larga copa que eu amo!

Por qual ponte transita o presente para o futuro? Qual é a força que leva o que está ao alto a descer? E o que ordena ao mais alto que ainda cresça?

Agora a balança está pronta e inerte, em equilíbrio; eis que tenho posto nela três pesadas perguntas; e o outro prato trará três respostas igualmente pesadas.

II

— A volúpia é mortificação e é como um aguilhão a todos os que desprezam o corpo cingido de cilício; e o amaldiçoado para todos os que creem em segunda vida. Porque a volúpia ironiza e faz motes contra todos os hereges.

— Voluptuosidade é para a multidão o fogo lento em que se queima; para toda madeira carcomida e para todos os trapos que fedem, o calor da grande fornalha.

— Volúpia é para os corações soltos uma coisa inocente e livre; o jardim das delícias na terra; lá transborda toda a gratidão do futuro ao presente.

— Voluptuosidade é um doce veneno aos que se deleitam em seu prazer; para os de vontade de leão, no entanto, é o grande vinho dos vinhos. Aquele que se bebe reverentemente a salvo dos maus vinhos.

— Volúpia é a grande felicidade simbólica de uma felicidade mais elevada e uma esperança maior. Para muitos é prometido uma sociedade, e até mais que sociedade. Há muitas coisas que são mais desconhecidas a si que o homem para uma mulher; e quem entendeu até que ponto podem ser estranhos um ao outro, o homem e a mulher!

— Voluptuosidade; mas preciso limitar meus pensamentos e minhas palavras, para que os suínos sórdidos e os exaltados não invadam meus jardins!

— Paixão pelo poder: o flagelo mais duro que fere profundamente os corações mais petrificados; a tortura insana reservada aos mais cruéis; a chama sombria de piras vivas.

— Paixão pelo poder: o ímpeto que sentem os povos mais vãos, aquele que ironiza todas as virtudes cambaleantes; que cavalga em qualquer montaria e em todos os orgulhos.

— Paixão pelo poder: o terremoto que põe abaixo, destrói tudo o que é podre e oco; é a destruidora e estrondosa máquina rolante, punitiva aos sepulcros caiados; o ponto de interrogação intermitente ao lado de respostas prematuras.

— Paixão pelo poder: diante de cujo olhar o homem rasteja, se agacha e se humilha, ficando abaixo dos porcos e da serpente, — até que enfim brota dele um grande desprezo.

— Paixão pelo poder: o terrível professor de grandes desprezos, que prega diante de cidades e impérios: — “Joga-te daí!” — até que a voz grita por si mesma: — “Lancem a mim mesmo!”

— Paixão pelo poder: que persegue até os puros e solitários para os atrair a elevações de si mesmos, brilhando como uma paixão que sensualmente pinta flores de roxas beatitudes nos céus terrenos.

— Paixão pelo poder: mas quem chamaria um desejo aprovável, quando se mostra que um desejo de atrair para baixo seria o poder que a altura inspira?

— Não há nada mais doentio e alienado que se ater em tais desejos e tal decadência!

— Não se deve condenar a altura solitária ao eterno isolamento, mesmo que se alegre disso. Venham os cumes dos montes aos vales; e aos ventos das alturas enviem-nos às planícies.

— Oh, quem encontraria o real nome para abençoar e honrar tanto desejo! — "Virtude Dadivosa" — assim Zaratustra já nominou o inominável.

— E então aconteceu — talvez pela primeira vez! — que sua palavra abençoou o egocentrismo, o bom e sadio egoísmo que brota de almas poderosas, das quais pendem os corpos superiores, belos, triunfantes e cheio de vivacidade, em torno do qual tudo deveria ser um espelho; — o corpo flexível e persuasivo de um dançarino, cujo símbolo e epítome é a alma se apraz de si mesma.

— O contentamento pessoal de tais corpos e almas são chamados "virtude".

— Com suas assertivas sobre bem e mau, essa satisfação se abriga como em bosques sagrados; com os nomes de sua felicidade expulsa de diante de si tudo o que considera desprezível.

— Desterra para longe de si, bane tudo o que é covarde; diz: — "Mau é aquele que é covarde!"

— O que sofre lhe parece desprezível; pois é pedinte, suspira, e se queixa; e há quem se aproveite de vantagens mais insignificantes.

— Despreza também toda a sabedoria que nasce na obscuridade; uma sabedoria que floresce em sombras da noite, uma sabedoria que sempre sussurra: "Tudo é vaidade!"

— A desconfiança tímida não é por ela estimada, e nem o que quer juras em lugar de olhares e mãos; e menos ainda a sabedoria descrente em excesso, pois tudo isso é próprio de almas covardes.

— Ainda mais baixo ela considera o obsequioso, aquele cão que se deita de costas, o submisso; e também há sabedoria que é submissa como esse cão, piedoso e cheio de favores. Tem ódio e nojo daquele que nunca se defende, aquele que engole a saliva venenosa e a má aparência, o paciente demais, o paciente permanente, sempre satisfeito: porque esse é o modo de escravos.

— Caso haja alguém que seja servil diante de seu deus e de suas divinas rejeições, ou diante de homens e suas opiniões estúpidas: em todo esse servilismo cospe na face esse bendito egoísmo!

— Mau. Assim chama a tudo o que é baixo, ruim e servil; aos olhos tortos e insubmissos, a corações contritos e criaturas falsas que beijam com grandes lábios covardes.

— A falsa sabedoria; assim ele chama a toda a inteligência que os escravos, os tolos e os cansados oferecem; e especialmente a toda a astúcia tola e pedante dos sacerdotes!

— O sábio espúrio, todos os sacerdotes, as almas em fastio no mundo e aquelas almas são de natureza feminina e servil; — oh, como o egoísmo tem sido vencedor em seu jogo marcado!

— E devia ser propriamente uma virtude e ser chamado virtude, o acabar com o egoísmo! Os altruístas também são esses covardes, essas aranhas velhas e cansadas da vida!

— Mas a todos aqueles vêm agora, o dia, a mudança, a espada do julgamento, o Grande Meio-Dia, quando então muitas coisas serão reveladas!

— E aquele que proclama o ego íntegro e santo, e o egoísmo bem-aventurado, em verdade ele mesmo sabe bem o prognóstico que faz: "Veja que ele está chegando! E está próximo! O Grande Meio-Dia!"

Assim falou Zaratustra.

LV. O ESPÍRITO DA GRAVIDADE

I

— Minha língua é como boca do povo! Falo de maneira grosseira e verdadeira demais para os delicados hipócritas. E ainda mais estranho soam minhas palavras aos borra-tintas e escritores.

— A minha mão é como a de louco: coitadas de todas as mesas, paredes e tudo o mais que tem espaço para o louco fazer seus esboços tolos, seus rabiscos tolos!

— Meu pé é pata de cavalo; com ele eu piso e troto livremente, nos campos e por todos os lados, e fico atormentado de prazer em cada corrida rápida.

— Meu estômago será um estômago de uma águia? Pois prefere a carne de cordeiro. Certamente é um estômago de ave de rapina.

— Alimentado com pouco ou com seres inocentes, pronto e impaciente para voar, voar para longe; essa é agora a minha natureza. Por que não teria eu algo de pássaro aqui?

— E que eu seja sempre hostil ao espírito da gravidade, pois essa é a natureza dos pássaros: na verdade, mortalmente hostil, supremamente hostil, originalmente hostil a esse espírito! Oh, para onde a minha hostilidade não voou?

— Sobre isso eu poderia cantar uma música. E vou cantá-la, embora eu esteja sozinho em uma casa vazia e terei que cantá-la aos meus próprios ouvidos.

— Há outros cantores que poderiam cantá-la; mas eles não têm a mesma garganta potente, a voz suave, mão eloquente, olho expressivo, coração desperto: a eles eu não me assemelho.

II

— Destruirá todas as barreiras aquele que um dia ensinar a todos os homens a alçar voos; todos os marcos voarão pelos ares; a terra ele vai batizar novamente como "Leve".

— O avestruz corre mais rápido que o cavalo veloz, mas também empurra sua cabeça vergonhosamente na terra: e assim é com o homem que não consegue ainda voar.

— Pesadas para ele são a terra e a vida, e assim vivem em espírito de gravidade! Mas aquele que deseja se tornar leve como um pássaro deve amar a si mesmo: assim eu ensino.

— Não, com certeza, não é amar com o amor dos doentes e infectos, pois como eles até o amor próprio fede!

— É preciso aprender a amar a si mesmo, e assim eu ensino, de maneira sadia, com amor puro; para ter lições de persistência contra si mesmo e a não vagar doidamente fora de si.

— Tais práticas são batizadas de "amor fraterno"; é com estas palavras que até agora se tem mentido e dissimulado, e especialmente por parte daqueles que têm sido onerosos a todos.

— E, na verdade, não é mandamento para hoje ou amanhã esse aprender a amar a si mesmo. Em lugar disso é a melhor, a mais sutil, a última e a mais paciente de todas as artes.

— Pois ao seu possuidor está toda a possessão bem oculta, e de todos os tesouros é o último a ser escavado entre os que já lhe pertencem — assim causa o espírito da gravidade. Praticamente ainda no berço somos rotulados com palavras pesadas e valores: "bom" e "mal" — assim se chama essas posses. E por eles é que somos perdoados para viver.

— E quando os homens se deixam aproximar por criancinhas, é para que lhes proíbam a tempo que se amem a si mesmas — essa é a obra do espírito de gravidade.

— E nós; nós arrastamos lealmente o que nos é atribuído, sobre ombros duros e para irmos às montanhas escarpadas! E quando suamos, as pessoas nos dizem: "Oh sim! A vida é difícil e devemos suportar!"

— Mas o próprio homem é difícil de suportar! É pesado ao homem levar ao próprio homem. E isso é porque ele traz muitas coisas estranhas em seus ombros. Como um camelo ajoelha-se, e se deixa ser bem sobrecarregado.

— Especialmente o homem que se acha forte e suporta carga em nome de uma reverência. Também carrega aos ombros muitas palavras pesadas e de valores duvidosos — então a vida lhe parece um deserto!

— E em verdade! Também é duro suportar muitas coisas que são de nossa própria natureza! Muitos de nossas coisas internas são como ostras — repulsivas, escorregadias e difíceis de alcançar. De maneira que uma concha elegante, com adornos elegantes deva se tornar intercessora das outras. Mas ela deve também aprender essa arte: possuir uma dura casca, ter uma boa aparência e uma cegueira sagaz!

— Novamente, nos enganamos muitas vezes acerca dos homens, pois muitas conchas são pobres e lamentáveis por sua excessiva grosseria. Ali há muita força e bondade ocultas como nunca imaginaram; os manjares mais estranhos não encontram provadores!

— As delicadas mulheres sabem disso, a mais desejada entre elas: um pouco mais gorda, um pouco mais magra; oh, quanto destino se encontra em tão pouco!

— O homem é difícil de desvendar, e para si mesmo é o mais difícil de todos; sempre mente o espírito a respeito da alma. E isso causa o espírito da gravidade.

— No entanto, descobriu a si mesmo aquele que diz: "Este é o meu bem e o meu mal". E com isso silencia a toupeira e o anão, que diziam: "Bom para todos, mal para todos!"

— Na verdade, também me agrado daqueles que chamam tudo de bom, e acham este mundo o melhor dos mundos. A esses eu chamo de "onisatisfeitos".

— A satisfação total, que gosta de aprovar tudo, não é a melhor opinião! Honro as línguas exigentes e os estômagos refratários, que aprenderam a dizer "eu" e "sim" e "não".

— O mastigar e digerir tudo, no entanto, é uma autêntica natureza suína! O sempre aprovar e dizer "sim", apenas o asno aprendeu, e outros que lhe pareçam!

— O amarelo forte e o vermelho quente, esses preferem o meu gosto; como uma mistura de sangue com todas as cores. Aquele que, no entanto, branqueia sua casa, apresenta-me uma alma caiada.

— Alguns se apaixonam por múmias, alguns se apaixonam por fantasmas; e ambos são hostis a toda carne e sangue. Oh, quão repugnantes são para o meu gosto! Porque eu amo sangue!

— E não desejo estar onde todos cospem e escarram, por terem ouvido que esse agora é o meu gosto; preferiria viver entre ladrões e perjuros. Ninguém carrega ouro em sua boca.

— Ainda mais repugnante para mim, no entanto, são todos os "puxa-sacos"; e outro grupo semelhante em repugnância são os nomeados "parasitas": esses não desejam amar, mas querem viver do amor.

— Infeliz eu chamo todos aqueles que têm apenas uma escolha: ou se tornar bestas ferozes ou domadores de animais ferozes. Entre esses de maneira alguma eu construiria meu tabernáculo.

— Infelizmente, eu também chamo desventurados aqueles que são obrigados à espera; esses são o contrário de minha pessoa e por isso me são repugnantes. Todos são cobradores, comerciantes, reis e demais proprietários de terras ou lojas.

— Eu também aprendi com muita propriedade a esperar; mas apenas esperando por mim mesmo. E acima de tudo aprendi a permanecer de pé, e andar, e correr, e pular, e escalar e dançar.

— Pois está é, porém, a minha doutrina: quem deseja um dia voar deve primeiro aprender a ficar de pé, depois andar, correr, escalar e dançar. Não se aprende a voar na primeira lição!

— Com as escadas de corda aprendi a alcançar muitas janelas, com pernas ágeis aprendi a escalar mastros altos. Me assentar em mastros altos do saber não me pareceu pequena realização, para pouca felicidade; oscilando como um pequeno farolzinho; uma pequena luz tão só, mas um grande conforto para orientar marinheiros e náufragos perdidos.

— Alcancei minhas verdades por inúmeros raciocínios e diversas maneiras; minha subida a esta altura de longas visões não se fez por uma escada apenas.

— E sempre fiquei contrariado ao perguntar qual o caminho. Sempre fui contrário a isso. Sempre preferi testar meus próprios caminhos a perguntar por eles.

— Minhas viagens sempre foram baseadas em interrogações e experimentos; mas é necessário saber responder a perguntas como essas. Esse é o meu gosto; não digo que seja bom ou mau, mas é o meu gosto, do qual não tenho vergonha ou necessidade de sigilo.

— Este agora é o meu caminho; e onde está o seu? — Assim respondi àqueles que me perguntaram pelo "caminho".

— Qual caminho? O caminho não existe!

Assim falou Zaratustra.

LVI. TÁBUAS ANTIGAS E TÁBUAS NOVAS

I

— Aqui sentado eu espero, cercado por velhas tábuas quebradas e também por novas tábuas recém escritas. Quando será a minha hora? A hora de minha descida, de meu declínio: pois mais uma vez eu preciso voltar aos homens.

— Eis o que agora eu quero: pela primeira eles hão de ver os sinais que mostrarão que é a minha hora. Hora do leão sorridente e do bando de pombas.

— Enquanto isso, para matar o tempo converso comigo mesmo. Ninguém me traz algo novo, e assim eu narro mais uma vez a mim mesmo minha própria história.

II

— Quando cheguei aos homens, encontrei-os acomodados sobre uma antiga presunção: todos deles imaginavam saber há muito tempo o que aos homens poderia ser bom e ruim.

— Um assunto antigo e cansativo, era o que parecia ser a todos eles um discurso sobre virtude; e aquele que desejava dormir bem, falava sobre o "bom" e "mau" antes de se deitar para o repouso.

— Eu abalei essa sonolência quando ensinei que ninguém tem domínio de saber o que é bom e ruim; a menos que seja o criador!

— Apenas o que cria o destino dos homens, e o que dá sentido e futuro à terra, só ele cria o bem e o mal de tudo.

— E então pedi a eles que jogassem por terra as velhas cadeiras acadêmicas, e onde quer que tenha se sentado esta estranha presunção; mandei-os ainda rir dos seus grandes mestres da virtude; dos seus santos, dos seus poetas e de seus salvadores.

— Ordenei-lhes que zombassem de seus sábios sóbrios, e os coloquei de prontidão contra quem quer que se juntasse aos negros espantalhos postados perto da árvore da vida.

— Eu me sentei na grande alameda de sepulturas, e até mesmo entre os carniceiros e abutres, e dei muitas risadas de seu passado e da frágil e arruinada glória dele.

— Assim como os pregadores de quaresma e os tolos penitentes eu bradei urros de ira e lamentações por toda a sua grandeza e pequenez. Oh, que o melhor deles é tão pequeno! Oh, que o pior deles também é tão pequeno! E por isso eu ri.

— Constantemente o meu desejo, nascido nas montanhas, me levava muito longe, muito além, ao alto, por entre risos; eu então voava como uma flecha em seu voar barulhento, êxtases, embriagado pelo sol: voava em direção a remotos futuros, que nenhum sonho havia ainda visto, em mais quentes meios-dias que nunca pode sonhar a imaginação — onde os deuses em sua dança se envergonham de suas roupas — e para falar por parábolas, gaguejar e sussurrar como os poetas; e em verdade, tenho vergonha de ainda ser poeta!

— Eu voava onde todos os eventos me pareciam bailes de deuses com travessuras divinas, e o mundo livre refugiando-se de volta para si mesmo: como uma eterna fuga e busca mútua de deuses, como o bendito contraditório de si mesmo; escutar-se novamente, e de novo pertencer-se a muitos deuses.

— Onde todo o tempo me assemelhava a momentos de uma zombaria bem aventurada, onde a necessidade era a própria liberdade, que brincava alegremente com o estímulo da liberdade.

— Onde encontrei de novo meu velho demônio e arqui-inimigo, o espírito de gravidade, e tudo o que criou: restrição, dogmas, necessidade e consequên-cia, propósito, vontade, o bem e o mal.

— Pois não deve haver aquilo sobre o qual se dança ou se vá além dançando? Não há de existir, a favor dos leves, levíssimos e mais ágeis; míopes e desajeitados anões?

III

— Foi também nesse caminho que me veio a palavra e a doutrina do Super-Homem e o ensinamento que o homem é um conceito que deve ser superado; o homem é uma ponte para algo maior e não um fim; satisfeito de seu meio-dia ou de sua tarde, deve o homem prevalecer na caminhada noturna em busca de brilhantes alvoradas. Esse conceito de Zaratustra sobre o Grande Meio-Dia eu o lancei aos meus ombros como um segundo manto de púrpura real.

— Eu o levei a ver também novas estrelas e novas noites; e sobre as nuvens, o dia e a noite eu espalhei o riso como um tapete de cores diversas.

— Ensinei a eles toda a minha poesia e aspirações: a compor e concentrar tudo o que fala que o homem é apenas um fragmento, é um enigma e um temeroso acaso.

— Como poeta, tradutor de enigmas e redentor de sortes, eu os ensinei a criar seu futuro e redimir o caminho de todas as coisas que já se foram.

— Redimir todo o passado no homem e para transformar tudo o que “foi”, inclusive a vontade de falar: “Mas eu queria tanto que fosse assim! Assim hei de querer.”

— A isso eu chamei redenção; só a isso os ensinei a chamar redenção.

— Agora eu aguardo a minha redenção, para que eu possa voltar até eles pela última vez.

— Pois mais uma vez desejo voltar aos homens; entre eles desejo ter o meu pôr do sol; e morrendo darei a eles a minha mais rica dádiva!

— Eu aprendi com o sol, esse sol opulento, de inesgotável riqueza, que ao se pôr derrama do seu ouro sobre o mar; para que os pobres pescadores remem com remos dourados! Tive essa visão certa vez, e enquanto a via não conseguia conter as lágrimas que não se cansavam de correr em minha face.

— Assim como o sol, Zaratustra deseja declinar; agora ele está aqui sentado à espera, rodeado de velhas tábuas da lei quebradas, e há também novas tábuas, em que a escrita está por se fazer.

IV

— Eis aqui uma nova tábua; mas onde estão meus irmãos que as levarão comigo ao vale para os homens do coração de carne?

— Assim exige meu grande amor aos mais distantes; não se compare com o seu próximo! O homem é algo que deve ser superado.

— Uma pessoa pode se superar por diversos meios ou caminhos: essa escolha é sua. Apenas um idiota pensa: "o homem pode ser saltado por outro".

— Supere-se a si mesmo, e até no seu próximo! Não aceites que um direito que você pode alcançar lhe seja trazido às mãos!

— O que você faz, ninguém mais pode fazer por você. Saiba que não há recompensas.

— Quem não pode comandar a si mesmo deve obedecer. E há muitos que sabem ordenar, mas ainda estão longe de saber obedecer!

V

— Esse é o desejo das almas nobres: eles nada desejam gratuitamente, menos ainda, a vida.

— Quem é dessa gentalha deseja viver gratuitamente; nós outros, no entanto, a quem a vida se deu — desejamos sempre o melhor que poderíamos retribuir em uma troca!

— Em verdade, há um ditado nobre que diz: "O que a vida nos promete, essa promessa manteremos. À vida!"

— Não se deve querer desfrutar onde não se contribui para o prazer. E não se deve desejar aproveitar!

— Que o prazer e a inocência sejam as coisas mais tímidas. E nenhuma delas quer ser procurada. É necessário possuí-las, mas mais ainda vale buscar a culpa e a dor!

VI

— Ó meus irmãos, aquele que é primogênito há de sempre ser sacrificado. E nesta hora nós somos os primogênitos! Todos nós sangraremos em altares secretos de sacrifício, todos seremos queimados e gritaremos em honra de deuses antigos.

— O nosso melhor ainda é jovem; e isso excita os paladares de antigos. Nossa carne é tenra, nossa pele é apenas pele de cordeiro; como não excitaríamos velhos sacerdotes idólatras!

— Ainda habita em nós o velho sacerdote idólatra, que assa o nosso melhor para o seu banquete.

— Ah, meus irmãos! Como poderiam os primogênitos deixar de ser sacrifícios!

— Mas assim deseja a nossa condição; e eu amo aqueles que não desejam se preservar. Amo com todo o meu coração aqueles que sabem declinar, porque sabem bem passar para o outro lado.

VII

— Serem verdadeiros... poucos sabem! E o que sabe não deseja ser! E menos que ninguém, os bons.

— Os bons! Esses nunca dizem a verdade! O fato de ser bom dessa forma resulta por ser uma enfermidade para o espírito.

— Eles, os bons cedem, rendem-se; e seus corações repetem as palavras constantemente, mas as almas são desobedientes. Não ouvem a si mesmas!

— Tudo o que é chamado de mal pelos bons deve se unir para que uma verdade possa nascer. Ó meus irmãos, vocês também são maus o suficiente para essa verdade?

— O empreendimento é ousado, a desconfiança é prolongada, o cruel "não", o tédio, a aversão, o corte na pele; como seria raro juntar todas essas coisas! Destas sementes, no entanto — é que a verdade nasce!

— Ao lado da má consciência cresceu todo o conhecimento! Quebrem, quebrem todas as antigas tábuas, vocês que aspiram ao conhecimento!

VIII

— Quando sobre a correnteza há pontes, passarelas e corrimãos que atravessam o riacho, na verdade, não se acredita em ninguém que diga: "Tudo está em fluxo".

— Mas até os simplórios o contradizem: — "O quê? Tudo corre?" — dizem. Então as pontes e os corrimãos ainda estão acima do riacho!

— Acima do Rio tudo é firme, todos os valores das coisas, as pontes e os conceitos, tudo o "bem" e "mal" — tudo é estável!

— Mas quando chega o duro inverno, o congelador de rios, os mais maldosos aprendem a desconfiar; e não apenas os imbecis agora dizem: "Não deveria estar tudo congelado?" — "Na essência tudo continua imóvel!" ; eis um ensinamento verdadeiro sobre o inverno, um bom aprendizado para tempos improdutivos, um grande conforto para colchões aquecidos e espreguiçadeiras à beira da lareira.

— "No fundo tudo permanece mesmo parado!" — mas ao contrário disso temos a pregação do vento do degelo!

— O vento que derrete; ele é um boi que não puxa a lavra — é um furioso boi destruidor, ele quebra o gelo com chifres violentos! O gelo por sua vez quebra as pontes! Ó meus irmãos, não está tudo agora em fluente caminhar? Não foram levadas correnteza abaixo todas as passarelas e as grades que caíram na água? Quem ainda se apegaria ao "bem" e "mal"?

— "Ai de nós! Glória a nós mesmos! Sopre, vento do degelo!"

— Preguem assim por todas as ruas, meus irmãos!

IX

— Existe uma antiga ilusão que é chamada de "bem" e "mal". Em torno de adivinhos e astrólogos já revolvem a órbita dessa ilusão.

— Em outras épocas nós acreditávamos em adivinhos e astrólogos; e por suas teorias se acreditava: “Tudo é o destino! Tudo é assim, pois é necessário!”

— E então surgiu uma desconfiança contra todos os adivinhos e astrólogos; e, assim, alguém determinou: “Tudo é liberdade; você pode, se você quer!”

— Ó meus irmãos, a respeito de astros, estrelas e do futuro o que se tem até agora são apenas conjecturas e não conhecimento. Portanto, a respeito do “bem” e do “mal” o que houve até agora é apenas ilusão e não conhecimento!

X

— “Não roubarás! Não matarás!” — tais preceitos já foram tidos por piedosos; diante destas palavras se dobravam joelhos, curvavam a cabeça e até tiravam os sapatos.

— Mas eu lhes pergunto: onde já houve melhores ladrões e assassinos no mundo que esses santos preceitos? Não há mesmo na vida roubo e homicídio? E ao sacralizar essas palavras, os próprios conceitos de verdade não foram assim — mortos?

— Ou seria a apologia da morte, santificar tudo o que contradizia ou desaconselhava a vida? — Ó meus irmãos, quebrem, quebrem por favor as velhas tábuas!

XI

— Compadeço-me com todo o passado quando vejo que está abandonado ao acaso, ao arbítrio, às disposições, ao desvario de toda uma geração que chega e interpreta tudo como se fosse uma ponte para si mesmo!

— Poderia chegar um grande tirano, um gênio do mal que usurpasse violentamente todo o passado, até que se tornasse a ele uma ponte, uma projeção, um arauto e um canto de galo.

— Mais eis que surge um novo perigo e a minha outra simpatia: — as meditações de coisas que formam parte da população e resgatam até seus avós; no entanto, com os avós, o tempo cessa.

— Assim, todo o passado fica abandonado; pois poderia algum dia acontecer que a populaça se tornasse mestre, e com o tempo todos se afogariam em águas rasas.

— Portanto, ó meus irmãos, é necessária uma nova nobreza contrária a toda a populaça e todo o despotismo, e que escreva novamente a palavra “nobreza” em novas tábuas.

— Para que haja uma nova nobreza há necessidade de muitos nobres! Ou, como certa vez foi dita uma parábola: “A divindade consiste especificamente em haver deuses, mas não um único Deus!”

XII

— Ó meus irmãos, eu os consagro e lhes indico a uma nova nobreza; tornem-se procriadores, cultivadores e semeadores do futuro; na verdade, não é essa uma nobreza que vocês podem comprar como comerciantes ou com o ouro dos comerciantes; pois pouco válido é tudo o que tem seu preço.

— O que os honrará para o futuro não será a sua origem, de onde vocês vêm; e sim o tempo para onde vocês vão. A sua vontade e o seu ritmo desejam ir além que vocês mesmos pretendiam — firmem-se nisso a sua nova honra!

— Esse novo parâmetro não se baseia em que tenham servido a príncipes — que importam os príncipes? — E nem em que vocês tenham sido baluartes que permanece ou que já existe para que ele seja mais sólido.

— E também não em que sua família tenha se tornado cortesã nos tribunais da corte, ou que tenham aprendido como o flamingo, a passarem horas a fio em pé, na beira de águas rasas; pois saber estar de pé é um grande mérito aos cortesãos; e todos eles acreditam que ter a dádiva de se sentar faz parte da felicidade pós-morte.

— Nem mesmo um Espírito chamado Santo levou seus antepassados a terras prometidas, que eu mesmo não elogio; pois foi onde cresceram as piores árvores — entre elas a cruz — naquela terra não há nada a se louvar!

— Em verdade, para onde quer que esse "Espírito Santo" conduza seus cavaleiros, essas campanhas se fazem sempre precedidas por cabras, gansos, aloprados e tresloucados.

— Ó meus irmãos, não é para o passado que sua nobreza deve olhar, mas olhem adiante! Exilados sejam vocês de todas as pátrias e terras de seus antepassados!

— Vocês deveriam amar os vossos filhos: deixe que esse amor seja sua nova nobreza; o pais ainda não descoberto nos mais remotos mares! E é isso o que eu ofereço a suas velas, ofereço-lhes que procurem e tornem a procurar!

— Vocês devem redimir os seus filhos por serem filhos de seus pais; assim vocês resgatarão toda a geração! Esta nova tábua de leis eu coloco sobre vocês!

XIII

— "Para que alguém deveria viver aqui? Tudo é inútil! Tudo é vão! Viver — isso é golpear palha; viver — é queimar a própria pele e ainda assim não se aquecer."

— Estas cantigas antigas ainda passam por "sabedoria" porque são velhas; são estranhas e fedem, e por isso são mais honradas. A podridão enobrece.

— As crianças até podem assim falar, pois elas têm medo do fogo que outrora as queimou. Há muita ciosa pueril nos antigos livros de sabedoria.

— E aquele que debulha apenas a palha, como teria ele o direito de zombar quando se debulha o trigo?

— Seria necessário aprisionar tais dementes!

— Eles se sentam à mesa sem levar nada, nem mesmo uma vontade de comer, e agora blasfemam: — "Tudo é vão!"

— Mas, meus irmãos, o comer e beber bem não é na verdade uma arte vã. Quebrem, destruam as tábuas dos eternamente insatisfeitos.

XIV

— Aos puros, tudo parece puro! — assim dizia o povo. Mas eu lhes digo: "Aos porcos, tudo se torna porco!"

— Por isso os fanáticos e os que baixam a cabeça, e que também penduram o coração abaixo, pregam desta maneira: "O próprio mundo é uma monstruosa imundície".

— Pois todos esses têm o espírito sujo; mas em especial aqueles que não se dão paz nem repouso enquanto não veem o mundo pelo avesso — são os crentes do mundo vindouro! A eles eu digo nas faces, ainda que não lhes seja agradável: nisso o mundo se parece com um homem, por que ambos têm traseiro — e isso é grande verdade!

— Há muito lodaçal no mundo: isso é verdade! Mas isso não diz que o mundo seja uma monstruosa imundície!

— Há sabedoria no fato de se afirmar que muita coisa no mundo cheira mal: o próprio asco bate asas e demonstra forças que pressentem fontes!

— Mesmo nos melhores há algo repugnante; e até o melhor é algo que deve ser sempre superado!

— Ó meus irmãos! Há muita sabedoria no fato de haver muita sujeira no mundo!

XV

— Eu tenho ouvido piedosos crentes do mundo vindouro dizerem às suas consciências, com verdade, declarações como essas. Eu no entanto percebo que na terra nada existe pior ou mais falso.

— Deixem que o mundo seja mundo! Não movam sequer um dedo contra ele!

— Deixe que as pessoas se estrangulem; se apunhalem, exterminem-se; não mexa um dedo sequer contra isso! Assim eles aprenderão a renunciar ao mundo."

— Deveriam estrangular e abater a própria razão — porque esta é a razão desse mundo; e assim aprenderás, você mesmo a renunciar ao mundo.

— Quebrem, quebrem, ó meus irmãos, aquelas velhas tábuas de devotos! Exterminem as palavras dos malignos do mundo!

XVI

— Aquele que muito aprende, rapidamente esquece dos desejos mais intensos. — assim hoje se ouve um murmúrio nas ruas escuras. "A sabedoria cansa, nada vale a pena; não devo cobiçar!" — Esta nova tábua de lei encontrei pendurada nos lugares públicos.

— Quebrem para mim, meus irmãos, quebrem também essa nova tábua! Os cansados do mundo a estabeleceram; e também os carcereiros e pregadores da morte pois esta também é uma mensagem para a escravidão. Todos têm aprendido mal e não as melhores coisas, e tudo muito cedo e muito depressa; porque comeram mal e daí tem-se arruinado o estômago. Pois esse espírito que aconselha a morte é um grande mal ao estômago; pois em verdade, meus irmãos, o espírito é um estômago!

— A vida é um manancial de gozos! Mas para aquele em quem fala o estômago doente, que é o pai da aflição; para eles todas as fontes estão envenenadas.

— Discernimento é um prazer para todos os que têm vontade de leão! Mas quem se tornou cansado é meramente um "voluntário"; todas as ondas o derrubam.

— E essa é a natureza dos homens fracos; eles se perdem em suas trilhas. E, por fim, o próprio cansaço pede descanso: "Por que continuamos por este caminho? Todos são iguais!"

— É agradável a eles sempre ter alguém pregando em seus ouvidos: "Nada vale a pena! Não devem desejar!" — Isso, no entanto, é um sermão para a escravidão.

— Ó meus irmãos! Zaratustra vem como um vendaval fresco a todos os que estão cansados desse caminho; e muitos narizes ele ainda fará espirrar!

— Mesmo através das paredes o meu fôlego livre sopra; e penetra até nas prisões e nos espíritos presos!

— O desejo liberta, pois a liberdade é criativa, e querer é criar — isso eu também ensino.

— E somente para criar vocês precisam aprender!

— E apenas de mim você precisa aprender a aprender e aprender bem! — Quem tem ouvidos, ouça!

XVII

— Eis o barco, está pronto! — Navega ali, além, talvez em vastidões de nada — Mas quem desejará entrar nesse "talvez"?

— Nenhum de vocês quer entrar nessa barca da morte? Como dizem então estar cansados do mundo!

— Cansados do mundo! Vocês ainda não estão desapegados desta terra! Eu sempre os vi muito desejosos dessa terra; talvez até mesmo enamorados do cansaço que essa terra lhes traz!

— Não é em vão que seus lábios permanecem caídos: um pequeno desejo mundano ainda está presente aí! E em seus olhos — percebe-se; não paira uma nuvem de inesquecíveis felicidades terrenas?

— Há na terra muitas boas invenções, algumas úteis, outras agradáveis: e por isso é preciso mostrar devoção a esta amada terra.

— E muitas invenções são tão boas, como são os seios de uma mulher; são úteis e agradáveis a um só tempo.

— A vocês, porém, que estão cansados do mundo, e que são preguiçosos! Vocês ociosos da terra! Vocês devem apanhar com as chibatas! É preciso que suas pernas sejam animadas com varadas; algumas varadas novamente trarão vida a elas.

— Pois, se não são inválidos, ou decrépitas criaturas, das quais a terra é que está cansada, então vocês são ladrões preguiçosos, ou gulosos e casmurros gatos que só buscam sua satisfação.

— E se vocês não querem correr alegremente outra vez, então vocês devem desaparecer!

— Ao incurável ninguém serve como médico: assim ensina Zaratustra. — Então desapareçam!

— É preciso mais coragem para terminar que para criar um novo verso; e isto todos os médicos e poetas bem o sabem.

XVIII

— Meus irmãos, há tábuas da lei enfeitadas com cansaço e tábuas da lei emolduradas pela preguiça; preguiça corrupta. Embora elas falem a mesma coisa, querem ser entendidas de maneiras diferentes.

— Veja este definhando! Apenas um passo lhe falta para que chegue ao fim; mas a fadiga o derrubou e aí está ao pó este valente!

— De cansaço ele já bocejava pelo caminho, pela terra, pelo objetivo e até por si mesmo; esse não é capaz de dar mais um passo adiante — esse corajoso!

— Agora brilha o sol sobre ele e lhe derrete o rosto, os cães lhe lambem o suor; mas ele se deita. Ficará ali em sua triste obstinação, e prefere definhar de sede.

— Definhar a poucos passos de seu objetivo! Definhar! Esse herói precisará ser arrastado ao céu pelos cabelos; até a reação, esse herói! E melhor ainda é que o deixe deitado onde se pôs, para que o sono venha a ele, o sono reparador, acompanhado de barulho de fresca chuva.

— O deixemos deitado até que por sua própria vontade ele se desperte — até que por sua própria vontade seja repudiado todo cansaço, e que o cansaço se inspire a partir dele.

— Somente meus irmãos, o que peço a vocês, é que afastem-lhe os cães, os preguiçosos sorrateiros e todos os vermes que lhe pululam a carne.

— Todos os vermes que pululam dos "cultos" e que se deleitam com o suor de qualquer herói!

XIX

— Formo círculos em volta de mim e limites sagrados; cada vez menos homens sobem comigo montanhas que são cada vez mais altas. Eu construo uma cadeia de montanhas sempre cada vez mais sagradas.

— Mas onde quer que vocês desejem subir comigo, meus irmãos, tomem cuidado para que nenhum parasita tente subir com vocês!

— Isso mesmo, um parasita é um réptil, um réptil rastejante, que planeja se alimentar e engordar em seus órgãos enfermos e feridos.

— E esta é a arte deles. Descobrir onde estão as almas cansadas que sobem. Em seus problemas e em seu desânimo, em sua modéstia sensível, eles constroem sua morada repugnante.

— Onde os fortes são fracos; onde os nobres são indulgentes demais — ali é que eles constroem seu repugnante ninho; o parasita vive onde os grandes têm pequenos locais feridos.

— Entre os seres, qual é a mais alta de todas as espécies? E qual é a mais baixa?

— O parasita é a espécie mais baixa; mas o que se encontra entre a espécie mais alta, no entanto, ele é quem alimenta a maioria dos parasitas.

— Como pode ser que a alma possuidora da escada mais longa é a que pode descer mais fundo, podendo trazer para cima o maior número de parasitas?

— A alma mais grandiosa é a que pode correr, se desviar e andar mais longe de si; ela é a alma mais necessária, que por alegria se lançaria em sortes.

— A alma que mergulha no ser, ela é, ou deseja se tornar; a alma possuidora; aquela que busca alcançar o querer e o desejo.

— A alma que foge de si mesma; que se supera no mais amplo circuito; é a alma mais sábia à qual a loucura fala com docilidade.

— A alma que mais ama a si mesma, na qual todas as coisas têm sua ascensão e sua descida; seu fluxo e contrafluxo. Oh! Como poderia essa alma mais elevada deixar de ter os piores parasitas?

XX

— Ó meus irmãos, então sou eu cruel? Mas digo: O que cair, a esse será necessário também um empurrão! Tudo o que é de hoje cai, e se desordena; e quem o preservaria? Mas eu, pela minha vontade, também desejo empurrá-lo!

— Vocês conhecem o prazer de rolar pedras até as profundidades? Homens de hoje, vejam como eles rolam pedras contra as minhas profundezas!

— Eu sou um prelúdio para os melhores instrumentistas, ó meus irmãos! Um exemplo! Façam de acordo com meu exemplo!

— E aquele a quem não se ensina a voar; ensina-o a que caia mais rápido!

XXI

— Adoro os corajosos; mas não basta ser um bom espadachim — é preciso também saber onde usar uma espada! E saber também a quem se fere.

— E, muitas vezes, é maior bravura ficar quieto, se abster, pois que pode reservar-se para um inimigo mais digno!

— Só tereis inimigos dignos de serem odiados; mas não inimigos a serem desprezados; é importante que você tenha orgulho de seus inimigos. Assim eu já ensinei. Pois o inimigo mais digno, meus irmãos, deixe-o reservado. Portanto, devem passar por muitos, especialmente na multidão, que zumbem seus ouvidos com barulho sobre as pessoas e os povos. Mantenha seus olhos livres de prós e contras! Há muito certo, muito errado; e quem olha se ira.

— É ver e investir! — e eles são a mesma coisa. Portanto, partam para as florestas e coloquem suas espadas para dormir! Sigam seus caminhos! E deixem as pessoas e os povos seguirem os seus! Caminhos sombrios, na verdade, sobre os quais nem mais uma única esperança brilha!

— Deixem o comerciante governar, onde tudo o que ainda brilha é o ouro dos comerciantes. Já não é o tempo dos reis; e o que agora se chama povo é indigno de reis.

— Veja como esses povos agora se comportam exatamente como os comerciantes: eles exploram a menor vantagem até de todos os tipos de lixo!

— Eles espreitam um ao outro, subtraem coisas um do outro; é o que eles chamam de "boa vizinhança". Ó abençoados tempos antigos em que um povo ensinava a si mesmo: "Eu serei mestre sobre os povos!"

— Pois, meus irmãos, os melhores governarão, os melhores têm vontade de governar!

E onde o ensino é diferente, ainda falta o melhor.

XXII

— Se eles tivessem o pão de graça? A quem correriam e pelo que chorariam? Como se ocupariam se essa não fosse a sua sobrevivência? E é necessário que tenham vida difícil?

— Animais de rapina, são eles em seu "trabalho"! Há inclusive pilhagem em seu "ganho", há também engano! Portanto eles deverão ter vida rigorosa!

— Melhores animais rapaces se tornarão, mais sutis, mais espertos, mais humanos; pois o homem é o melhor entre os animais de rapina.

— O homem já roubou todas as suas virtudes dos animais: é por isso que entre todos os animais, os homens é que levam vida mais difícil.

— Apenas os pássaros ainda estão acima dele. E caso o homem ainda aprenda a voar, infelizmente! Que altura alcançaria a sua rapinagem!

XXIII

— Eis que eu quero um homem e uma mulher: ele, hábil para a guerra; ela, apta para a maternidade; ambos, no entanto, capacitados a dançar com a cabeça e as pernas.

— E perdido seja a nós todo o dia em que não se tenha dançado, pelo menos uma única vez. E falsa seja toda a verdade que não teve riso junto dela!

XXIV

— Em relação à forma como costuram seus casamentos: veja para que não seja com um mau tecido!

— Você tem se arranjado às pressas: então, e logo a seguir vem um rompimento, uma traição.

— É melhor o romper o casamento que o dobrar ao mentir para o cônjuge. Uma mulher me disse: "Na verdade, eu quebrei meu casamento, mas antes o casamento me quebrou!"

— Os malcasados sempre entendo que são os mais vingativos. Eles fazem todos sofrerem por não mais serem solteiros.

— Por esse motivo, quero que os honestos digam um ao outro: "Adoramos um ao outro; deixem-nos ver se manteremos nosso amor um pelo outro! Ou nosso comprometimento terá sido um erro?"

— "Deem-nos um prazo definido e um casamento curto, para que possamos ver se estamos prontos para o grande, o definitivo! É uma grande decisão passarmos a ser dois."

— Assim, aconselho a todos os honestos! E qual seria o meu amor ao Super-Homem, e a tudo o que está por vir, se eu aconselhar e falar de outra forma?

— Não apenas para se propagarem adiante, mas para o alto! Para isso, ó meus irmãos, que os ajude a celebração do casamento!

XXV

— Aquele que se tornou sábio em relação às antigas origens, eis que ele finalmente buscará as fontes do futuro e de novas origens.

— Ó meus irmãos, não demorará muito até que novos povos surjam e novos mananciais corram para novas profundezas.

— Pois um terremoto cria muitos novos poços, e causa muitas novas sedes. Mas também traz à luz poderes e segredos interiores.

— Um tremor de terra revela novas fontes. No terremoto dos velhos povos novas fontes irromperam. E quando alguém grita: "Eis aqui um manancial para muitos sedentos, um coração para muitos mortificados, um desejo para muitos instrumentos!" — ao seu redor se ajunta muita gente, ou seja, muitas pessoas que querem provar.

— O que ali está se testando é quem pode comandar, ou quem deve obedecer!

— Ah, meus irmãos! Há muito tempo venho procurando, resolvendo, falhando e aprendendo e procurando novamente.

— A sociedade humana é uma dessas tentativas, por isso ensino uma longa busca; busque portanto!

— Uma tentativa, meus irmãos! E não um "contrato"! Destruam, peço-lhes, destrua essa palavra de coração mole e vontade dividida!

XXVI

— Ó meus irmãos! Com quem jaz o maior perigo para todo o ser humano futuro? Não é com os bons e justos? Como aqueles que dizem e sentem em seus corações: "Já sabemos o que é bom e justo, e nós também já o possuímos; ai daqueles que ainda buscam!"

— E qualquer dano que os iníquos possam causar, o dano do bem é o mais nocivo de todos!

— E qualquer dano que os caluniadores do mundo possam causar, o dano do bem é o dano mais prejudicial!

— Ó meus irmãos, certa vez olhei nos corações dos bons, pois que alguém disse: "Eles são os fariseus". Mas as pessoas não entenderam.

— Os bons e justos não eram livres para entendê-lo; o espírito deles estava preso em sua boa consciência. A estupidez do bem é imensamente sabia.

— A verdade, porém, é que os bons devem ser fariseus — eles não têm escolha!

— Os bons devem crucificar aquele que cria sua própria virtude! Essa é a verdade!

— O segundo, no entanto, que descobriu seu país — o país, coração e solo dos bons e justos — foi ele quem perguntou: "A quem eles odeiam mais que tudo?"

— Ao criador, odeiam mais àquele que quebra as tábuas e os valores antigos; o infrator — a ele chamam infrator.

— Para o bem eles não podem criar; eles são sempre o começo do fim. —Eles crucificam quem escreve novos valores em novas tábuas, eles sacrificam para si mesmo o futuro — eles crucificam todo o futuro humano!

— Os bons! Eles sempre foram o começo do fim.

XXVII

— Meus irmãos, vocês entenderam também esta palavra? E o que eu disse certa vez sobre o "último homem"?

— Com quem está o maior perigo para todo o futuro humano? Não é com os bons e os justos?

— Eliminem! Acabem, eu imploro, acabem com os bons e os justos!

— Ó meus irmãos! Entenderam essa palavra?

XXVIII

— Vocês fogem de mim? Vocês estão com medo? Vocês tremem com essa palavra?

— Ó meus irmãos, enquanto não vos ordenei que exterminassem os bons e as suas tábuas, não embarquei o homem em seu alto mar.

— E somente agora é que lhes chega o grande terror, a grande perspectiva, a grande doença, a grande náusea, o grande enjoo marítimo.

— A respeito de uma falsa costa e sobre falsos títulos lhes ensinaram os bons. Nas mentiras dos bons vocês nasceram e foram nutridos. Tudo foi radicalmente torcido e distorcido pelos bons.

— Mas quem descobriu o país do "homem", também descobriu o país do "futuro do homem". Agora vocês serão marinheiros comigo, corajosos, pacientes!

— Mantenham-se elevados, meus irmãos, aprendam a manter-se! O mar é tempestuoso; muitos procuram se erguer novamente firmando-se em vocês.

— O mar arrasa tudo o que nele está. Bem! Animem-se! Velhos corações de marujos velhos!

— E à pátria! Então esforce nosso leme para a terra de nossos filhos! Lá, muito mais tempestuoso que este mar, lá assola nosso grande desejo!

XXIX

— Por que tanta dureza? — disse ao diamante um dia o carvão — não estamos então parentes próximos?

— Por que são tão macios? — Ó meus irmãos! Assim pergunto: não são então meus irmãos?

— Por que tão suaves, tão submissos e flexíveis? Por que há tanta negação e abnegação em seus corações? Por que há tão pouco destino em sua aparência?

— E se não querem ser destinos e inexoráveis, como podem um dia conquistar comigo? E se sua dureza não olhar, cortar e lascar em pedaços, como poderão um dia, criar comigo?

— Para os criadores são difíceis?

— A bem-aventurança deve servir para vocês pressionarem sua mão nos milênios como na cera. Não deve faltar desejo de escrever sobre a vontade dos milênios como sobre o bronze; mais duros que o bronze, mais nobres que o bronze.

— Completamente difícil é somente aquilo que é mais nobre.

— Esta nova tábua de lei, ó meus irmãos, eu lhes levanto: Sejam duros!

XXX

— Ó você, minha vontade! Você muda todas as minhas necessidades! Me preserve de todas as pequenas vitórias!

— Você, azar e sorte da minha alma, que eu chamo de destino! Você seja em mim e sobre mim! Preserve-me e poupe-me um grande destino!

— E a sua última grandeza, minha Vontade, poupa-a para a sua última —para que seja inexorável em sua vitória! Ah, quem não sucumbiu à sua vitória!

— Ah, que olhos não se debruçaram embriagados neste crepúsculo! Ah, de quem o pé não vacilou e não permaneceu esquecido na vitória!

— Para que um dia eu esteja pronto e maduro para o Grande Meio-Dia: pronto e maduro como o bronze brilhante, como a nuvem de relâmpagos cheia e o inchado úbere de leite.

— Pronto para mim e para minha vontade mais oculta: um arco ansioso por sua flecha, uma flecha ansiosa por sua estrela.

— Uma estrela, pronta e madura em seu Meio-Dia, brilhando, perfurada, abençoada por aniquiladoras setas do sol.

— Um sol em si e uma vontade inexorável de sol, pronta para aniquilação em vitória!

— Ó vontade, distanciamento de minha necessidade! Me poupe para uma ótima vitória!

Assim falou Zaratustra.

LVII. O CONVALESCENTE

I

— Em certa manhã, pouco depois de seu retorno à caverna, Zaratustra saltou de seu leito como um insano, clamando com uma voz assustadora e agindo como se alguém ainda estivesse deitado no sofá e não desejasse se levantar. E a voz de Zaratustra ressoava de tal maneira que seus animais o procuravam assustados, e de todas as cavernas vizinhas e lugares escondidos as criaturas escapavam voando, tremulando, rastejando ou pulando, de acordo com sua variedade de pé ou asa.

Zaratustra, no entanto, falou essas palavras:

— Para cima, pensamento abismal, para fora da minha profundidade! Eu sou seu galo e seu amanhecer, você é réptil e dormiu demais. Suba! Acima! Minha voz logo o acordará!

— Solte os grilhões dos seus ouvidos: ouça! Pois desejo ouvi-lo! Acima! Acima! Há trovões suficientes para fazer as próprias sepulturas ouvirem! E esfregue o sono e toda a escuridão e cegueira dos seus olhos! Ouça-me também com os seus olhos: a minha voz é um remédio mesmo para os nascidos cegos.

— E uma vez que você estiver acordado, então permanecerá acordado. Não é meu costume acordar dorminhoco para que eu possa lhe oferecer novo sono! Agite-se, estique a si mesmo, cambaleante! Acima! Acima! Não resmungue, você, mas fale comigo! Zaratustra chama por você, Zaratustra, o sem deus!

— Eu, Zaratustra, o defensor da vida, o afirmador do sofrimento, o defensor do círculo; chamo meu pensamento mais abismal!

— Que alegria para mim! Você vem, e eu o ouço! O meu abismo fala! À minha mais distante profundidade! Eu voltei para a luz!

— Alegria para mim! Venha cá! Me dê sua mão! Se deixe vir! Ah! — Horror! Horror!... Infeliz de mim!

II

Ditas estas palavras, Zaratustra caiu ao chão como um morto, e assim permaneceu por muito tempo. Quando, no entanto, ele voltou a si, estava pálido e tremendo, e permaneceu deitado; e ainda por muito tempo ele não iria comer nem beber. E nessa condição continuou por sete dias. Seus animais, no entanto, não o deixaram dia nem noite, exceto a águia que voou para buscar comida. E o que buscava e procurava, colocava na cama de Zaratustra, de modo que Zaratustra finalmente estava entre frutas amarelas e vermelhas, uvas, maçãs rosadas, pastagens, ervas aromáticas, frutas doces e pinhas. Aos seus pés, no entanto, dois cordeiros foram esticados, cordeiros que a águia tinha, com dificuldade, tirado de seus pastores.

Finalmente, depois de sete dias, Zaratustra levantou-se na cama, tomou uma maçã rosada na mão, cheirou e se agradou do cheiro. Então seus animais entenderam que havia chegado a hora de falar com ele.

— Ó Zaratustra — disseram eles —, você permaneceu assim por sete dias com olhos pesados; não desejas, enfim, voltar a se colocar de pé?

— Sai da sua caverna: o mundo espera por você como um jardim. O vento brinca com fragrância pesada que busca-o; e todos os riachos gostaria de correr atrás de você.

— Tudo anseia por você, pois permaneceu sozinho por sete dias. Sai da sua caverna! Todas as coisas querem ser seus médicos!

— Talvez um novo conhecimento tenha chegado a você, um conhecimento amargo e doloroso? Como a massa levedada, sua alma se levantou e inchou além de todos os seus limites.

— Meus animais — respondeu Zaratustra — fale assim e deixe-me ouvir! A sua mensagem me reanima: onde há essa conversa, há a mundo como um jardim para mim.

— Como é encantador o fato de haver palavras e tons! Não são palavras e tons de arco-íris as pontes aparentes entre elementos eternamente separados?

— A cada alma pertence um outro mundo; para cada alma que aqui está, há outra alma em um além-mundo.

— Entre as coisas mais parecidas é onde a ilusão é mais bela; as aparências enganam com mais prazer: a menor diferença é pois a mais difícil de se preencher.

— Para mim, como poderia haver um fora de mim? Não há fora! Mas isso esquecemos ao ouvir tons; e que prazer é quando nos esquecemos!

— Não foram dados nomes e tons às coisas para que o homem as possa atualizar por ele mesmo? É uma linda loucura, a fala; com a fala o homem baila sobre tudo.

— Quanta docilidade em todas as palavras! Como parecem doces todas as falsidades dos sons! Os belos sons conduzem nosso amor à dança em arco-íris variados.
E os animais disseram: Ó Zaratustra! Para aqueles que pensam como nós, todas as coisas dançam; vêm e dão-se as mãos, rodam, riem-se e fogem e voltam.

— Tudo vai, tudo volta; a roda da eternidade sempre a girar, sempre a girar a roda da existência. Tudo morre, tudo floresce novamente; eternamente correm as estações da existência.

— Tudo se quebra, e tudo é reintegrado. Eternamente se constrói a mesma casa da existência. Todas as coisas se separam, todas as coisas novamente se cumprimentam; eternamente fiel a si mesmo continua o anel de existência.

— A cada momento começa a existência. Tem início em volta de uma bola "aqui" e de outra bola "lá". O centro dessa bola é em todo lugar. Tortos são os caminhos da eternidade.

— Ah, grãozinhos espertos! — respondeu Zaratustra sorrindo novamente: — como sabiam vocês que esses sete dias haviam de ser cumpridos?

— E como aquele monstro entrou em minha garganta e me sufocou! Mas eu em uma mordida arranquei-lhe a cabeça e a cuspi para longe de mim.

— E vocês fizeram uma cantiga sobre ela? Agora, no entanto, eu aqui me deito, ainda exausto com aquele morder e cuspir, ainda enfermo com a minha própria salvação.

— E vocês que foram plateia para tudo isso? Ó meus animais, vocês também são bastante cruéis? Vocês se agradaram de olhar para a minha grande dor como os homens fazem? Pois o homem é o animal mais cruel.

— Em assistir tragédias, touradas e crucificações, eles até agora têm sido bastante felizes na terra; e quando eles então inventaram o inferno, eis que esse foi o seu paraíso na terra. Quando um grande homem clama; imediatamente corre o pequeno homem para lá, e até a sua língua sai da boca por seu muito desejo.

— Ele, no entanto, chama isso de "compaixão".

— Observem os homens pequenos, especialmente os poetas — com que paixão eles acusam a vida em suas palavras! Ouça-os, mas não deixe de ouvir o deleite que há em toda acusação!

— A tais acusadores da vida — venço a vida deles com apenas um olhar!

— Vocês me amam? — diz a insolente. — Espere um pouco, ainda não temos tempo para você.

— Para si mesmo, o homem é o animal mais cruel; e em todos os que se chamam "pecadores" e "carregadores da cruz" e "penitentes" não se esqueçam de observar a ênfase que colocam nessas queixas e acusações!

— E eu mesmo, caso desejo ser um acusador de homens? Ah, meus animais, só aprendi até agora que o pior no homem é necessário para que se veja o seu melhor. Esta é a única lição que tenho aprendido.

— O maior mal é a maior força no homem, a pedra mais resistente ao mais alto criador; e fez com que o homem se torne melhor e mais duro. Eu somente não me vi nesta cruz cravado porque sei que o homem é mau; mas lamentei; como ninguém ainda lamentou.

— Ah, como o pior dele é tão pequeno! Ah, e também o melhor dele é tão pequeno!

O grande desgosto pelo homem; era isso o que me estrangulava e me havia entrado na garganta; e também o que o profeta me havia anunciado: "Tudo é igual, nada vale a pena; e o conhecimento nos estrangula."

— Em minha frente um longo crepúsculo andava vacilante, fatalmente cansado, fatalmente intoxicado de tristeza, e falava com a boca bocejando.

— O homem de quem você está enfarado, volta a ser eternamente o pequeno homem. Assim bocejava minha tristeza, impaciente, balançando os pés e não conseguindo dormir.

— Tornou-se a terra humana para mim como uma caverna; o meu peito amolecia; todo viver tornou-se para mim pó e ossos humanos; como um passado de ruínas e escombros.

— Meus suspiros repousavam em muitas sepulturas humanas e não podiam mais ressurgir. Meus suspiros e questionamentos me sussurravam, me afogavam e sufocavam, me roíam e atormentavam dia e noite.

— Ah, o homem volta eternamente! O homem pequeno volta eternamente!

— Em outros tempos eu já os tinha visto nus, os dois: o maior e o menor, os dois muito parecidos. Todos muito humanamente falhos, até o melhor homem!

— É muito pequeno, mesmo o maior homem! — Esse era meu nojo pelo homem! E o eterno retorno também deste menor homem! Esse foi meu desgosto existencial!

— Ah, que nojo! Nojo! Nojo! — Assim falou Zaratustra, suspirou e estremeceu; pois se lembrava de sua enfermidade. Então seus animais o impediram de continuar falando.

— Não fales mais, convalescente! — pediram seus animais. — Mas saia para onde o mundo o espera como um pomar.

— Vá para as rosas, às abelhas e aos bandos de pássaros! Especialmente, no entanto, para os pássaros cantores, aprenda a cantar com eles!

— Pois cantar é conveniente aos convalescentes; os sãos é que podem falar de saúde. E quando os sãos também querem canções, então eles desejam canções que não sejam de convalescentes.

— Ah, espertos palhaços e tangedores, calem-se! — respondeu Zaratustra e sorriu para seus animais. — Como vocês podem conhecer tão bem este consolo que inventei em sete dias!

— Que eu precise de cantar mais uma vez, esse consolo eu mesmo inventei para mim, e esta é a minha convalescença. Vocês também querem que eu componha outra lira?

— Não fale mais! — responderam seus animais mais uma vez. — Sim, você mesmo convalescente, prepare-se primeiro para uma lira, mas uma nova lira!

— Pois eis, ó Zaratustra! Para os seus novos cantos, são necessárias novas liras. Cante e se distraia, Zaratustra! Cure sua alma com novos cânticos; com isso pode suportar o seu grande destino, que ainda não foi o destino de ninguém!

— Pois seus animais o conhecem bem, Zaratustra! Quem é e quem deve tornar-se; eis que você é o professor do eterno regresso, esse agora é o seu Destino!

— Que você deve ser o primeiro a ensinar essa nova doutrina! E como esse ensinamento, esse grande destino não seria a sua maior enfermidade e seu maior perigo?

— Nós bem sabemos o que ensinas; que todas as coisas retornam eternamente, e nós mesmos com eles. E que nós já existimos um sem número de vezes, e todas as coisas assim como nós.

— Você ensina que há um grande tempo tornar-se; há um prodígio de uma grande época. Deve, como a areia de uma ampulheta, aparecer de novo, para que possa correr novamente abaixo.

— Para que todos esses anos se assemelhem, nas coisas maiores e nas menores também, para que nós, em todas as grandes eras, nos assemelhemos a nós mesmos, seja nas coisas menores, como também nas coisas maiores.

— E se agora você desejasse morrer, ó Zaratustra! Eis que sabemos como você diria então a si mesmo; — mas seus animais lhe imploram para não morrer ainda! Você falaria sem tremer, e flutuando um pouco acima de felicidade. Porque grandes pesos e preocupações seriam tirados de você; que é o mais paciente!

— Agora eu morro e desapareço — você diria —, e em um momento eu estou nada. As almas são tão mortais quanto os corpos. Mas a amarração das causas retorna pois a ela estou entrelaçado. E novamente me criará.

— Eu próprio pertenço às causas do eterno retorno. Regresso como este sol, como esta terra, como esta águia, como esta serpente; não para uma vida nova, ou para uma vida melhor, ou para uma vida igual.

— Volto eternamente a esta mesma vida, tal e qual idêntica, em suas maiores e menores coisas, para ensinar novamente o eterno retorno de todas as coisas. Para falar novamente a palavra do Grande Meio-Dia da terra e do homem; para anunciar novamente, para preparar o Super-Homem.

— Eu falei minha palavra. Eu por minha palavra me sucumbo; assim será a minha eterna sina — e como eterno anunciador eu sucumbi!

— Chegou a hora em que aquele que sabe descer se abençoa. E assim acaba o declínio de Zaratustra.

Quando os animais pronunciaram essas palavras, eles ficaram em silêncio e esperaram, para que Zaratustra lhes dissesse algo. Mas Zaratustra não ouviu que eles estavam calados, pelo contrário; ele se mantinha deitado em silêncio com os olhos fechados como uma pessoa dormindo, embora não tenha dormido; pois ele comunicava apenas com sua alma.

A serpente e a águia, calaram-se em respeito à grande quietude à sua volta, e prudentemente se retiraram.

LVIII. O GRANDE DESEJO

— Ó alma minha! Eu lhe ensinei a dizer "hoje" como "um de cada vez" e "outrora", e a bailar acima de todas as coisas aqui, ali e além.

— Ó minha alma, eu a livrei em todos os lugares, eu sacudi de você a poeira, as aranhas e até a obscuridade.

— Ó alma minha! Lavei sua vergonha mesquinha do pudor e da virtude detalhista, e a convenci a se apresentar nua diante dos olhos do sol.

— Com a tempestade que se chama "espírito", soprei sobre o seu mar revolto; todas as nuvens expulsei, e até estrangulei o estrangulador chamado "pecado".

— Ó minha alma, eu lhe dei o direito de dizer Não como a tempestade; e de dizer Sim como diz o céu aberto. Agora está serena como a luz que permanece, e agora passa caminhando através de negras tempestades.

— Ó minha alma, eu lhe restaurei a liberdade sobre os criados e os não criados; e quem conheceria, como você, a impetuosidade do futuro?

— Ensinei-lhe, ó alma minha, o desprezo que não vem como os cupins, o grande, o desprezo amoroso, que mais ama onde mais despreza.

— Ó minha alma, eu lhe ensinei a persuadir de tal forma que todas as coisas se rendem a você; assim como o sol, que convence o mar a vir até sua altura.

— Ó minha alma, tirei de você toda obediência, todo o joelho dobrado e servilismo; eu mesmo lhe dei os nomes "longe das necessidades" e "Destino".

— Ó minha alma, lhe dei novos nomes e vistosos brinquedos coloridos; tenho lhe chamado de "Destino" e "Círculo de círculos" e "hora central" e "abóbada anil".

— Ó minha alma, ao seu domínio dei a beber toda a sabedoria da terra; todos os novos vinhos, e também todos os vinhos de sabedoria imemorialmente antigo.

— Ó minha alma, todo sol tenho derramado sobre você, e toda noite e todo silêncio e todo desejo —, então cresceste para mim como uma videira.

— Agora, minha alma, exuberante e pesada está de pé, uma videira com úberes inchados e cachos cheios de uvas douradas brilhantes.

— Exuberante e ponderada por sua felicidade, esperando pela superabundância, e ainda envergonhada da sua expectativa.

— Ó minha alma! Não há em nenhum lugar algo que possa ser mais amoroso, mais abrangente e complacente! Onde o futuro e o passado poderiam estar mais próximos um do outro agora que em você?

— Ó minha alma! Eu lhe dei tudo, e minhas mãos se tornaram vazias por ti. E agora! Agora me diz, sorrindo e cheia de melancolia: — Qual de nós deve agradecer?

— O doador não deve agradecimentos porque o necessitado recebeu? E doar não é uma necessidade? Receber não é uma penalidade?

— Ó minha alma! Compreendo o sorriso da sua melancolia; a sua superabundância agora estende as mãos ansiosas!

— A sua plenitude avança olhares sobre mares revoltos, e busca e espera; desejo pelo excesso de plenitude que surge do céu sorridente de seus olhos!

— E na verdade, ó minha alma! Quem poderia ver seu sorriso e não se derreter em lágrimas?

— Os próprios anjos se desmancham em lágrimas por meio da graça excessiva de seu sorriso.

— A sua benevolência, sua bondade excessiva, é isso que não se irá reclamar ou chorar; e ainda assim, ó minha alma, o seu sorriso espera por lágrimas e sua trêmula boca anseia por espasmos.

— Todo pranto não seria uma queixa, e toda lamentação não seria uma acusação? Portanto fala para você mesma; e, ó minha alma, você prefere sorrir a derramar sua dor. Derramar em lágrimas torrenciais, derrama toda a sua tristeza por sua plenitude. E a respeito do desejo da videira pelo viticultor e por sua faca de colheita!

— Mas não chorará, não chorará a sua roxa melancolia. Então terá de cantar, ó minha alma! — Já percebe que eu profetizo isso, eu mesmo sorrio: — Você precisa cantar a canção com voz apaixonada, até que todos os mares se acalmem para que ouçam o seu desejo.

— Até em mares calmos e silenciosos se balançam os barcos, a maravilha dourada, em torno do ouro cujas águas agitam e brincam todas as coisas boas, más e maravilhosas; e também muitos animais grandes e pequenos, e tudo o que têm maravilhosos pés iluminados, pés leves para que possa percorrer caminhos azul-violeta, em direção à maravilha dourada, ao latido espontâneo e a seu mestre.

— Ele, no entanto, é o comerciante de vinhos que espera pelo cutelo de diamante do viticultor, o Grande libertador. Ó minha alma, o inevitável, o sem-nome — para quem apenas os cantos do futuro encontrarão nomes! E em verdade, o seu hálito já tem a fragrância de cantigas futuras. Já brilha e sonha, a sua sede já bebe de todo jeito, dos profundos poços de consolo; já repousa a sua melancolia na felicidade de músicas futuras!

— Ó minha alma, agora lhe dei tudo, e até minha última possessão, e minhas mãos se esvaziaram por você; ter lhe pedido que cantasses foi a minha última dádiva!

— Eu pedi para você cantar! Cante agora, cante! Qual de nós deveria agora dar graças? Melhor ainda: cante para mim, cante, alma minha! E deixe-me lhe agradecer!

Assim falou Zaratustra.

LIX. A SEGUNDA CANÇÃO DE BAILE

I

— Ultimamente em seus olhos me olhei, ó Vida! Vi ouro reluzente ao vislumbrar seus olhos noturnos; e meu coração parou por causa da voluptuosidade; Vi brilhar uma embarcação de ouro em águas escuras afundando. Ela submergia e reaparecia piscando, fazendo sinais!

— Aos meus pés frenéticos pela dança, você lançou um olhar terno, acariciador, e um sorriso interrogativo.

— Apenas duas vezes moveu seu chocalho com suas mãozinhas — então meus pés começaram a balançar com fúria de dança.

— Meus calcanhares se elevaram; meus dedos o ouviam e buscavam compreensão; os dançarinos não têm ouvidos nos dedos do pés?

— Sobre você saltei; então fugiu das minhas amarras; e para o meu redor vinha em fuga a sua cabeleira voadora!

— Eu fugi para longe de você, e das suas madeixas serpentinas; ali meio oblíquos, os seus olhos me acariciam cheios de desejos.

— Com olhares tortos você me ensina caminhos tortuosos; por tortos cursos aprendem andar meus pés em fantasias astutas!

— Eu tenho receio quando por perto de você estou; amo-a quando longe; sua fuga me fascina, sua busca protege-me. — Sofro, mas por você o que não suportaria de bom grado?

— Você, cuja frieza inflama, cujo ódio engana, cuja fuga apreende, cuja zombaria implora.

— Quem não a odeia, grande carcereira, sedutora, esquadrinhadora e procuradora! Quem não a amaria, inocente, impaciente, veloz arrebatadora de olhos pueris!

— Para onde me arrasta agora, prodígio rebelde? E agora já me torno a escapar. Onde está? Me dê as mãos, ou um dedo apenas.

— Aqui existem cavernas e bosques; nós nos desviaremos! — Pare! Detenha-se! Você não vê corujas e morcegos em revoadas?

— Você morcego! Você coruja! Vocês gostariam de brincar? Onde estamos? Como cães aprendem a latir e uivar.

— Você me mostra docilmente os pequenos dentes brancos; seus malvados olhos se atiram sobre mim, por baixo de sua juba encaracolada!

— Esta é uma dança sobre os campos e as pedras; eu sou o caçador — será meu cão de caça, ou minha corça?

— Agora ao meu lado! Depressa, sua solitária invejosa! Agora para cima! Pronto! Aí! Caí agora ao voltar. Olhe como estou aqui estatelado. Olhe, prepotente, como imploro aqui a sua ajuda. — De bom grado eu andaria com você em outro lugar mais encantador!

— Queria andar consigo em caminhos do amor, através de arbustos variados, silenciosos, em estado de graça! Ao longo do lago, onde peixes-dourados dançam e nadam! Agora você está cansada? Ali embaixo há ovelhas e faixas de sol poente. Não é prazeroso e doce para dormir ao som das flautas de pastores?

— Você está tão cansada assim? Eu a carrego até lá; deixe apenas o seu braço livre! E você tem sede? Eu devo ter algo; mas sua boca não gostaria beber!

— Oh, aquela maldita serpente, ágil, flexível e fugidia à espreita! Onde você se meteu? Mas em minha face os sinais de suas mãos, duas manchas em vermelho!

— Estou realmente cansado disso; de lhe seguir sempre como um cordeiro inocente. Bruxa, até agora eu cantei para você; agora por mim você deve clamar!

— Ao ritmo do meu chicote dançará e chorará! Eu nunca me esqueço de meu chicote! Não!

II

Então a Vida assim me respondeu, enquanto mantinha seus finos ouvidos fechados:

— Ó Zaratustra! Não vibre tão terrivelmente o seu chicote! Você certamente sabe que esse barulho mata o pensamento, e agora vieram a mim tão delicados pensamentos.

— Nós não somos genuinamente bons ou maus em nada. Além do bem e do mal descobrimos nossa ilha e nosso verde prado; apenas nós dois os encontramos! Portanto devemos nos amar um ao outro!

— E mesmo que não nos amemos do fundo de nossos corações, devemos então ter um rancor um contra o outro. Se cansam as pessoas por não se amarem de todo o coração?

— E que sou amiga de você, e muitas vezes amiga demais, você sabe; e a razão é que tenho ciúmes da sua sabedoria. Ah, que velha tola e louca é a Sabedoria!

— Se a sua sabedoria um dia fugir de você, ah! Então também meu o amor fugirá rapidamente de você.

— Então a Vida olhou pensativamente para trás e ao redor, e disse suavemente: — Ó Zaratustra, você não é fiel o suficiente para mim! Não me ama tanto quanto diz. Eu sei que você pensa em logo me deixar.

— Há um velho relógio pesado, pesado e estrondoso; e ele ressoa na noite até sua caverna. Quando você ouve esse relógio bater à meia-noite, você então pensa. — Você pensa nisso, ó Zaratustra, eu sei, pensa de logo em me deixar!

— Sim — respondi hesitante —, mas você também o sabe. — E eu disse algo em seu ouvido, entre suas madeixas confusas, amarelas e tolas.

— Você sabia disso, ó Zaratustra? Isso não conhece ninguém. — E olhamos um para o outro, para o prado verde por onde passava a brisa fresca da tarde, e choramos juntos. E a vida era para mim mais querida que toda a minha sabedoria jamais fora.

Assim falou Zaratustra.

III

Um!
Ó homem! Fique atento!

Dois!
O que diz a voz da meia-noite profunda?

Três!
Eu durmo meu sono...

Quatro!
De um sonho profundo acordei.

Cinco!
"O mundo é profundo,

Seis!
"E mais profundo que o dia poderia ser.

Sete!
"Profunda é a sua dor

Oito!
"Prazer — mais profundo que o pesar

Nove!
"A dor diz: Passa adiante!

Dez!
"Mas todo prazer quer eternidade.

Onze!
"Quer uma eternidade profunda e profunda!"

Doze!

LX. OS SETE SELOS (A CANÇÃO DO SIM E DO AMÉM)

I

— Se sou um adivinho cheio desse espírito divino profético que vagueia por cumes de altas cordilheiras entre dois mares; que caminha entre o passado e o futuro como uma nuvem pesada, hostil a lugares baixos, e a tudo o que está cansado e não pode morrer nem viver.

— Pronto para disparar relâmpagos em seu seio escuro e para o clarão redentor de luz, carregada de relâmpagos que dizem sim! Que riem sim! Pronto para adivinhação de relâmpagos. Abençoado, porém, quem é assim acusado!

— E na verdade, por muito tempo deve pairar como uma forte tempestade na montanha, quem um dia acenderá a luz do futuro!

— Oh, como eu não poderia ser desejoso assim da Eternidade e pelas alianças de casamento — o anel do eterno regresso das coisas?

— Ainda não encontrei a mulher com quem gostaria de ter filhos, a menos que seja essa a mulher a quem amo, porque eu a amo, eternidade!

— Pois eu a amo, eternidade!

II

— Se alguma vez minha ira estourou túmulos, mudou pontos de referência ou rolou tábuas quebradas em grandes profundidades.

— Se algum dia meu desprezo espalhou palavras apodrecidas ao vento; e se eu tiver agido como uma vassoura para as teias de aranhas, ou como um vento purificador para casas velhas e fedorentas cavernas sepulcrais.

— Se alguma vez eu me sentei regozijando-me onde velhos deuses jazem enterrados, abençoando e amando o mundo ao lado dos monumentos dos antigos malfeitores do mundo.

— Pois até as igrejas e os túmulos desse deus eu amo, contanto que o céu apenas espreite com olhos pacíficos através de seus telhados arruinados. De bom grado me sento à grama próxima de papoulas vermelhas em igrejas arruinadas.

— Como eu não poderia ser ardente pela Eternidade, e pelas alianças de casamento — os anéis do eterno retorno?

— Ainda não encontrei a mulher com quem gostaria de ter filhos, a menos que seja essa a mulher a quem amo, porque eu a amo, eternidade!

— Pois eu a amo, eternidade!

III

— Se alguma vez me veio um fôlego do fôlego criativo, e da necessidade celestial que me compele até chances de bailar danças estreladas.

— Se alguma vez eu ri com o riso do relâmpago criativo, para que o longo trovão da ação seguisse resmungando, mas seguisse obedientemente.

— Se alguma vez joguei dados com os deuses na mesa divina da terra, de modo que a terra tremeu e se rompeu, e bufou raios de fogo:

— Porque a tábua divina é a terra, e treme com novos ditames criativos e os dados dos deuses.

— Como eu não poderia ser ardente pela Eternidade, e pelas alianças de casamento — os anéis do eterno retorno?

— Ainda não encontrei a mulher com quem gostaria de ter filhos, a menos que seja essa a mulher a quem amo, porque eu a amo, eternidade!

— Pois eu a amo, eternidade!

IV

— Se alguma vez bebi uma grande dose desse cântaro espumoso de espécies e misturas em que todas as coisas estão bem integradas.

— Se alguma vez minha mão misturou coisas mais longínquas com as mais próximas; e o fogo no espírito e alegria na tristeza e os mais severos com os mais gentis.

— Se eu próprio sou um grão do sal redentor que faz com que tudo na tigela se misture bem. Porque há um sal que une o bem ao mal; e até o pior é digno como tempero e de fazer transbordar a espuma final.

— Como eu não poderia ser ardente pela Eternidade, e pelas alianças de casamento — os anéis do eterno retorno?

— Ainda não encontrei a mulher com quem gostaria de ter filhos, a menos que seja essa a mulher a quem amo, porque eu a amo, eternidade!

— Pois eu a amo, eternidade!

V

— Se eu gosto do mar, e tudo o que lhe é semelhante, e gosto mais ainda quando ele fogoso me contradiz.

— Se o prazer da exploração está em mim e me impulsiona as velas para o não descoberto, se o prazer do marinheiro está no meu deleite.

— Se alguma vez meu regozijo clamou: a praia desapareceu, agora está caída a minha última cadeia.

— Ruge ao meu redor a imensidade sem limites, e longe a mim brilham espaço e tempo. Vamos! Anime-se Velho Coração!

— Como eu não poderia ser ardente pela Eternidade, e pelas alianças de casamento — os anéis do porvir e do eterno retorno?

— Ainda não encontrei a mulher com quem gostaria de ter filhos, a menos que seja essa a mulher a quem amo, porque eu a amo, eternidade!

— Pois eu a amo, eternidade!

VI

— Se minha virtude é a virtude de um dançarino, e se muitas vezes eu dancei entre arroubos dourados e de esmeralda:

— Se minha maldade é uma maldade sorridente, e se encontra em casa entre as roseiras e sebes de lírios:

— Pois no riso está todo o mal presente, mas é santificado e absolvido por sua própria beatitude.

— E se for meu Alfa e Ômega que torna tudo que é pesado em leve, todo corpo é dançarino, e todo espírito é pássaro; e esse é meu Alfa e Ômega!

— Como eu não poderia ser ardente pela Eternidade, e pelas alianças de casamento — os anéis do eterno retorno?

— Ainda não encontrei a mulher com quem gostaria de ter filhos, a menos que seja essa a mulher a quem amo, porque eu a amo, eternidade!

— Pois eu a amo, eternidade!

VII

— Se alguma vez eu descobri céus tranquilos acima de mim, e voei para dentro do meu próprio céu usando minhas benditas asas.

— Se eu nadei brincando em profundos lagos luminosos e se a minha alada sabedoria de liberdade chegou a mim para falar:

— Eis que não há acima nem abaixo! Jogue-se sobre, para fora, para trás, se lance, ascenda! Cante! Não fale mais!

— Nem todas as palavras são feitas para os pesados? Não mentem as palavras aos que são leves? Cante! Não fale mais!

— Como eu não poderia ser ardente pela Eternidade, e pelas alianças de casamento — os anéis do eterno retorno?

— Ainda não encontrei a mulher com quem gostaria de ter filhos, a menos que seja essa a mulher a quem amo, porque eu a amo, eternidade!

— Pois eu a amo, eternidade!

PARTE FINAL

— Ah, onde no mundo se fez as maiores insanidades que entre os compassivos? E o que no mundo causou mais sofrimento que as loucuras deles?

— Ai de todos os que amam e ainda não atingiram altitudes acima de sua compaixão!

— Às vezes assim me fala o diabo:

"Até Deus tem o seu inferno; que é o seu amor pelo homem."

— Recentemente, eu o ouvi dizer estas palavras:

"Deus está morto! Por causa de sua piedade, Deus morreu."

"ZARATUSTRA, II., "Dos Compassivos".

LXI. A OFERTA DO MEL

E novamente passaram-se meses e anos sobre a alma de Zaratustra, e ele nem se deu conta de tanto tempo; seu cabelo, inclusive, se tornou branco. Certo dia, estando ele sentado sobre uma pedra diante de sua caverna, olhava para fora em silêncio, pois dali se tinha a vista da distância que o mar alcançava, para além dos abismos tortuosos. Seus animais andavam pensativos em volta dele, quando finalmente se colocaram em sua frente.

— Ó Zaratustra — disseram eles —, teria você já avistado a sua felicidade?

— Que importa a minha felicidade? — respondeu ele — Já há muito tempo deixei de lutar por minha felicidade, luto agora por meu trabalho.

— Ó Zaratustra — disseram os animais mais uma vez —, porque você diz assim como alguém que está saturado de boas coisas? Acaso você está em um lago azul-celeste de felicidade?

— Palhaços! — respondeu Zaratustra e sorriu. — Muito boa comparação vocês escolheram! Vocês sabem que minha felicidade é pesada e não como uma onda fluida de água; essa felicidade me pressiona e não me deixa, se apega a mim como piche fundido.

Então, os animais novamente o circundaram pensativos e se posicionaram mais uma vez a sua frente. — Ó Zaratustra — disseram eles —, é por este motivo então que você se torna mais e mais sombrio, e também que seu cabelo pareça com o branco linho? Eis que você ainda permanece sentado no caminho!

— O que vocês dizem, meus animais? — perguntou Zaratustra rindo. — Em verdade eu me irritei quando falei do piche. Como acontece comigo, também é com todas as frutas que ficam maduras. É o mel que tenho nas veias que faz o meu sangue ser mais espesso, e também minha alma ser mais calma.

— Assim deve ser, ó Zaratustra! — disseram seus animais e se aproximaram dele — mas você não deseja hoje subir uma alta montanha? Lá o ar é puro e a visão que se tem do mundo não há igual.

— Sim, meus animais! — respondeu ele — Vocês me aconselham admiravelmente bem e de acordo com o meu coração; hoje vou subir um monte alto! Mas velem para que eu tenha mel às minhas mãos. Mel de colmeias douradas, amarelo, branco, bom, fresco como o gelo. Pois saibam que quando estiver no alto farei o sacrifício de mel.

Quando Zaratustra, no entanto, chegou ao cume da montanha, despediu para casa os animais que o acompanhavam e descobriu que agora ele estava só; então ele sorriu do fundo do seu coração, olhou em volta e falou:

— Falei em oferendas e sacrifícios de mel, mas foi apenas um ardil de minha fala e, na verdade, uma necessária loucura! Agora aqui no alto posso falar mais livremente que em frente às cavernas das montanhas e aos animais domésticos dos anacoretas.

— Eu falava em sacrificar e oferecer? O que sacrificar? Eu desperdicei o que me foi dado, como um desperdício feito a mil mãos; como eu poderia chamar isso de sacrifício?

— E quando eu desejei mel, eu desejei apenas isca. O doce e delicioso líquido que enche de água a boca até de ursos raivosos e pássaros mal-humorados; sinistros e maus.

— A melhor isca, como os caçadores e os pescadores a exigem. Pois é como se o mundo fosse uma floresta densa cheia de animais e um local de prazer para todos os caçadores selvagens. Mas a mim parece bastante, e preferencialmente,um mar rico e insondável. Um mar cheio de peixes e caranguejos coloridos, para os quais até os deuses por muito tempo, foram tentados a se tornar pescadores e lançadores de redes, tão rico é o mundo marinho em coisas maravilhosas, grandes e pequenas! Especialmente o mundo dos homens, o mar humano; em direção a Você, Mar, eu agora lanço o meu bastão de ouro e digo:

— Abra-se, abismo humano! Abra e lance para mim seus peixes e caranguejos brilhantes! Com minha melhor isca atrairei para mim hoje os peixes humanos mais exuberantes!

— Minha própria felicidade eu lanço fora, para todos os lugares longes como o Oriente, Centro e o Ocidente, para ver se não teremos muitos peixes humanos a aprender a fisgar essa minha isca da felicidade.

— Até que, mordendo meus afiados e agudos anzóis, eles terão que subir à minha altura. Os mais diferentes peixes das regiões abissais subirão até o mais habilidoso de todos os pescadores de homens.

Pois esse sou eu, desde a origem e em essência, a força do coração que puxa, puxa e atrai, trazendo para cima, que levanta, que guia; um corretor e um mestre que não falou com equívoco em outros tempos: Mostra-lhes quem és!

Portanto, aqui espero, ardiloso e desdenhoso nas altas montanhas, não sou impaciente nem paciente; antes sou como alguém que jogou fora esses conceitos, e não sofre mais por isso.

Pois o meu destino tem me dado tempo; talvez até me tenha esquecido? Ou teria se assentado em alguma pedra à sombra a pegar moscas?

E, em verdade, estou bem-disposto ao meu destino eterno, porque não me apressa e nem me pressiona, mas me dá tempo de alegria e brincadeiras; de modo que eu hoje escalei esta alta montanha para pescar.

Alguém já pescou em altas montanhas? E embora seja uma loucura o que aqui faço ou procuro, é melhor que se lá embaixo eu me tornasse solene ou verde e amarelo de tanto esperar. Teria rancor com a espera dessa santa tempestade rugidora vinda das montanhas, como um impaciente que grita nos vales: Escutem, senão eu os atacarei com um flagelo de Deus!

Não que eu tivesse alguma irritação contra aqueles coléricos; eles somente me fazer sorrir! Eles devem agora ser bem impacientes, aqueles grandes tambores de ruídos, que hão de ter voz agora ou nunca!

Eu e meu destino, porém, não falamos ao Presente, muito menos ao Nunca; temos paciência e tempo para falar, e mais que tempo. Pois um dia ainda há de chegar, e disto não passará.

Quem deverá vir algum dia e não pode passar? Nosso grande acaso, que é o nosso grande e remoto reino humano, o reino milenar de Zaratustra!

Quão remota pode ser essa distância? Que importa isso? Mas nem por isso deixa de ser seguro para mim; e com os dois pés eu me firmo neste chão. Em um terreno eterno, em dura pedra fundamental, neste ponto culminante, mais duro, esta cordilheira primária, a qual todos os ventos correm como para uma tempestade, perguntando onde? De onde? Para onde?

Sorria aqui, ria! Ria minha visível e saudável maldade! Lança do alto das montanhas as suas brilhantes gargalhadas irônicas!

Atrai com seu brilho e luz os mais belos peixes humanos! E tudo o que me pertence em todos os mares; tudo o que for meu em todas as coisas; pesca-os para mim, traga-os até mim: é por isso que espera o mais perverso de todos os pescadores.

Fora! Fora! Meu anzol! Desce ao fundo, para baixo, isca de minha felicidade! Espalha seu mais doce orvalho, mel do meu coração! Morde, meu anzol, no ventre de toda severa aflição!

Ao largo! Ao longe olhos meus! Oh, quantos mares ao meu redor, quantos futuros humanos nascendo! E acima de mim; serena quietude rosada! Oh que silêncio sem nuvens!

LXII. O GRITO DE ANGÚSTIA

No dia seguinte, Zaratustra estava novamente sentado na pedra em frente à sua caverna enquanto seus animais andavam pelo mundo afora em busca de alimento; e também do novo mel; pois Zaratustra gastara e desperdiçara o mel antigo até a última gota. Quando Zaratustra estava sentado, tendo na mão uma vara e traçando o desenho de sua figura refletida na terra. — Na verdade, sobre si mesmo e sua sombra —, de repente ele estremeceu e se assustou, recuando; pois vira outra sombra ao lado da sua. E quando ele apressadamente olhou em volta e se levantou, eis que o profeta estava ao lado dele. O mesmo profeta ao qual ele havia alimentado e saciado a sede à sua mesa; o proclamador do grande cansaço; aquele que ensinava: — Tudo é semelhante, nada vale a pena, o mundo não tem sentido, o conhecimento nos estrangula.

O rosto havia mudado muito desde então; e quando Zaratustra olhou nos olhos dele, seu coração se assustou mais uma vez tamanha gravidade das funestas predições ali evidentes; anúncios malignos e cinzentos relâmpagos passaram por aquele semblante.

O adivinho, que logo percebeu o que acontecia à alma de Zaratustra, limpou o rosto com a mão, como se apagasse uma inscrição. O mesmo fez também Zaratustra. E quando os dois assim se recompuseram e fortaleceram-se, deram-se então as mãos, como um sinal de que eles queriam mais uma vez se reconhecer.

— Seja bem-vindo aqui! — disse Zaratustra. — Você grande profeta do grande cansaço, não sem utilidade, será mais uma vez meu companheiro e hóspede. Hoje, come e bebe comigo, e permita que se sente à mesa um velho alegre!

— Um velho alegre? — respondeu o profeta, balançando a cabeça —, mas quem quer você seja, ou deseja ser, ó Zaratustra, você continua aqui no alto por muito tempo. Em pouco tempo sua barca não descansará mais aqui em terra firme!

— Acaso descanso eu em terra firme? — perguntou Zaratustra, rindo.

— As ondas ao redor da sua montanha —, respondeu o profeta — sobem e sobem, as ondas de grande angústia e aflição; e em breve também levantarão o seu barco e lhe levarão embora.

Zaratustra ficou em silêncio atônito.

— Você ainda não ouve nada? — disse contínuo o profeta — não se apressa das profundezas um rugido grave?

Zaratustra calou-se mais uma vez e tentou ouvir; depois ouviu um prolongado grito que os abismos lançaram uns aos outros e passaram adiante; pois nenhum deles desejava retê-lo, tão fúnebre era seu soar.

— Você profeta sinistro! — disse Zaratustra finalmente — este é um grito de angústia, é o clamor de um homem; pode bem vir de um mar tenebroso. Mas que a tragédia dos homens me interessa? O último delito que está a mim reservado... sabe como se chama?

— Compaixão! — o profeta respondeu com o coração em êxtase, e levantou ambas as mãos. — Oh, Zaratustra, eu venho para lhe conduzir ao seu último pecado! — Mal essas palavras saíram da boca do profeta e outra vez ecoou o grito, desta vez ainda mais longo e angustiado, e também mais próximo. — Ouça! Ouça, Zaratustra! — exclamou o profeta — O grito é para você, é a você que ele convida: vem, vem, chegou o tempo, é mais que tempo!

Zaratustra, no entanto, se calou alarmado e alterado. Finalmente perguntou, ainda com hesitação: E quem lá de baixo me chama?

— Bem o sabe! — respondeu com vivacidade o profeta. — É o homem mais alto que clama por você!

— O homem superior! — gritou Zaratustra, horrorizado. — O que ele quer? O que ele quer? O homem superior! O que ele quer aqui? — E a pele de Zaratustra escorria em suor.

O profeta, no entanto, não ouvia as perguntas de Zaratustra, mas ouvia e se inclinava na direção do abismo. Enquanto ainda estava lá por um longo tempo, ele olhou para trás e viu Zaratustra de pé, tremendo.

— Ó Zaratustra! — começou o profeta com voz triste — você não se apresenta como alguém que salta de felicidade. Esta satisfação o deixaria tonto; teria que dançar para que não caias! Mas, embora devesse dançar diante de mim e pular para todos os lados, não me poderia dizer: Eis aqui a dança do último homem alegre!

— Em vão chegaria alguém a esta altura para que encontre aqui. Acharia cavernas, grutas e esconderijos para os fugitivos; mas não acharia as minas afortunadas, nem câmaras de tesouro, nem novos veios de ouro da felicidade.

— Felicidade! — Como, de fato, alguém poderia encontrar a felicidade entre seres enterrados-vivos e os solitários!

— Ainda devo procurar a última felicidade nas Ilhas Bem-aventuradas; e ao longe entre os mares esquecidos? Mas tudo é igual, nada vale a pena, nenhuma busca é útil, não são mais ilhas felizes! — Assim suspirou o profeta com seu último suspiro.

No entanto, Zaratustra novamente tornou-se sereno e seguro, como alguém que saiu de um abismo profundo para a luz.

— Não! Não! Três vezes não! — exclamou com forte voz e alisou a barba. — Isso eu o sei muito bem! Ainda há Ilhas Bem-aventuradas! Silêncio então; não digas mais palavras, Saco de Tristezas!

— Cesse de pingar, nuvem da manhã chuvosa! Ainda não me viu aqui molhado de sua melancolia e encharcado como um cão? Agora me agito e fujo de você, para que eu possa me secar. Não se assuste! Eu lhe pareço descortês? Aqui no entanto, é o meu tribunal.

— Mas no que diz respeito ao homem superior. Bem! Vou procurá-lo imediatamente naquelas florestas. Dali vem o seu clamor. Talvez ele esteja lá duramente atormentado por algum animal maligno. Ele está em meus domínios; e aqui não será afligido por nenhum escárnio! E em verdade, há muitas bestas feras más sob minhas ordens.

Com essas palavras, Zaratustra se virou para partir. Então disse o profeta: — Ó Zaratustra, você é um trapaceiro! Eu bem sei que queria se livrar de mim! Em vez disso, você correria na floresta e faria armadilhas para bestas do mal! Mas que bem isso fará? À tarde, você me encontrará de novo; em sua própria caverna vou me sentar, paciente e pesado como um pranchão; e esperar por você!

— Assim seja! — gritou de volta Zaratustra, enquanto se afastava. — E o que é meu em minha caverna também pertence a você, meu convidado! No entanto, se você encontrar mel ali, apenas lamba, seu urso rabugento, e adoce a sua alma! Pois à noite queremos que ambos estejam de bom humor. De bom humor e alegres, porque este dia chegou ao fim! E dançarás aos meus pés, como meu urso dançarino. Você não acredita nisso? Você sacode a cabeça? Bem! Anime-se, velho Urso! Porque eu também sou profeta!

Assim falou Zaratustra.

LXIII. DIÁLOGO COM OS REIS

I

Quase uma hora havia passado desde que Zaratustra já caminhava em suas montanhas e florestas, quando viu uma comitiva estranha. Bem no caminho em que ele estava prestes a descer vieram dois reis caminhando, enfeitados com coroas, mantos e cintos púrpura, coloridos como flamingos; à frente deles ia um jumento de cargas bem pesadas.

— O que desejariam esses reis em meus domínios? — disse Zaratustra em espanto de coração, e escondeu-se rapidamente atrás de uma touceira. Quando, no entanto, os reis se aproximaram, ele disse em voz alta, como se falasse apenas para si mesmo:

— Estranho! Estranho! Como isso se harmoniza? Dois reis eu vejo; mas apenas um burro!

Então os dois reis pararam; sorriram e olharam para o local de onde a voz saíra, e depois se entreolharam.

— Tais coisas também pensamos entre nós — disse o rei à direita —, mas em nossa terra não o pronunciamos.

O rei da esquerda, no entanto, encolheu os ombros e respondeu:

— Isso talvez seja um rebanho de cabras; ou algum anacoreta que viveu muito tempo entre pedras e árvores. Pois em nenhuma sociedade se estraga também as boas maneiras.

— Boas maneiras? — respondeu com rancor e azedume o outro rei. — O que fazer então? Ficamos fora do caminho? Não são boas maneiras? Nossa boa sociedade? Melhor, na verdade, viver entre anacoretas e os rebanhos de cabras, que com nossa plebe dourada, falsa e polida — embora se chame de "boa sociedade". Embora se chame de "nobreza". Mas ali tudo é falso e imundo, acima de tudo o sangue — graças a velhas doenças malignas e curandeiros ainda piores.

— O melhor a mim, e mais querido no momento ainda seria um camponês são, grosseiro, astuto, obstinado e resistente; esse sim é o tipo mais nobre.

— O camponês é hoje o melhor; e a categoria do camponês deveria ser a maioral! Mas este é o reino da populaça, da gentalha; e eu não permito que mais nada seja imposto a mim. A plebe, no entanto, significa confusão.

— Amontoado de gentes; tudo ali misturado: o beato, o vigarista, o cavalheiro e o judeu, e todos os animais da arca de Noé.

— Boas maneiras! Tudo é falso e sujo entre nós! Ninguém reconhece a ninguém mais para o reverenciar; é precisamente disso que fugimos. Eles são cães intrometidos e impulsivos; eles douram as palmas.

— Isso me aborrece, que nós mesmos reis nos tornamos falsos, envoltos e disfarçado com a velha pompa desbotada de nossos antepassados, peças para o mais estúpido, o mais astuto e quem atualmente trafega pelo poder. Nós não somos os primeiros homens e, no entanto, devemos parecê-los; e dessa impostura, finalmente nos tornamos cansados e enojados. Da multidão nós saímos do caminho, de todos aqueles piratas e escribas, do fedor do comerciante, da inquietação à ambição, do mau hálito. Chega de viver entre a multidão; chega, de representar os primeiros homens entre essa multidão canalha! Ah, como é detestável!

— Que horror! Coisa terrível! Que importância temos nós, agora, nós os reis?

— Sua velha doença o aborrece de novo? — disse aqui o rei à esquerda — seu ódio toma conta de você, meu pobre irmão. Você sabe, no entanto, que há ouvidos a nos ouvir.

Imediatamente, Zaratustra, que abrira os olhos e ouvidos para essa conversa, levantou-se de seu esconderijo, avançou em direção aos reis, e assim disse:

— Quem o ouve, e ouve de bom grado é Zaratustra. Sou Zaratustra que disse certa vez: O que importa agora os reis? — Me perdoem! Mas me alegrei sobremaneira quando vocês disseram um ao outro: O que importa o fato de sermos nós, reis? — Aqui, porém, é meu domínio e reinado; e o que vocês podem estar procurando em meus domínios? Talvez, no entanto, vocês tenham encontrado em seu caminho o que eu busco: ou seja, o homem superior.

Quando os reis ouviram isso, bateram em seus peitos e disseram juntos: Você nos conhece? Com a espada desta sua expressão, corta as trevas mais espessas de nossos corações. Você descobriu a nossa angústia! Olha! Estamos sim em busca do caminho para encontrar o homem superior! O homem que é mais alto que nós mesmos, embora sejamos reis. A ele nós trazemos este presente, este jumento. Pois o homem mais elevado também há de ser o senhor mais alto na terra.

— Não há maior fatalidade em todo o destino humano se o poderoso a terra também não for o primeiro homem. Então tudo se torna uma falácia, distorcido e monstruoso. E quando eles são até os últimos homens, e mais animais que propriamente homens, então se levanta em extrema a honra da população plebeia, e finalmente ela até diz: Eis que sou a única virtude!

— O que acabei de ouvir? — respondeu Zaratustra. — Que sabedoria há em vós, reis! Estou encantado e, na verdade, já tenho inclusive ideias para compor versos. — Ainda que seja uma rima não tão adequada para todos os ouvidos. — Há muito tempo desaprendi a ter consideração por orelhas compridas. — Bem então vamos adiante!

(Mas, neste instante, ocorreu que o jumento também encontrou expressão: dizia perfeitamente e com evidente má intenção: — "Iõõõnnn")

Em outros tempos — acredito que no primeiro ano de nosso abençoado senhor — disse a bêbada Sibila, mas sem ter tomado vinho:

"Como as coisas estão ruins! Declínio! Declínio!
Nunca se afundou o mundo tão baixo!
Roma agora virou em bordel e suas prostitutas,
César de Roma é um animal, e Deus tornou-se judeu!"

II

Com essas rimas de Zaratustra, os reis ficaram encantados; o rei da direita, no entanto, disse:

— Ó Zaratustra, como foi bom que nos propusemos em sair a caminho para lhe encontrar! Pois seus inimigos nos mostraram a sua imagem no espelho deles; mas você tinha a feição de diabo, e bem zombeteiro; e conforme vimos, nos assustamos e tememos. De nada serviu porém essa trama! Sempre nos entrava em nossos ouvidos, mente e coração as suas palavras. E assim, finalmente, decidimos: o que importa a feição dele?

— Nós precisamos ouvi-lo; aprender o que ensina. — "Amarás a paz como um meio para novas guerras; e a curta paz mais que a longa paz! Ninguém nunca proferiu tão belas palavras de guerra: O que é bom? O bom é ser valente! Corajoso! É a boa guerra que santifica todas as coisas. — Ó Zaratustra, o sangue de nossos pais se agitou em nossas veias com essas tuas palavras; era como a voz da primavera para velhos barris de vinho.

— Quando as espadas corriam entre si como serpentes manchadas de vermelho, então nossos pais amavam mais a vida; o sol de todos os dias de paz lhes parecia lânguido e morno; e a longa paz os deixava envergonhados. Como suspiraram, nossos pais, quando viram na parede espadas brilhantemente polidas e secas! Como eles tinham sede de guerra! Pois uma espada tem sede de beber sangue e brilha com este desejo.

Quando os reis assim discursaram e falaram avidamente da felicidade de seus pais, Zaratustra desejou, não comedidamente, zombar de sua ansiedade, pois evidentemente eram reis muito pacíficos estes que estavam diante dele, reis com traços antigos e refinados. Mas ele se conteve bem.

— Bem! — disse ele, — Vamos ao caminho! Lá mais acima fica a caverna de Zaratustra; e este dia há de ter ainda uma longa noite! E neste momento, no entanto, um grito de angústia me chama desesperadamente para longe de vocês. Minha caverna se sentirá honrada se os reis quiserem se acomodar nela e esperar; mas, para ser verdadeiro, vocês terão que esperar muito tempo!

— Bem! Que importa isso? Onde hoje alguém poderia aprender melhor a esperar que nos tribunais? E entre todas as virtudes dos reis a única que lhes restou não é a habilidade de esperar?

Assim falou Zaratustra.

LXIV. A SANGUESSUGA

E pensativamente Zaratustra seguiu seu caminho, descendo cada vez mais sua montanha, passando por florestas e por lagos. Mas como acontece a todos que caminham meditando em assuntos difíceis, ele se distraiu e pisou em um homem. Logo soaram em seus ouvidos um forte grito de dor, além de duas maldições e uns vinte xingamentos afrontosos, de modo que, neste susto, ele levantou seu cetro e atingiu o homem pisado mais uma vez. Nesse instante, porém, ele recuperou sua compostura, e seu coração riu da loucura que acabara de cometer. — Perdoe-me!, disse ele ao pisoteado, que se erguera irado para logo em seguida se sentar, mais tranquilo. — Perdoe-me e ouça antes de qualquer coisa uma parábola.

— Como um andarilho que sonha com coisas remotas em uma estrada solitária, anda desprevenido e tropeça contra um cão adormecido que se deitara ao sol. Ambos se erguem e se miram como inimigos mortais; fatalmente assustados, assim como aconteceu a nós. Mas! Muito pouco lhes faltava para se acariciarem, este cachorro e este solitário! Afinal, são dois os solitários!

— Quem quer que seja — disse o pisado, ainda enfurecido —, chega muito perto de mim e agora, além de me pisar com o pé, pisa-me também com essa sua parábola! Olhe bem! Então sou eu um cachorro?

E o que estava sentado se levantou e puxou para fora do pântano o seu braço nu. Pois a princípio ele havia se estendido sobre o chão, oculto e camuflado, como aqueles que espreitam a caça à beira do pântano.

— Mas o que você quer? — perguntou Zaratustra alarmado, pois viu grande quantidade de sangue escorrendo sobre o braço nu do homem. — O que o machucou? Uma fera má o mordeu, infeliz?

O homem que sangrava agora ria, mas ainda zangado. — O que importa para você?" — disse ele, e estava prestes a continuar. — Aqui estou em minha casa e minha província. Quem quiser pode me fazer questionamentos; mas a um idiota é que não responderei.

— Você está enganado. — disse Zaratustra, segurando-o com compaixão; — Você está enganado! Aqui você não está em casa, mas em meus domínios, e aqui ninguém sofrerá nenhuma desgraça. Chama-me, no entanto, como quiser; sou quem devo ser e eu a mim mesmo me chamo Zaratustra.

— Vamos! Lá em cima está o caminho que nos leva à caverna de Zaratustra: não é longe. Por que não cuida das suas feridas em minha casa? As coisas não se sucederam bem com você nesta infeliz vida: primeiro um animal o mordeu, e logo depois um homem pisou em você!

Quando, porém, o pisoteado ouvira o nome de Zaratustra, se transformou. — O que aconteceu comigo? — ele exclamou. — Quem é que me preocupa tanto nesta vida quanto esse homem único, chamado Zaratustra. Ele é o único animal que vive de beber sangue, a sanguessuga? Por causa da sanguessuga, eu me deitei aqui neste pântano, como um pescador; e o meu braço estendido já fora mordido cerca de dez vezes, quando o mordia e sugava meu sangue uma sanguessuga ainda mais bela, o próprio Zaratustra!

— Ó felicidade! Ó milagre! Louvado seja este dia em que fui atraído para o pântano! Louvado seja a melhor ventura, louvada seja a mais vivaz sanguessuga que atualmente vive; louvado seja a grande sanguessuga da consciência, Zaratustra! — Assim falou o pisado, e Zaratustra se regozijou com essas palavras e ainda com o estilo reverencial refinado.

— Quem é você? — perguntou ele, e estendeu-lhe a mão. — Há muito a esclarecer e conversar entre nós, mas já parece que o dia puro e claro está surgindo.

— Eu sou o Espírito Consciencioso. — respondeu aquele que fora pisado. — E as questões espirituais, é difícil alguém levar mais rigorosamente, mais restritamente e mais severamente que eu, exceto o mestre de quem eu aprendi, o próprio Zaratustra.

— Melhor não saber nada que conhecer muitas coisas pela metade! Melhor ser um tolo por sua própria conta, que um sábio na aprovação de outro! Mas eu, por mim, vou aprofundar. — Que importa se é grande ou pequeno? Se for chamado como pântano ou céu? A terra da largura de uma mão é base suficiente para mim; mas que seja realmente terra e fundamento!

— Em um palmo de terra uma pessoa pode manter-se de pé. No verdadeiro saber consciente não há nada maior e nada menor. Então você talvez seja um especialista em sanguessugas? — perguntou Zaratustra. — E você analisa as sanguessugas até o seu último fundamento, senhor consciente?

— Ó Zaratustra! — respondeu o pisado. — Isso seria algo gigantesco; como poderia eu presumir fazer isso? Esse, no entanto, do qual sou mestre e conhecedor, é o cérebro da sanguessuga: é esse o meu mundo! E também é um universo! Perdoa-me, no entanto, que meu orgulho aqui encontre essa expressão, pois aqui não tenho o meu igual. Por isso disse eu: "aqui estou em meu domínio." — Há muito tempo eu investigo esse fundamento, o cérebro da sanguessuga; e para que a verdade escorregadia não possa mais escapar de mim! Aqui está o meu domínio! — Por isso, deixei todo o resto de lado; e saiba que, por continuidade de minha consciência está estendida a minha mais negra ignorância.

— Minha consciência espiritual exige de mim que assim seja; que eu saiba bem uma coisa, e não saiba mais nada de nada. E estou farto de todas as inteligências-metades — elas são a mim um ódio — todo o semiespiritual, todos os nebulosos, flutuantes e visionários. Onde cessa a minha honestidade, sou cego e quero também ser cego. Onde eu quero saber, no entanto, também quero ser honesto. Ou seja, severo, rigoroso, restrito, cruel e implacável.

— Porque você certa vez disse, ó Zaratustra! — "O Espírito é vida que em si própria corta a vida." — Isso me levou e me seduziu à sua doutrina. E na verdade, com o meu próprio sangue, aumentei o meu próprio conhecimento!

— Como a evidência indica! — irrompeu Zaratustra. Pois ainda estava o sangue escorrendo pelo braço nu do homem consciente. Havia ali mais de dez sanguessugas grudadas nele.

— Ó sujeito estranho! Quanto essa mesma evidência me ensina, a saber, você mesmo! E nem tudo, talvez, eu possa derramar ao seu ouvido rigoroso! — Bem então! Devemos nos separar aqui! Mas me agradaria muito encontrá-lo novamente. Lá em cima é o caminho para a minha caverna. Esta noite há de ser muito bem-vindo lá entre meus convidados!

— Desejo também reparar em seu corpo os males causados por Zaratustra ter lhe pisado; lembre-se disso. Agora, no entanto, um grito de angústia me chama apressadamente para longe de você.

Assim falou Zaratustra.

LXV. O ENCANTADOR

I

Ao contornar uma penha, Zaratustra viu no mesmo caminho, não muito abaixo de si, um homem que gesticulava os braços como um maníaco furioso, e finalmente caiu no chão de bruços. — Pare! — disse então Zaratustra ao seu coração. — Ele certamente deve ser o homem superior, pois dele vinha aquele pavoroso grito de angústia. Verei se posso ajudá-lo.

Quando, no entanto, ele correu para o local onde o homem estava caído ao chão, encontrou o velho a tremer, com olhos fixos; e apesar de todos os esforços de Zaratustra para levantar o homem e colocá-lo de novo em pé, foi tudo em vão. O infeliz não pareceu notar que alguém estava ao seu lado; pelo contrário, ele continuava a olhar à sua volta com gestos comoventes, como se fosse um abandonado e isolado de todo o mundo. Afinal, depois de muitas tremuras, ainda em convulsões e sobressaltos, ele começou a lamentar-se assim:

— Quem poderia me aquecer?
Quem ainda me ama?
Por favor, mãos quentes!
Venham corações ardentes!
Caído, estendido, tremendo, meio morto e frio,
cujos pés seriam aquecidos.
Mas abalado, ah! Por febres desconhecidas,
tremendo pelas flechas de geada afiadas e geladas!
Por você perseguido, minha fantasia!
Inefável! Recôndito! Assustador!
Caçador oculto atrás dos bancos de nuvens!
Agora atingido por um raio por você,
olho zombeteiro que me observa na escuridão!
Então eu morro, me dobro, torce-me,
estou convulsionado com toda esta eterna tortura,
e ferido por você, ó caçador mais cruel! Deus desconhecido!
Fere mais fundo! Golpeie mais uma vez!
Perfure e rasgue meu coração!
O que significa essa tortura
com flechas maçantes e recuadas?
Por que olha novamente,
De dor humana não cansada,
Com olhares divinos, amorosos e maliciosos?
Não quer matar-me.
mas tortura-me, tortura-me!
Por que me tortura?
Você Deus que não ama,
que ama travessura?
Ha! Ha!
Você que se aproxima como ladrão
Na hora sombria da meia-noite!...
O que quer? Fala!
Você me pressiona, me oprime
Ha! Agora está muito perto!
Saia! Para longe!
Você me ouve respirar,
Você ouve o meu coração,
Ciumento incurável!
De que, ora, sempre com ciúmes?
Fora! Fora!
Por que a escada?
Você entraria?
Para o coração na escalada?

Para o meu próprio mais secreto
Pensamentos em escalada?
Sem vergonha! Desconhecido! — Ladrão!
O que você deseja roubar?
O que você quer ouvir?
O que você procura torturador?
Você torturador!
Você — Deus Carrasco!
Ou devo, como fazem os cães,
Rolar diante de ti?
Respeitoso, arrebatado em frenesi
A balançar o meu rabo amigável!
Em vão! Fure mais!
O mais cruel incisor!
Não sou um cachorro — sua caça eu sou,
Caçador mais cruel!
Seu mais orgulhoso dos prisioneiros
Você é um ladrão atrás de bancos de nuvens...
Fala finalmente!
Você velado por um raio! Você desconhecido! Fala!
O que você quer, emboscador de caminhos?
O que você quer, Deus não familiar?
O quê? Resgate em ouro?
Quanto de resgate em ouro?
Solicite muito — que lhe ofereço meu orgulho!
E seja conciso — assim lhe ofereço meu outro orgulho!
Ha! Ha!
Você me quer? Quer a mim mesmo?
Inteiro?...
Ha! Ha!
E me tortura, tolo que é,
Mais torturante que meu orgulho?
Me dê amor — quem ainda me aquece?
Quem ainda me ama?
Me dê mãos aquecidas
Me dê corações aquecidos e estimulados,
Me dê, a mim, que sou o mais solitário,
O gelo (ah! Que faz suspirar sete vezes
Por muitos inimigos,
Por inimigos é que tenho sede).
Me dê; renda-se a mim,
Mais cruel inimigo,
Você mesmo!
Para longe!
Para lá fugiu ele certamente,
Meu último, único camarada,

Meu maior inimigo,
Meu desconhecido.
Meu Deus Carrasco!...
Não!
Volte você!
Com todas as suas grandes torturas!
A mim, o último dos solitários,
Oh, volte!
Todas as minhas lágrimas quentes escorrem
em correntes o seu curso para você!
E todo o meu ardente calor final
do coração que queima para você!
Oh, volte!
Meu Deus desconhecido! Minha dor!
Minha felicidade final!

II

Zaratustra porém, não se pôde conter mais tempo; ele agarrou seu cetro e atingiu o lamuriante com toda a sua força. — Pare com isso! — gritou para ele com uma gargalhada irada — pare com isso, seu ator de palco! Seu falso moedeiro! Embusteiro! Mentiroso do coração! Eu o conheço bem! Em breve vou lhe lançar fogo às pernas, seu mago do mal: eu sei bem como fazer para esquentar gente como você!

— Pare! — disse o velho, e levantou-se do chão. — Não me golpeie mais, ó Zaratustra! Eu fiz isso apenas por diversão! Esse tipo de coisa pertence à minha arte. A você mesmo, eu queria colocar a prova quando apresentei essa performance. E em verdade, você me desmascarou muito bem! Mas você mesmo não me deu uma pequena prova de que é você mesmo, Zaratustra! Você é firme, sábio Zaratustra! Difícil é combater com suas verdades; seu bastão me forçou a expressar esta verdade!

— Ah histrião! Não me adule! — respondeu Zaratustra, ainda irritado e com testa franzida. — Ator de palco do coração! Você é um falso! Para que fala agora verdades? Pavão dos pavões, mar de vaidade! O que você representou diante de mim, seu você mago do mal, em quem eu deveria acreditar quando você se lamentou de tal maneira?

— Eu representava o Penitente do Espírito. — disse o velho. — Era ele que eu representava; você mesmo uma vez inventaste esta expressão: "O poeta e o mágico que finalmente volta seu espírito contra si mesmo, o transformado, aquele que morre por sua má ciência e má consciência". — E apenas reconheça, você demorou muito, ó Zaratustra, antes de descobrir minha cena e atuação! Você acreditava na minha angústia quando segurou minha cabeça com suas duas mãos. Eu o ouvi lamentar: "Como amaram pouco este homem! O amamos muito pouco!" E ter até agora lhe enganado, foi o regozijo de minha maldade.

— Você pode ter enganado aos mais sutis que eu — disse Zaratustra severamente. — Não estou de guarda contra os enganadores. Não há necessidade de estar precavido, tenho que estar sem precauções; assim requer minha sorte. Você, no entanto, precisa enganar! O conheço de sobra para saber! Você deve estar sempre a enganar; suas palavras devem ter duplo sentido, triplo, quádruplo e quíntuplo! Até o que agora me confessa não é suficientemente verdadeiro, nem falso o suficiente para mim! Você é um mau covarde, como poderia fazer o contrário! Inclusive a sua doença você desejaria esconder caso se apresentasse nu ao seu médico. E você acabou de aliviar a sua mentira diante de mim quando disse: Eu fiz isso apenas por diversão! Havia também seriedade nisso, você é uma espécie de penitente do espírito! Eu o conheço bem; você é um enganador de todo mundo; mas para você mesmo não resta mais mentira ou artifício; você mesmo! Você colhe o desgosto como sua única verdade. Nenhuma palavra em você é genuína, mas a sua boca é assim: este é o desgosto que se apega até em sua boca.

— Mas quem é você? — agora o velho mago com voz desafiadora — quem ousa falar assim comigo, eu que sou o maior homem que vive nesta época?

E um raio verde disparou de seus olhos em Zaratustra. Mas imediatamente depois disso ele mudou e disse tristemente: Ó Zaratustra, estou cansado disso, estou com nojo das minhas artes, não estou feliz, e por isso eu dissimulo! Mas você me conhece bem; eu procurava grandezas! Quis me passar por grande homem e convenci muitos; mas a mentira tem ido além do meu poder. Nele eu desmorono. Ó Zaratustra, tudo é mentira em mim. E eu entro em decadência, esse meu desmoronar é Genuíno!

— Isso sim, o honra! — disse Zaratustra, sombrio, mudando o olhar para o chão — honra a você que procurava a grandeza, mas também o trai. Você não é grande. Você velho mago sinistro, essa é a melhor e mais honesta coisa que honro em você, que você tenha se cansado de si mesmo e o assume: Eu não sou nada! — Nisto eu o honro como um penitente em espírito; e embora somente por aquele raio saído de seus olhos. Naquele momento você foi realmente genuíno. Mas diga-me, o que você procura aqui em minhas florestas e rochas? E se você se pôs em meu caminho, que prova de mim você teria? Onde você me pôs à prova? — Assim falou Zaratustra, e seus olhos brilharam. Mas o velho mágico manteve seu silêncio por um tempo; então ele disse:

— Eu o testei? Eu busco sozinho. Ó Zaratustra, procuro um genuíno, o correto, o simples, um inequívoco, um homem de perfeita honestidade, um vaso de sabedoria, um santo de conhecimento, um grande homem! Você não sabe, ó Zaratustra? Eu procuro Zaratustra!

E aqui surgiu um longo silêncio entre eles; Zaratustra, no entanto, ficou profundamente absorto em pensamentos, de modo que fechou os olhos. Mas depois de voltar à situação, ele agarrou a mão do mágico, e disse, cheio de polidez e delicadeza:

— Bem, amigo! Lá em cima, fica o caminho que conduz à caverna de Zaratustra. Você pode procurar aquele que deseja encontrar. E peça conselho aos meus animais, à minha águia e à minha serpente; eles lhe ajudarão a procurar. Minha caverna, no entanto, é grande. Eu mesmo, certamente, ainda não vi nenhum grande homem.

Para aquilo que é ótimo até os olhos mais agudos, como os do lince, ainda os tem invisíveis. Este é o reino da gentalha. Eu encontrei muitos que se esmeraram e inflaram a si mesmos, e eram louvados nos povoados: Eis um grande homem! — Mas assim como fazem todos os foles! Apenas vento ao final sopra. Por fim, explode o sapo que se inflou por muito tempo; e para fora vem o vento. O espetar um inchado na barriga eu considero um bom passatempo. Ouça isso, meninos!

Nosso dia de hoje pertence à gentalha! Quem ainda sabe o que é grande ou o que é pequeno? Quem poderia procurar com sucesso a grandeza? Apenas um tolo consegue sucesso com tolos. Você procura grandes homens, estranho tolo? Quem lhe ensinou isso? Ainda hoje é tempo para isso? Oh, péssimo explorador, por que me tenta assim?

Assim falou Zaratustra, e consolado em seu coração saiu rindo em seu caminho.

LXVI. APOSENTADO

Após se livrar do Encantador, Zaratustra viu outra pessoa sentada ao lado do caminho que seguia, a saber, um homem alto e negro, com um rosto pálido e abatido: este homem o incomodou intensamente.

— Ai! — disse ele em seu coração — lá está sentado disfarçada a aflição; parece do tipo que se disfarça de sacerdotes. O que eles planejam em meus domínios? O quê! Com dificuldades escapei daquele mágico e agora tenho um necromante atravessando meu caminho; ou algum feiticeiro que trabalha com imposição de mãos, algum sombrio milagreiro das maravilhas da graça de Deus, alguns ungidos malignos do mundo, a qualquer destes o demônio poderia tomar!

Mas o diabo nunca está no lugar que seria o seu lugar certo: ele sempre chega tarde demais, aquele maldito anão e pé torto! Um pateta! Assim Zaratustra amaldiçoou com impaciência em seu coração, e considerou que com um olhar desviado, ele poderia passar pelo homem. Eis que aconteceu de outra forma, pois no mesmo momento a pessoa já o percebera; e não diferente de quem é atravessado por uma felicidade inesperada, ele saltou levantando-se e foi direto para Zaratustra.

— Quem quer que seja você, viajante — disse ele —, ajude um perdido, um explorador, um homem velho que aqui poderia facilmente sofrer uma desventura! O mundo aqui é remoto e estranho para mim; animais selvagens também ouvi uivando; e quem poderia me dar proteção já não é mais o mesmo. Eu estava procurando o homem piedoso, um santo e um anacoreta, que, sozinho em sua floresta, ainda não tinha ouvido falar sobre algo que todo o mundo conhece atualmente.

— O que todo o mundo sabe atualmente? — perguntou Zaratustra. — Possivelmente que o velho Deus não vive mais, em quem todo o mundo cria?

— Você diz! — respondeu o velho com tristeza. — E eu servi aquele velho Deus até sua última hora. Agora, porém, estou fora de serviço, sem mestre, e ainda não sou livre. Da mesma forma, não sou mais feliz nem por uma hora, exceto por poder recorrer às minhas lembranças. Por isso subi a estas montanhas, para finalmente ter um festival para mim, como convém a um velho papa e pai da igreja. Pois fique sabendo que eu sou o último papa! — um festival de lembranças piedosas e serviços divinos. Agora, porém, ele está morto, o mais piedoso dos homens, o santo da floresta, que louvava a Deus constantemente cantando e murmurando preces. Ele mesmo não me encontrou mais quando eu descobri sua cabana; mas dois lobos se encontraram ali, que uivavam por causa de sua morte, pois todos os animais o amavam. E então eu me afastei.

— Terei eu entrado em vão nessas florestas e montanhas? Então fiz o que meu coração determinou, que eu deveria procurar outro, o mais piedoso de todos aqueles que não acreditam em Deus; meu coração determinou que eu deveria procurar Zaratustra!

Assim falou o homem venerável e olhou com olhos aguçados para quem estava diante de si. Ele, Zaratustra, porém, agarrou a mão do velho papa e considerou-o muito tempo com admiração.

— Eis! Venerável! — disse ele então — que mão boa e longa! Isso é a mão de quem já dispensou bênçãos. Agora, porém, apega-se a quem você procura, eu, Zaratustra. Sou eu, o ímpio Zaratustra, que diz: "Quem é mais ímpio que eu, para que eu possa desfrutar do ensino dele?"

Assim falou Zaratustra, e penetrou com seus olhares os pensamentos e as lembranças do velho papa. Por fim, o Papa disse:

— Quem mais o amava e o possuía, agora também é o que mais perde. Vamos! Eu mesmo sou certamente o mais ímpio de nós atualmente? Mas quem poderia regozijar-se com isso?

—Você o serviu até o fim? — perguntou Zaratustra, pensativo, depois de um profundo silêncio. — você sabe como ele morreu? É verdade o que eles dizem, que a simpatia o sufocou? Que ele viu como o homem estava pendurado na cruz e não podia suportar; o amor ao homem se tornou seu inferno e, finalmente, sua morte?

O velho papa, no entanto, não respondeu, mas olhou de lado timidamente, com uma expressão dolorosa e sombria.

— Deixe-o ir. — disse Zaratustra, após uma meditação prolongada, ainda procurando o velho diretamente nos olhos.

— Deixe-o ir, ele se foi. E embora o honre que você fale somente em louvor a este morto, e você sabe, assim como eu, quem ele era, e que ele seguiu caminhos curiosos.

— Falando em três olhos — disse o velho papa alegremente (ele era cego de um olho) — em assuntos divinos, sou mais esclarecido das coisas de Deus que o próprio Zaratustra — e posso muito bem ser assim. Meu amor serviu a ele por muitos anos, minha vontade seguiu toda a sua vontade. Um bom servo, no entanto, sabe tudo, e muitas coisas que um mestre esconde até de si mesmo. Ele era um Deus oculto, cheio de sigilos. Na verdade, ele não veio por seu filho senão por caminhos secretos. À porta de sua fé há adultério. Quem o exalta como um Deus de amor, não pensa suficientemente em amar a și mesmo. Deus não queria também ser juiz? Mas o amoroso ama independentemente de recompensa e castigo. Quando ele era jovem, esse Deus do Oriente, então ele era duro e vingativo; e construiu um inferno para o deleite de seus favoritos. Por fim, porém, ele ficou velho, macio, suave e lamentável; mais parecido com um avô que com um pai. Mas mais parecido com uma avó vacilante. Lá ele estava sentado encolhido, se aquecendo próximo da lareira, preocupado por causa de suas pernas fracas, cansadas do mundo, cansadas de querer e um dia ele se afogou em seu mar de excessiva piedade.

— Veterano Para! — disse aqui Zaratustra interpondo-se. — Você foi testemunha de todas essas coisas? Poderia muito bem ter acontecido dessa maneira; dessa outra maneira, e também dessa outra forma. Quando os deuses morrem, eles sempre morrem muitos tipos de morte. Bem! De qualquer forma, de um jeito ou de outro — ele se foi! Ele era contrário ao gosto dos meus ouvidos e de meus olhos; pior que isso, eu não gostaria de dizer contra ele. Eu amo tudo que parece brilhante e fala honestamente. Mas ele, você sabe, pois, velho sacerdote, havia algo do seu tipo nele, do tipo padre; ele era ambíguo. Ele também era indistinto. Como ele se enfureceu conosco, tornou-se colérico porque nós o entendemos mal! Mas por que ele não ensinou mais claramente?

— E se a falha estava em nossos ouvidos, por que ele não nos deu ouvidos que o ouviam perfeitamente? Se havia sujeira em nossos ouvidos, bem! Quem as colocou neles? Várias coisas saíram erradas com ele, esse oleiro que não sabia trabalhar corretamente! Ele muito se vingou de seus potes e criações, no entanto, porque eles acabavam tortos; e isso foi um pecado contra o bom gosto. Também há bom gosto na piedade. Mas esse bom gostou finalizou por afirmar:

— Fora com tal Deus! Melhor não ter Deus, melhor estabelecer o destino por conta própria, melhor ser tolo, melhor ser Deus!

— O que eu ouço? — disse então o velho papa, com ouvidos atentos. — Ó Zaratustra, você é mais piedoso que acredita, com tal incredulidade! Algum Deus deve ter o convertido em sua impiedade. Não é a sua própria piedade que não o deixa mais crer em Deus? A sua excessiva lealdade o conduzirá ainda bem além do bem ou do mal.

Eis que lhe foi reservado! Você tem olhos, mãos e boca, que foram predestinados para serem abençoados desde a eternidade. Não se abençoa apenas com a mão. Perto de você, embora professe ser o mais ímpio, sinto um cheiro forte e santo de bênçãos sem medida; sinto-me feliz e entristecido por isso. Deixe-me ser seu convidado, ó Zaratustra, por uma única noite! Em nenhum lugar da terra agora me sentirei melhor que com você!

— Amém! Assim será! — disse Zaratustra, com grande espanto; — Lá em cima está o caminho que conduz à caverna de Zaratustra. De bom grado, por outro lado, eu o conduziria para lá, meu venerável; pois amo todos os homens piedosos. Mas agora um grito de angústia me chama às pressas e longe é de você. Em meus domínios ninguém deve sofrer; minha caverna é um bom refúgio. E melhor que tudo, eu gostaria de colocar todos os tristes novamente em terra firme e firmes pés. Quem, no entanto, poderia tirar sua melancolia dos seus ombros? Para isso eu sou muito fraco.

Na verdade teríamos que esperar muito até que alguém despertasse o seu Deus por você. Pois aquele velho Deus não vive mais: ele está realmente morto.

Assim falou Zaratustra.

LXVII. O HOMEM MAIS FEIO

— Novamente os pés de Zaratustra se puseram a caminhar por montanhas e florestas, e seus olhos procuravam e examinavam, mas em nenhum lugar ele podia encontrar aquilo que tanto procurava — o sofredor, aquele que clamava por ajuda, bem como seu sofrimento angustiado. Pelo caminho, no entanto, Zaratustra se alegrava em seu coração e cheio estava de gratidão. — Que boas coisas se deram neste dia, como em compensação pelo seu começo ruim! Que grandes interlocutores diferentes eu encontrei!

— Com as palavras deles, agora meditarei por longo tempo, como se fossem bons grãos a quem tem pequenos dentes; vou triturá-los e moê-los até que fluam como leite em minha alma!

Quando, no entanto, passou por mais uma curva que contornava uma outra rocha, toda a paisagem de súbito mudou e Zaratustra entrou no reino da morte. Aqui se elevavam penhascos pretos e vermelhos ao alto, não havia grama, árvores ou cantos de pássaros. Pois aquele era um vale que todos os animais evitavam, mesmo os animais de rapina, exceto uma espécie de serpente horrenda, grossa e verde que vem a este local para aqui morrer quando elas envelhecem. Por isso os pastores chamaram este vale: "Morte da Serpente".

Zaratustra esteve absorvido em lembranças obscuras, pois parecia a ele que já estivera naquele vale antes. E muito peso o oprimiu em sua mente, de forma que ele andava agora devagar e sempre mais lentamente, até finalmente parar. Quando então, abriu os olhos e voltou a si, viu algo em forma de homem sentado à beira do caminho, não era propriamente um homem, mas algo indefinido. E de repente veio a Zaratustra uma grande vergonha, por ter ele contemplado uma coisa estranha dessas. Corando até as próprias raízes de seus cabelos brancos, ele desviou o olhar e já se levantava para deixar aquele lugar terrível. Então, no morto local inclusive de sons, do solo um barulho brotou, borbulhando e chacoalhando, como se fosse a água que borbulha e chocalha à noite através de canos parados; e finalmente se transformou em voz e fala humanas; soou portanto:

— Zaratustra! Zaratustra! Decifra o meu enigma! Diga, diga! Qual é a vingança contra a testemunha? Eu o atraio até aqui; e aqui o gelo está liso! Cuidado, veja para que o seu orgulho não quebre aqui as pernas! Você pensa que é sábio, Zaratustra orgulhoso! Leia então o enigma, você que é um firme quebra-nozes — o enigma que eu sou! Diga então: quem eu sou?

Quando Zaratustra ouviu essas palavras — o que pensa então ter tomado lugar em sua alma? — A piedade venceu-o; e ele afundou de uma só vez, como um carvalho que há muito tempo suporta os muitos machados dos caçadores de árvores; e de repente, cai pesadamente para o terror inclusive daqueles que pretendiam derrubá-lo. Mas imediatamente ele se levantou do chão, e seu semblante tornou-se sério.

— Eu lhe conheço bem! — disse ele, com uma voz descarada. — Você é o assassino de Deus! Me deixe ir. Você não pôde suportar aquele que o contemplou e o via sempre e em todos os tempos, homem mais feio. Você se vinga dessa testemunha!

Assim falou Zaratustra, e estava prestes a partir, mas o ser inexprimível o segurou pela borda das vestes e começou a gorgolejar novamente a procurar palavras.

— Fique! — disse ele finalmente — Fique! Não vá! Eu entendo do machado que o atingiu e lançou à terra. Saúdo-o, ó Zaratustra, que está de novo sobre seus próprios pés! Você adivinhou, eu bem sei, como se sente o homem que o matou — o assassino de Deus. Fique! Sente-se aqui ao meu lado; não será em vão a sua estada. A quem eu poderia ir senão a você? Fique, sente-se! No entanto, não olhe para mim! Honre assim — minha feiura! Eles me perseguem e agora você é meu último refúgio. Não me responda com seu ódio ou com seus justos veredictos. Oh, zombaria eu de tais perseguições? Estaria eu orgulhoso e alegre!

— Até agora, todo o sucesso não foi alcançado pelos que são bem perseguidos? E aquele que persegue bem aprende prontamente a ser seguidor — quando precisa mesmo ir atrás! Mas essa é a sua compaixão! É da compaixão deles que eu fujo para longe e para me achegar a você. Você profetizou os sentimentos daquele que matou Deus. Fica Ó Zaratustra, e proteja-me! Você, meu último refúgio, você é o único. Você tem raiva de mim porque eu lhe tomo tempo demais com a este meu discurso? Por que eu já o aconselhei? Mas saiba que sou eu, o mais feio homem. Saiba também que sou aquele que tem os maiores e mais pesados pés. Por onde eu andei, o caminho é ruim. Trilhei todos os caminhos de morte e destruição. Mas você tentou passar por mim em silêncio, e até corou, eu bem vi. E assim o conheci como Zaratustra. Todos teriam jogado para mim suas esmolas, sua compaixão por olhares e palavras de incentivo. Mas eu não sou bastante mendigo para receber isso; e você acertou. Por isso sou muito rico, rico no que é ótimo, assustador, mais feio, mais indizível! Sua vergonha, ó Zaratustra, me honrou! Com dificuldades, saí da multidão dos miseráveis, para que eu pudesse encontrar você que é o único que atualmente ensina que a piedade é intrusiva; você mesmo, ó Zaratustra!

— Se é pena de Deus, ou se é pena humana, ou que seja ofensiva à modéstia. E a falta de vontade para ajudar pode ser mais nobre que a virtude que se apressa em fazê-lo. Que, no entanto — a saber, a compaixão é hoje chamada de virtude em si mesma por todas as pessoas insignificantes: elas não têm reverência por grandes infortúnios, grandes fealdades, ou grandes falhas. Além de tudo isso, são como se fossem cães que olham, vigiando por trás as multidões dos rebanhos de ovelhas. São pessoas mesquinhas, gentinha cheia de boa e cinzenta vontade, gente de boa lã macia. Enquanto a garça olha com desprezo para poças rasas, e inclina para trás cabeça, eu também olho assim para a multidão dessas pequenas e cinzentas ondas, vontades e almas. Por muito tempo se acreditou que elas estavam certas, aquelas pessoas mesquinhas, e finalmente lhes foi dado poder; e agora elas ensinam que o bem é apenas o que as pessoas mesquinhas chamam de bom. E "verdade" é atualmente o que o pregador falou que delas nasceu, aquele santo, único e justificador do pequeno povo, que testemunhou de si mesmo: "Eu sou a verdade." Aquele indecente há muito tempo fez as pessoas insignificantes ficarem muito convictas — foi ele quem ensinou erro nada pequeno ao dizer: "Eu sou a verdade."

Alguém já havia respondido com cortesia a um falso modesto? — Você, porém, ó Zaratustra passou por ele e disse: Não! Não! Três vezes não! Você avisou contra o seu erro. Você o avisou — o primeiro a fazê-lo — contra a piedade. A nenhum outro em todo o mundo, nenhum, mas a você e a outros como você. Você se envergonha da vergonha do grande sofredor; e verdadeiramente quando você diz: "Da compaixão vem uma nuvem pesada; atenção, homens!

— Quando você assim ensina: "Todos os criadores são difíceis, todo grande amor está além da compaixão deles." Ó Zaratustra, quão bem versado você se mostra em sinais dos tempos! Você, porém, advirta-se também contra a sua própria piedade! Pois muitos são os que se encaminham a você, muitos sofrendo, duvidando, desesperando-se, afogando-se, congelando. Eu também lhe aviso contra mim mesmo. Você leu o meu melhor e o meu pior enigmas, eu e o que eu fiz. Conheço o machado que o derruba. Mas ele tinha que morrer; ele olhava com olhos que viam tudo; ele contemplou as profundezas e os resíduos dos homens, toda a sua ignomínia e feiura ocultas. Sua compaixão não conhecia modéstia. Ele entrou nos meus cantos mais sujos. Era um grande bisbilhoteiro, intrometido e lamentável que teria que morrer. Ele sempre me via; e em tal testemunha eu me vingaria ou não viveria eu mesmo. O Deus que contemplou tudo, inclusive o próprio homem, é um Deus que deve morrer! O homem não pode suportar que tal testemunha viva.

Assim falou o Homem mais Feio.

Zaratustra, porém, levantou-se e preparou-se para ir embora, pois ele se sentia congelado até as entranhas.

— Indescritível — disse ele — você me avisou contra o seu caminho. Como agradecimento por isso eu o louvo. Eis que lá em cima fica a caverna de Zaratustra. Minha caverna é grande e profunda e tem muito espaço; lá o mais escondido encontra seu próprio esconderijo. E perto dali, existem centenas de locais e tocas para os animais que rastejam, que voam ou que pulam.

Você que se rejeita e é rejeitado entre os homens, não deseja viver entre os homens e sua compaixão? Bem, então, faça como eu! Assim aprenderás também de mim, pois somente o praticante aprende. E converse bastante com meus animais! O animal mais orgulhoso e o animal mais sábio; eles podem muito bem ser os melhores conselheiros a nós dois!

Assim falou Zaratustra e seguiu seu caminho, ainda mais pensativa e mais lentamente que antes, pois ele se perguntava muitas coisas, e mal sabia as respostas.

— Quão mesquinho é o ser humano — pensou ele em seu coração — quão feio, que aterrorizante! Tão cheio de vergonha escondida! Eles me dizem que o homem se ama. Ah, quão grande deve ser esse amor-próprio! Quanto desprezo tem contra si!

Veja como esse homem se amou, e em mesma medida se desprezou. Para mim ele é um grande amante, mas pensa que é um grande desprezador. Ainda não encontrei ninguém que se desprezasse mais profundamente; e isso é antes de tudo elevação. Infelizmente, era talvez desse homem o mais alto grito que ouvi!

Eu amo estes grandes desprezadores. O homem é algo que deve ser superado.

Assim falou Zaratustra.

LXVIII. O MENDIGO VOLUNTÁRIO

Quando Zaratustra deixou o mais feio dos homens, sentiu um calafrio e sentiu-se bem solitário; tamanha frieza e solidão tomou conta de seu espírito, de modo que até seus membros ficaram congelados. Quando ele vagou subindo e descendo as montanhas, às vezes passava por prados verdejantes, embora também às vezes passasse sobre áridos pedreiras, que em outras épocas teriam sido leito de rios caudalosos e violentos, então ele se tornou ao mesmo tempo mais vivaz e excitado novamente.

— O que aconteceu comigo? — ele se perguntou — Algo quente e vivo me anima; já devo estar no local. Já me sinto menos sozinho; companheiros e irmãos andam inconscientemente à minha volta; a respiração ofegante deles já toca minha alma.

Quando ele olhou em volta, procurando os consoladores de sua solidão, eis que havia vacas ali juntas em uma colina, cuja proximidade e perfume aqueceram seu coração. As vacas, no entanto, pareciam ouvir ansiosamente um pregador e não prestaram atenção a quem chegava.

Quando Zaratustra já estava muito próximo delas, ele então ouve claramente que uma voz humana falava no meio das vacas, e aparentemente todas elas olhavam na direção que discursava.

Então Zaratustra correu para a colina e espantou os animais para longe; pois ele temia que alguém ali pudesse ter sofrido algum acidente, e o que a compaixão das vacas causaria dificilmente seria possível sanar. Mas nisso ele foi enganado; pois eis que estava sentado no chão um homem que parecia convencer os animais a não terem medo dele, um homem pacífico, o Pregador do Monte, de cujos olhos a própria bondade pregou.

— O que você procura aqui? — perguntou Zaratustra com espanto.

— O que eu procuro aqui? — respondeu ele — o mesmo que você procura, você criador de travessuras; ou seja, a felicidade na terra. Para esse fim, porém, quero aprender com estas vacas. Pois eu lhe digo que eu preguei metade da manhã com elas, e agora elas estavam prestes a me darem sua resposta. Por que você as atrapalhou? A menos que sejamos convertidos e nos tornemos vacas, de modo algum entraremos no reino dos céus. Pois devemos aprender com elas uma coisa: ruminar.

E, na verdade, de que serviria a um homem ganhar o mundo inteiro, se não aprender uma coisa: ruminar? O que lhe daria lucro? Ele não se livraria de sua aflição. Sua grande aflição: que atualmente é chamada de desgosto. Quem no momento não tem seu coração, sua boca e seus olhos cheios de nojo? Você também! Você também! Mas olhe para estas vacas!

Assim falava o Pregador no Monte, e então voltou seus olhos para Zaratustra, pois até agora havia olhado apenas para as vacas, amorosamente, então ele colocou uma expressão diferente. — Quem é esse com quem eu falo? — ele exclamou assustado e saltando do chão. — Este é o homem sem nojo, este é o próprio Zaratustra, o montador do grande desgosto, este é o olho, esta é a boca, este é o coração do próprio Zaratustra.

E enquanto ele assim falava, beijava com os olhos esvoaçantes as mãos de Zaratustra. Como agiria alguém a quem um presente precioso e joias lhe caíram de surpresa do céu. As vacas olhavam para toda aquela cena com admiração.

— Não fale de mim, seu estranho, seu amável! — disse Zaratustra, e conteve a sua afeição — fale comigo primeiro de si mesmo! Não é você o mendigo voluntário que já jogou fora suas grandes riquezas. Você é quem se envergonhava de suas riquezas e dos ricos, e fugia para os mais pobres para conceder-lhes de sua abundância e seu coração? Mas eles não o receberam.

— Mas eles não me receberam — disse o mendigo voluntário — e você já sabe disso. Por fim, fui finalmente aos animais e a estas vacas.

— Então aprendeste — interrompeu Zaratustra — quanto mais difícil é dar adequadamente que tomar corretamente, e que dar bem é uma arte, a última e mais sutil obra-prima da bondade.

— Especialmente hoje em dia! — respondeu o mendigo voluntário. — no momento, isso é por assim dizer, quando tudo o que é baixo se torna rebelde, exclusivo e altivo em sua maneira, à maneira da gente de raça plebeia. Pois é chegada a hora, e sabe de antemão, para os grandes, para os maus; a longa e lenta insurreição da multidão e dos escravos: ela se estende e ainda se prolonga! Isso agora provoca as classes mais baixas, toda benevolência e doações mesquinhas; e os ricos sempre estão em guarda!

— Há garrafas bojudas gotejam pouco a pouco por gargalo estreito; a recipientes como esses é que se deseja cortar o pescoço. Atualmente, tais garrafas quebram voluntariamente seus próprios pescoços.

Avidez arbitrária, inveja biliosa, vingança desleixada, orgulho da plebe: tudo isso me esbofeteia a face. Não é mais verdade que os pobres são abençoados. O reino dos céus, no entanto, está para as vacas.

— E por que você não está com os ricos? — perguntou Zaratustra tentadoramente, enquanto afastava as vacas que tentavam se aproximar do homem que lhes falava.

— Por que você me tenta? — respondeu o outro. — Você conhece essas coisas melhor que eu. O que me levou aos mais pobres, ó Zaratustra? Não era meu desgosto pelos mais ricos? — Pelos presos de riquezas, que com olhos frios e pensamentos maliciosos buscam suas vantagens até mesmo no lixo varrido; o fedor dessa gentinha chega até o céu. Por essa gentalha de falso dourado, cujos ancestrais eram gente com compridas garras, bicos afiados de aves carnívoras, trapaceiros, que tinham mulheres complacentes, libidinosas e esquecediças, pouco diferentes das rameiras. Gentalha acima, gentalha abaixo! O que seria o pobre ou o rico nos dias de hoje? Não conheço mais a diferença — e então me retirei, fugi para cá, para longe e iria cada vez mais longe, até que encontrei essa manada de vacas!

Assim falou o pacífico, e soprou-se, pois transpirou bastante com suas palavras; e nisso as vacas se admiraram de novo daquele falatório todo. Zaratustra, no entanto, continuou olhando em seu rosto com um sorriso, o tempo todo em que o homem falava tão severamente; e balançava a cabeça silenciosamente.

— Você faz violência contra si próprio, ó Pregador do Monte, quando usa palavras assim tão severas. Para tal severidade nem a sua boca nem os seus olhos lhe foram dados. E nem ainda o seu estômago; para ele toda essa raiva e ódio resultam em queimação. O seu estômago quer coisas mais suaves; você não é um carnívoro. Em vez disso, você me parece um herbívoro e vegetariano. Talvez você precise de mais milho moído. Certamente, porém, é avesso a alegrias carnais, e você ama o mel.

— Você adivinhou bem! — respondeu o mendigo voluntário, com alívio no coração. — Amo mel e também amo o milho; porque desejo o que tem bom sabor e purifica o hálito; além disso ocupa bastante o nosso tempo, pois é uma tarefa diária e uma boa ocupação para as bocas ociosas e preguiçosas.

Outra verdade é que as vacas alcançam mais sucesso nessas tarefas: elas se põem ao sol e ruminam durante grande parte do dia. Elas também se abstêm, se mantêm alheias a todos os pensamentos pesados que inflamam o coração.

— Bem! — disse Zaratustra — você também deve ver meus animais, minha águia e minha serpente; atualmente não existem iguais na terra. Eis que lá em cima está o caminho que conduz à minha caverna. Seja meu hóspede esta noite. E fale com os meus animais sobre a felicidade deles até que eu volte para casa. Por enquanto um grito de angústia me chama desesperadamente, mas longe de você. Além disso, você vai encontrar lá um novo mel, gelado; favos doces de mel puro, mel glacial, coma!

— Agora, no entanto, tire uma folga e descanse destas suas vacas! Elas são amáveis a você! E embora lhe seja difícil tarefa, pois elas são os amigos mais calorosos e mestres que você teve por aqui!

— Exceto um, a quem ainda considero mais querido. — respondeu o mendigo voluntário. — Você é bom, ó Zaratustra, e muito melhor que uma vaca!

— Longe, longe de mim! Seu bajulador do mal! — lamentou Zaratustra maldosamente. — Por que você me mima com tantos elogios e lisonjas, querido? Longe! Fique longe de mim! — indicou ele mais uma vez, e brandiu o cetro na direção do mendigo adulador, que fugiu agilmente.

LXIX. A SOMBRA

Mal, porém, o mendigo voluntário se afastara e Zaratustra estava de novo sozinho, quando ouviu atrás de si uma nova voz que gritava:

— Fique Zaratustra! Espere! Espere! Sou eu, ó Zaratustra, eu mesmo, a sua sombra!

Mas Zaratustra não esperou; e uma súbita irritação lhe veio por causa da multidão que se aglomerava em suas montanhas. — Para onde foi a minha solidão? — teria dito.

— Na verdade, isso está se tornando demais para mim; essas montanhas estão repletas de gente; meu reino não é mais deste mundo. Eu preciso de novas montanhas. E além disto tudo ainda me chama a minha sombra? O que importa a minha sombra? Que corra atrás de mim; e eu adiante dela!

Assim falava Zaratustra ao coração e fugiu. Mas o que estava atrás o seguiu logo depois dele, de modo que naquele momento havia três corredores, um após o outro — primeiro o mendigo voluntário, depois Zaratustra e mais atrás, sua sombra. Mas não havia muito tempo eles corriam assim quando Zaratustra tomou consciência de sua loucura; e deu um leve solavanco, afastando assim sua irritação e despeito.

— O quê? — disse ele — Não tem acontecido entre os santos, os separados e os velhos anacoretas as coisas mais ridículas? Na verdade, minha loucura já cresceu ao tamanho das grandes montanhas! Precisaria eu, Zaratustra, se assustar com sua própria sombra? Mas agora eu ouço atrás de mim seis pernas de tolos chocalhando! Além disso, quem afinal de contas teria pernas mais compridas que as minhas? — Assim falou Zaratustra e, rindo com olhos e entranhas, ficou quieto e virou-se rapidamente — e eis que ele quase jogou sua sombra e seguidor ao chão, pois muito perto essa o seguia aos calcanhares, e estava muito fraca. Pois quando Zaratustra a examinou pelo olhar, ele ficou assustado com uma aparição repentina, tão fraca, escura, oca e desgastada essa sombra seguidora parecia.

— Quem és tu? — perguntou rígido Zaratustra. — O que fazes aqui? E por que você diz ser minha sombra? Você não é agradável a mim.

— Perdoe-me! — respondeu a sombra — pois sou eu; e se não lhe agrado, ó Zaratustra! Nisso eu o admiro, por seu bom gosto. Eu sou um andarilho que caminhou muito tempo aos seus calcanhares; sempre a caminho, mas sem objetivo, também sem casa; de modo que, na verdade, me falta pouco para ser o judeu eternamente errante, exceto por eu não ser eterno e muito menos um Judeu.

— O quê? Eu devo estar sempre caminhando? Serei rodopiado por todo vento, instável, dirigido sobre a terra? Ó terra, se tornou demasiado redonda! Em toda superfície eu já sentei, como poeira cansada adormeci em espelhos e vidraças: tudo tira de mim, e nada dá. Eu diminuo, e sou quase igual a uma sombra. Mas a você, porém, ó Zaratustra, eu o tenho seguido por mais tempo; e embora eu me esconda de você; ainda sou a sua melhor sombra: onde quer que tenha sentado, ali também eu.

— Com você vaguei aos mais longínquos e gelados mundos; como um fantasma que se alegra em correr pelos caminhos invernais e gélidos. Com você eu aspirei a tudo o que era proibidos, a tudo o que era pior e mais distante; e se há alguma virtude em mim, foi o não temer nenhuma proibição.

— Com você aboli tudo o que meu coração reverenciava; todas as barreiras e os ídolos eu derrubei; os desejos mais perigosos eu persegui, na verdade, por todo crime eu passei uma vez. Com você eu me esqueci da crença em palavras e valores, além dos grandes nomes. Quando o diabo muda de pele, o seu nome também não muda? Talvez até mesmo o diabo seja apenas uma pele.

— Nada é verdade, tudo é permitido — assim disse eu a mim mesma. Na água mais fria mergulhei de cabeça e coração. Ah, quantas vezes eu fiquei nua ali por esse propósito, transformada em um caranguejo vermelho! Ah, para onde foi toda a minha bondade, toda a minha vergonha e toda a minha crença na bondade? Ah, onde está a inocência mentirosa que eu possuía, a inocência do bem e de suas nobres mentiras?

— Com muita frequência eu segui bem perto a verdade; ela então me deu um chute na face. Às vezes eu pretendia mentir e eis que, nestes casos só me brotavam as verdades! Muitas coisas se tornaram claras para mim; agora isso não me interessa mais. De tudo o que eu amo, nada mais vive. Como poderia ainda me amar?

— Viver como me agrada, ou absolutamente não viver! — assim desejo; assim deseja também o mais santo. Mas ai! Como tenho ainda inclinações? Ainda tenho algum objetivo? Um paraíso onde minha vela estaria posta? Um bom vento? Ah, só quem sabe para onde ele navega, saberá também se o vento é bom, ou se é um vento adequado a si.

— O que ainda me resta? Um coração cansado e irreverente; uma vontade instável; asas esvoaçantes; uma espinha dorsal quebrada. Essa busca pelo meu lar; Ó Zaratustra, sabes que essa busca tem sido o meu desejo por minha habitação; e isso me consome. Onde estaria minha casa? Por ela eu peço e busco, e busquei, mas ainda não a encontrei. Ó eterno "em todo lugar". Ó eterno "em lugar nenhum". Ó eterno "em vão"!

Assim falou a sombra, e o semblante de Zaratustra se prolongava diante suas palavras. — Você é a minha sombra! — disse ele finalmente com tristeza. — O seu perigo não é pequeno, espírito livre e andarilho! Teve um dia ruim: vê que uma noite ainda pior o busca! Para aqueles que estão inquietos como você, parece finalmente ser um prisioneiro abençoado. Você já viu como os criminosos capturados dormem? Eles dormem em silêncio, eles desfrutam de sua nova segurança. Cuidado para que ao final uma fé estreita não o capture, uma ilusão dura e rigorosa! Por enquanto tudo o que é estreito e fixo o seduz e lhe tenta. Perdeste o seu objetivo. Infelizmente, como você renunciará e esquecerá essa perda? Assim você também perdeu o seu caminho! Pobre vagabundo e passeador, borboleta cansada! Queres descansar em uma casa esta noite? Então vá até minha caverna!

— Lá em cima está o caminho que o leva à minha caverna. E agora vou depressa fugir novamente de você. Já pesa como se fosse uma sombra sobre mim. Eu vou correr sozinho, para que tudo volte a brilhar ao meu redor. Portanto ainda devo ficar muito tempo firme sobre minhas pernas. Nesta noite, no entanto, certamente haverá baile em minha caverna e lá dançarás comigo!

Assim falou Zaratustra.

LXX. AO MEIO-DIA

Após esses eventos Zaratustra correu sem parar, mas não encontrou mais ninguém, e sozinho já se encontrava de novo; ele caminhava desfrutando e sorvendo de sua doce solidão, e meditava nas boas coisas por horas. Por volta do meio-dia, no entanto, quando o sol estava exatamente sobre a cabeça de Zaratustra, ele passou diante de uma velha árvore; retorcida e nodosa. Essa árvore ternamente abraçada e coberta pelo ardente amor de uma videira, e ali também estavam pendurados cachos, abundantes cachos de uvas que convidavam o andarilho. Então ele se sentiu inclinado a saciar um pouco de sua sede e colher para si um cacho de uvas.

Quando ele estava já com o braço estendido para colher, ele se sentiu ainda mais inclinado para outra coisa, a saber: deitar-se abaixo da sombra da árvore na hora exata do meio-dia e ali tirar uma soneca.

E assim fez Zaratustra; e assim que se deitou ao chão, na quietude e no silêncio da grama variegada, ele até se esqueceu de sua sede e adormeceu. Pois é como um provérbio que Zaratustra diz: Uma coisa é mais necessária que a outra. — Só que seus olhos permaneceram abertos, pois não se cansavam de ver e admirar a árvore e o amor da videira. Ao adormecer Zaratustra assim disse ao seu coração:

— Silêncio! Silêncio! Será que agora o mundo não se tornou perfeito? O que aconteceu a mim? Como um vento delicado dança invisivelmente sobre os mares, brilho, luz de pluma, assim o sono dança sobre mim. Nenhum olho está em vigilância perto de mim, deixe minha alma acordada. A luz é, em verdade, uma pluma leve. E isso me convence, não sei como, me toca interiormente com uma carícia de mão macia, isso me domina. Sim, isso me constrange, de modo que minha alma se deite. Como se alonga a minha cansada alma singular! O amanhecer de um dia de descanso chegou-lhe justamente ao meio-dia. Já viajou longo tempo, alegremente, entre coisas boas e maduras. Ela se estende por muito mais tempo! Fique quieta, alma minha estranha! Muitas coisas boas já provou; essa tristeza áurea lhe oprime, distorce a boca.

— Como um navio que mergulha na enseada mais calma, agora se aproxima da terra, cansada de longas viagens e mares incertos. Não é a terra mais fiel? Como um navio que se aproxima da costa, abraça a costa; então basta que uma aranha estenda seu fio do navio para a terra. Não são necessárias cordas mais fortes. Como um navio muito cansado na enseada mais calma, também agora repouso junto à terra, fiel, confiante, em expectativa, ligado a ela com os mais leves fios.

— Ó felicidade! Ó felicidade! É seu desejo cantar, ó minha alma? Está deitada na grama. Mas esta é a hora secreta e solene, quando nenhum pastor toca sua flauta. Cuidado! O meio-dia quente dorme nos campos. Não cante! Silêncio! O mundo é perfeito. Não cante, pássaro da pradaria, minha alma! Nem sussurre! Sshhh — quieto! O velho meio-dia dorme, olhe como mexe a boca; não bebe agora algumas gotas de felicidade? Uma velha gota de felicidade dourada, vinho dourado? Algo desce sobre ele, sua felicidade ri. Assim — ri de um Deus. Silêncio! Para a felicidade, quão pouco basta para a felicidade! Assim falei uma vez e me achei sábio. Mas foi uma blasfêmia: isso eu aprendi agora. Os tolos sábios falam melhor.

O mínimo, precisamente; o mais gentil, o mais leve, o correr de um lagarto, um fôlego, um toque, um abrir e fechar de olhos; o pouco é característica da melhor felicidade. Silêncio! O que me sucede? Escute! O tempo voou? Eu não vou cair. Não caí — escute! no poço da eternidade?

— O que acontece comigo? Silêncio! Isso me dói, infelizmente, no coração? O coração! Oh! Quebre! Quebre meu coração depois de tanta felicidade, depois de tamanha ferida!

— O quê? O mundo não se tornou perfeito agora? Redondo e pronto? Oh, anel redondo de ouro, para onde voa? Deixe-me correr atrás! Rápido! Silêncio... (e aqui Zaratustra se esticou e sentiu que estava adormecido.)

— Acima! — disse ele para si mesmo: — Dorminhoco! Dorminhoco ao meio-dia! Então, levantem-se, velhas pernas! É tempo e mais que tempo; temos ainda muitos bons trechos de estrada esperando por vocês! Agora você dormiu suficiente? Por quanto tempo? Meia-eternidade! Bem; então vamos agora, meu velho coração! De quanto tempo precisará depois de um sono assim, para acordar?

(Mas então ele adormeceu de novo, e sua alma falou contra ele, que defendeu-se e deitou-se novamente)

— Deixe-me em paz! Silêncio! Não se tornou perfeito o mundo agora? Oh, essa bela bola redonda dourada!

— Levante-se! — disse Zaratustra — ladrãozinho, preguiçoso! O quê! Ainda se esticando, bocejando, suspirando, caindo em poços profundos? Quem é então, ó minha alma?

(E aqui ele ficou com medo, por causa de um raio de sol que desceu do céu em seu rosto.)

— Ó céu, acima de mim! — disse ele suspirando, e se colocou de pé, — você me contempla? Ouve a minha alma singular? Quando você beberá essa gota de orvalho que caiu sobre todos os terrenos e coisas? Quando quer beber essa alma estranha? Quando você bem da eternidade, você alegre, terrível, abismo do meio-dia! Quando beberá a minha alma em você?

Assim falou Zaratustra, e levantou-se de seu descanso ao lado da árvore, como se despertasse de uma estranha embriaguez. E eis! Lá estava o sol justamente ainda acima de sua cabeça.

Pode-se assim deduzir que Zaratustra não havia dormido muito tempo.

LXXI. OS CUMPRIMENTOS

Já era fim de tarde quando Zaratustra, depois de muito tempo perdido investigando e procurando, voltou para sua caverna. Mas quando ele chegou perto de sua entrada, não mais que vinte passos dali, aconteceu o que menos se podia esperar; ele ouvia novamente o grande grito de aflição. Mas o extraordinário é que desta vez o grito saia da própria caverna. E era um grito longo, variado e peculiar; e Zaratustra claramente percebeu que era composto por muitas vozes, embora que à distância parecia ser o grito de uma única pessoa.

Então Zaratustra apressou os passos para sua caverna! Que espetáculo o esperava depois daquele concerto! Pois lá estavam todos sentados, todos aqueles com quem ele se encontrara durante o dia: os reis da direita e da esquerda, o velho mágico, o Papa, o mendigo voluntário, o sombra, o consciencioso, o profeta triste e o jumento; o homem mais feio, no entanto, havia colocado em sua cabeça uma coroa e se adornou também com duas cintas roxas, pois gostava, como todas os feios, de disfarçar-se e passar por pessoa bonita.

Mas, no meio de toda aquela turma, estava triste a águia de Zaratustra, ouriçada e inquieta, pois tinha sido chamada a responder muitas perguntas para as quais seu orgulho não tinha qualquer resposta; e a serpente, sendo bem sábia, se enrolara em seu pescoço.

Tudo isso Zaratustra contemplou com grande espanto; e depois de examinar a cada um dos hóspedes com curiosidade cortês, analisava suas almas e se assombrava novamente. Enquanto isso, os presentes se posicionavam como a aguardar uma palavra a ser dada por Zaratustra. Que assim falou:

— Vocês, pessoas singulares! Vocês que estão desesperados! Então foi o seu grito de angústia que eu ouvia? E agora eu sei também onde devo procurar o que tenho procurado em vão: O Homem Superior!

— Eis que está sentado em minha própria caverna, o Homem Superior! E por que ainda tenho me admirado? Fui eu mesmo que os atraí com oferecimentos de mel e com a astuciosa oferta de minha felicidade?

— Mas observo em vocês que não os vejo à vontade em companhia uns dos outros. Vejo mesmo que vocês fazem o coração de outra pessoa se irritar, ao mesmo tempo em que gritam por socorro? É necessário que antes venha um que vos fará rir novamente; um bom palhaço bufão, um dançarino, um pé de valsa, uma brincalhão selvagem, um qualquer velho tolo; o que vocês acham?

— Perdoe-me, no entanto, vocês desesperados, por falar essas palavras triviais diante de você. Isso é indigno de convidados como vocês! Mas não adivinham o que torna meu coração tão devasso? Vocês mesmos fazem isso, assim como seus aspectos, perdoem-me! Pois se torna corajoso todo aquele que vê um companheiro desesperado. Para incentivar um desesperado todos se tornam fortes o suficiente para fazê-lo. E vocês me presentearam com esse poder; e esse é um bom presente, meus honoráveis convidados! Um excelente presente de hóspedes! Bem, então não me censurem quando eu também ofereço a vocês algo que é meu.

— Este é o meu império e o meu domínio! O que é meu, no entanto, esta noite deve também ser tido como seus. Os meus animais os servirão. E também a minha caverna é seu abençoado lugar de descanso! Em minha casa ou junto de mim, ninguém precisa se desesperar; e em meu território eu mesmo protejo cada um de vocês contra seus animais selvagens. E essa é a primeira coisa que lhes ofereço: segurança!

— A segunda coisa, no entanto, é o meu dedo mindinho. E quando você tem isso, pode então pegar a mão inteira também; sim, e com ela também o coração! Bem-vindos todos! Bem-vindos vocês, meus convidados!

Assim falou Zaratustra e riu com amor e malícia. Depois disto, ao cumprimentar seus convidados, todos se curvaram mais uma vez e ficaram reverentemente silenciosos; o rei da direita, no entanto, respondeu em seu nome:

— "Ó Zaratustra, pela maneira como nos deu a sua mão e a sua saudação, nós o reconhecemos como Zaratustra. Você se humilhou ante nossa presença; e quase nos feriu em nossa reverência. — Quem, porém, poderia se humilhar como você fez, com tal orgulho? Isso nos eleva a nós mesmos, isso é um refresco para nossos olhos e corações. Só de contemplar, com prazer, subiríamos montanhas mais altas que essas. Pois como observadores ansiosos chegamos; queríamos ver o que nos escurece os olhos. E eis! Agora tudo isto elimina os nossos gritos de angústia. Agora nossas mentes e corações estão abertos e arrebatados. Falta pouco para o nosso espírito tornar-se devasso.

— Não há nada, ó Zaratustra, que cresça mais agradável na terra que uma vontade elevada e forte: este é o melhor crescimento! Uma paisagem inteira se refresca em uma árvore como essa. Ao pinho eu o comparo, ó Zaratustra, pois ele cresce como você, alto, silencioso, resistente, solitário, imponente e da melhor e mais suprema madeira.

— Mas enfim, buscando estender seu domínio como fortes e verdes ramos, você faz perguntas severas aos ventos, às tempestades e a tudo o mais que seja nativo das alturas. E você responde com mais propriedade. É um comandante, um vencedor! Oh! Quem não deveria subir montanhas altas para contemplar árvores assim como você?

— Em sua árvore, ó Zaratustra, os tristes e abatidos também encontram frescor para si mesmos; ao seu olhar, até os que hesitam se tornam firmes e curam seus corações. E na verdade, em direção ao seu monte e à sua árvore muitos olhos se voltam hoje. Muitos anseios surgiram e aprenderam a perguntar: Quem é Zaratustra?

— E todos aqueles em cujos ouvidos você gotejou de sua canção e de seu querido mel: todos os ocultos, os solitários e os dois moradores, disseram juntos com seus corações:

— Zaratustra ainda vive? Não vale mais a pena viver, tudo é indiferente, tudo é inútil se não vivermos com Zaratustra!

— Por que não chega o que se anuncia há tanto tempo? — assim muitas pessoas perguntam. — A solidão o tragou? Ou nós mesmos é que devemos ir até ele? Acontece agora que a própria solidão se torna frágil e se quebra e abre, como uma sepultura que não mais tem poder para segurar seus mortos. Assim, em todo lugar veremos ressuscitados.

— Agora as ondas sobem cada vez mais altas ao redor de sua montanha, ó Zaratustra. E por maior que seja a sua altura, é necessário que elas subam até você;

a sua barca não pode descansar muito tempo em terra firme. E nós, que éramos os desesperados, e que agora entramos na sua caverna, e já não estamos mais em desespero; é isso é apenas uma profecia e um presságio de que muitos outros já estão a caminho para lhe encontrar.

— Pois as pessoas estão em busca desse caminho a você, que é o último remanescente de Deus entre os homens; ou seja, todos os homens de grande desejo, de grande ódio, de grande saciedade. Todos os que não querem viver sem aprender novamente a esperar; a menos que se aprenda com você, ó Zaratustra, a Grande Esperança!

Assim falou o rei da direita e agarrou a mão de Zaratustra, pedindo ordem para a beijar; mas Zaratustra fugiu dessa sua veneração e deu um passo para trás amedrontado, fugindo por assim dizer, silencioso e assustado para uma distância segura. Mas, depois de certo tempo ele estava novamente em casa com seus convidados, observando-os com olhos examinadores e claros quando disse:

— Meus convidados! Homens elevados, falarei a vocês em alemão e em linguagem clara e transparente. Não era a vocês que eu esperava encontrar aqui nestas montanhas

(Em alemão e linguagem clara? Deus seja piedoso! — disse o rei da esquerda para si mesmo — vê-se que ele não conhece bem os hábitos alemães, este sábio do Oriente! Mas ele quis dizer "língua alemã e francamente", bem! Isso não é o pior dos gostos para este tempo!)

— Na verdade, todos vocês podem ser homens superiores — continuou Zaratustra —, mas para mim, vocês não são autossuficientes ou elevados e fortes. Para mim quer dizer, para o implacável, que agora está silencioso em mim; mas que nem sempre será silencioso. E se você pertence a mim, ainda não tão essencial como o meu braço direito.

Pois aqueles que, como vocês, se apoiam em pernas doentias e ternas, desejam acima de tudo, ser tratados com indulgências e serem cultuados por si mesmos.

— Eu, no entanto, não tenho elogios ou devoções aos meus braços e pernas. Não conduzo meus guerreiros indulgentemente; como então vocês poderiam estar aptos para a minha guerra? Com vocês eu jogaria por terra todas as minhas vitórias. E muitos de vocês cairiam se só ouvissem o alto som dos meus tambores.

— Além disso, vocês não são suficientemente bonitos ou bem nascidos para mim. Eu desejo espelhos limpos e bem polidos para as minhas doutrinas; e em suas superfícies até a minha própria imagem é distorcida. Sobre seus ombros carregam ainda muitos encargos, muitas recordações; muitos anões travessos espreitam ainda em seus cantões. Há ainda muito de gentalha em vocês.

— E, embora vocês sejam elevados e de tipos superiores, muitos de vocês estão tortos e disformes. Não há no mundo nenhum ferreiro que possa martelar em vocês o acerto e os endireitar a mim. Vocês são apenas pontes: podem passar sobre vocês os mais altos! Vocês ainda representam degraus; e por isso não censure aqueles que passam além de vocês explorando a altura que é sua!

— Da sua descendência um dia poderá surgir a mim um filho genuíno e perfeito herdeiro; mas esse tempo está distante. Vocês não são aqueles a quem minha herança e nome pertencem.

— Não por vocês que espero aqui nestas montanhas. Não seria com vocês que desceria daqui pela última vez. Vieram a mim apenas como presságio de que os superiores estão a caminho de mim, e não os homens de grande anseio, de grande ódio, de grande saciedade, e daquilo que chamais de remanescente de Deus!

— Não! Não! Três vezes não! Por outros, ainda espero aqui nestas montanhas, e não levantarei o meu pé daqui sem eles. Para os mais altos, os mais fortes, os triunfantes, os mais alegres, os construídos diretamente a partir do corpo e da alma: é preciso que cheguem os leões sorridentes!

— Ó meus convidados, hóspedes meus, homens singulares! Vocês ainda não ouviram falar de meus filhos? Não ouviram dizer que eles estão se encaminhando a mim?

— Falem-me dos meus jardins, das minhas Ilhas Bem-aventuradas, das minhas novas e belas raças. Por que vocês não me falaram nada sobre essas coisas?

— A vocês presentes convidados solicito que seu amor, me fale de minhas crianças. Nelas eu sou rico, por elas fiquei pobre; e o que não tenho rendido? O que eu não daria para ter coisas como estas: estas crianças, esta plantação viva, estas árvores da minha alta vontade e de minha mais alta esperança!

Assim falou Zaratustra, e cessou de repente seu discurso pois um forte desejo tomou conta dele; ele fechou os olhos e a boca por causa dessa agitação em seu coração. E todos os seus convidados também ficaram em silêncio, se puseram de pé, imóveis e confusos; exceto o velho profeta que fazia sinais com as mãos e contraía o rosto.

LXXII. A CEIA

Neste momento o profeta interrompeu a saudação de Zaratustra e de seus convidados; ele avançou como alguém que não tinha tempo a perder. Pegou a mão de Zaratustra e exclamou:

— Mas Zaratustra! Algumas coisas são mais necessárias que outras, assim diz você mesmo. — Bem, uma coisa é agora mais necessária a mim que todas as outras. Uma promessa feita é devida. Você não nos convidou para uma refeição? E aqui estamos muitos que fizemos longas viagens. Não pretende nos alimentar apenas com seus discursos. Além disso, todos vocês pensaram demais em congelar, afogar, sufocar e outros perigos corporais; mas nenhum de vocês, no entanto, pensou no meu perigo, a saber, morrer de fome.

Assim falou o profeta. Quando os animais de Zaratustra ouviram essas palavras, eles fugiram aterrorizados. Pois viram que tudo o que tinham trazido para casa durante o dia não seria suficiente para satisfazer nem apenas ao profeta.

— Ninguém pensa no receio de se morrer de fome — continua o profeta — e embora eu ouça a água espirrando aqui como palavras de sabedoria — isto é, em abundância e incansável; eu quero é vinho! Nem todos são bebedores de água como Zaratustra. Nem a água pode adequar-se aos cansados e aos murchos; merecemos vinho! Apenas o vinho dá vigor e repõe a saúde rapidamente!

Nessa ocasião, quando o profeta ansiava por vinho, aconteceu que o rei da esquerda, o mais silencioso, também encontrou expressão pela primeira vez.

— Nós cuidamos do vinho. Eu e meu irmão, o rei da direita; nós temos vinho o suficiente, uma quantidade imensa de vinho. Então nada nos falta a não ser o pão.

— Pão? — respondeu Zaratustra, rindo quando falou — é justamente pão que os solitários não têm. Mas o homem não vive apenas de pão, mas também de carne de bons cordeiros, dos quais eu tenho dois. Nós os mataremos rapidamente e os prepararemos temperados com sálvia; pois é assim que eu gosto deles. E também não nos faltam raízes e frutos, que são bons o suficiente para agradar até a gastrônomos e paladares exigentes e delicados; e também não nos falta nozes e outros grãos para se comer.

— Assim, teremos uma boa refeição em breve. Mas quem quiser se alimentar conosco deve também dar uma ajuda no trabalho, inclusive os reis. Pois ao lado de Zaratustra, mesmo um rei pode ser cozinheiro.

Esta proposta atraiu com alegria o coração de todos eles, exceto o do mendigo voluntário que se opôs à carne, vinho e especiarias.

— Basta de ouvir esse glutão Zaratustra! — disse ele brincando — Alguém por acaso entra em cavernas e montanhas altas para fazer essas festividades? Agora, de fato, eu entendo o que ele nos ensinou certa vez: — Abençoado seja a moderada pobreza! É porque ele deseja acabar com os mendigos.

— Tem bom ânimo! — respondeu Zaratustra. — Respeite os seus costumes, meu irmão! Mastiga o seu milho, beba a sua água, louva o seu cozimento, de forma que isso o alegre! Eu sou uma lei apenas para mim, não sou uma lei para todos. Mas aquele que pertencer a mim deve ter ossos fortes e pés leves. Precisa ser alegre na guerra e na festa, não pode ser nem sombrio nem sonhador, pronto tanto para a tarefa mais difícil quanto para a festa, são e robusto. O melhor da existência pertence a mim e aos meus; e se não nos foi dado, então nós o tiraremos: a melhor comida, o céu mais puro, os pensamentos mais fortes, as mulheres mais justas!

Assim falou Zaratustra; o rei da direita, porém, respondeu:

— É único este discurso! Alguém já ouviu coisas tão sensíveis da boca de um homem sábio? E em verdade, é a coisa mais estranha em um homem sábio, ele ainda seja sensato, e não um burro.

Assim falou o rei da direita admirado. O asno, entretanto, mesmo com sua má vontade não deixou de fazer sua observação: "Ilõõõnn!!"

E este foi o começo daquela longa refeição que é chamada "A Ceia"; nos livros de histórias. E durante essa Ceia apenas se falava no Homem Superior.

LXXIII. O HOMEM SUPERIOR

I

— Quando cheguei aos homens pela primeira vez, cometi a grande loucura dos anacoretas, a grande loucura: eu compareci em praça pública.

— E quando falei a todos, não falei a ninguém. À noite, no entanto, equilibristas e cadáveres eram meus companheiros; e eu mesmo quase era também um cadáver.

— Com a nova manhã, porém, veio a mim uma nova verdade; então eu aprendi a dizer: — "Que importância tem, para mim, a praça, a gentalha e o barulho desta gentalha e ainda suas grandes orelhas?"

— Vocês, homens mais altos, aprendam isso de mim: na praça pública não há quem acredite em homens superiores. Mas se você quiser lá discursar muito bem! A gentalha, no entanto, pisca os olhos e diz: — "Somos todos iguais".

— Vocês, homens superiores! — assim diz a gentalha — não há homens superiores, nós somos todos iguais; homem é homem, e diante de Deus somos todos iguais!"

— Diante de Deus! — Agora, porém, esse Deus morreu. Diante da gentalha, no entanto, não seremos iguais.

— Vocês homens superiores, fiquem longe da praça pública!

II

— Diante de Deus! Agora, porém, esse Deus morreu! E para vocês homens superiores, esse Deus era o maior perigo. Apenas depois de sua morte é que vocês ressuscitaram. Somente agora chegou o Grande Meio-Dia; e somente agora o homem superior se torna Senhor!

— Entenderam esta palavra, meus irmãos? Vocês estão assustados; vocês sentem vertigens em seus corações? O que se abre para vocês é um abismo? Late contra vocês o cão do inferno?

— Bem! Animem-se Homens Superiores! Agora apenas se atravessa a montanha do futuro humano. Deus morreu: agora desejamos que viva o Super-Homem!

III

— Os mais preocupados questionam hoje: Como se mantém o homem?

— Mas Zaratustra é o primeiro e único a perguntar: Como o homem será superado?

— O Super-Homem, e eu o tenho no coração; essa é a primeira e única coisa para mim; e não o homem; nem o próximo, nem o mais pobre, nem o mais triste, nem o melhor. Ó meus irmãos! O que eu posso amar no homem é o fato dele ser uma transição e um fim. E também em vocês há muita coisa que me faz ter amor e esperança.

— Por vocês desprezarem os homens superiores, isto me dá esperança, pois entendo que os grandes desprezadores se tornam grandes reverentes. Vocês se desesperaram, nisto há muito a honrar. Pois vocês não aprenderam a aceitar, não aprenderam uma política mesquinha.

— Hoje em dia, os mesquinhos se tornam mestres; pregam submissões, humildade, política, diligência, consideração e uma longa lista até chegar às virtudes mesquinhas.

— Tudo o que é do tipo efeminado, o que é originário do tipo servil, e principalmente a turba da gentalha; agora desejam ser mestres de todo destino humano. Oh nojo! Nojo! Nojo!

— Esses perguntam sempre e não se cansam de perguntar: Como pode o homem se manter melhor, mais duradouro, mais agradável? — Pois assim eles são os mestres de hoje.

— Esses senhores de hoje! Superem-vos, meus irmãos! Essas pessoas mesquinhas; eles são os maiores perigos ao Super-Homem! Superai, homens superiores, as virtudes enganosas, a política mesquinha, os grãos de areia de consideração, o burburinho do formigueiro, o lamentável conforto, a felicidade dos outros! Se for para vocês se renderem, é melhor se desesperarem.

— Eu os amo de verdade, Homens Superiores, porque vocês ainda não sabem viver! Pois assim vocês viverão, melhor!

IV

— Vocês têm coragem, meus irmãos? Vocês estão decididos? Não falo de coragem diante de testemunhas, firmeza e coragem de águia, de solitários, que nem mesmo um Deus consegue ver.

— As almas frias, as mulas, os cegos e os bêbados; não possuem o que chamo de corações fortes. Coração tem aquele que conhecem o medo, mas o domina; quem vê o abismo, mas com orgulho.

— Aquele que vê o abismo, mas com os olhos de uma águia. Aquele que com as garras da águia agarra o abismo: estes têm coragem.

V

— O homem é mau! — assim falavam os outros sábios para meu consolo. Ai se isso ainda hoje fosse verídico! Pois o mal é a melhor força do homem.

— O homem deve tornar-se melhor e pior — eu ensino. O pior é necessário para o melhor do Super-Homem.

— Para aquele pregador dos pequenos homens, pode ter sido bom sofrer e carregar os pecados da humanidade. Eu, porém, regozijo-me do grande pecado como minha grande consolação.

— Tais coisas são ditas para os orelhas longas. Nem toda palavra é adequada para todas as bocas. Estas são coisas muito sutis e distantes para eles; as patas de ovelhas não as conseguem segurar!

VI

— Homens superiores, vocês pensam que estou aqui para corrigir o que vocês fizeram errado? Ou pensam que eu desejo trazer conforto a todos os que sofrem? Ou ensinar a vocês, aos errantes, aos inquietos, aos extraviados e perdidos na montanha caminhos mais fáceis?

— Não! Não! Três vezes não! Sempre mais, cada vez mais os melhores de sua espécie deverão morrer, pois seu destino será sempre mais difícil. Só assim! Somente assim o homem cresce para o alto, onde o relâmpago atinge e o despedaça. Há altura suficiente para um relâmpago!

— O meu saber e o meu desejo apontam para o raio, aquilo que é perene, para o distante; que me importa a sua mesquinharia, a sua curta miséria! Vocês ainda não sofreram o suficiente para mim! Pois vocês sofrem por si mesmos, ainda não sofreram pelo homem. Vocês mentiriam se falassem de outra maneira! Nenhum de vocês sofrem pelo que eu sofri.

VII

— Já não é suficiente que um raio não faça mal. Eu não quero afastá-lo: quero que aprenda a cumprir o meu desejo. Que trabalhe para mim!

— A minha sabedoria se acumulou por muito tempo como uma nuvem tempestuosa; ficou cada vez mais calma e mais escura. O mesmo acontece com toda a sabedoria que um dia produzirá o raio.

— Para esses homens de hoje não serei luz, nem serei chamado luz. A eles, quero cegar! Raio de meu saber! Cegue-os!

VIII

— Nada desejem além das forças que possuem. Há má falsidade naqueles que vão além do poder que têm. Adoecem de moléstias hipócritas os que desejam coisas acima de suas forças.

— Principalmente quando querem grandes coisas! Estes moedeiros despertam desconfiança em grande coisas, são sutis falsários de moedas e atores de palco

— Um dia eles acabam sendo falsos consigo mesmos, pessoas de olhos enviesados, entes retrógrados, se encobrem com belas palavras fortes, desfilam virtudes e falsas obras brilhantes.

— Tomem muito cuidado, homens superiores! Pois nada é mais precioso para mim e mais raro que honestidade. Este hoje não se acha na plebe?

— A gentalha, no entanto, não sabe o que é grande ou o que é pequeno; ou o que é reto e o que é honesto; a gentalha é inocentemente torta, sempre mente.

IX

— Irmãos Superiores! Mantenham hoje uma boa desconfiança, homens de coração! Vocês de coração aberto, desconfiem, mas mantenham em segredo suas razões. Este tempo pertence à plebe.

— As coisas em que a plebe aprendeu a acreditar sem argumentos, quem poderia refutar por meio de bons argumentos?

— E nas praças as pessoas se convencem apenas com gestos. Mas os argumentos fazem a plebe desconfiar. E quando a verdade já triunfou em uma questão, então pergunte com firme desconfiança: — Qual foi o erro forte que batalhou por isso?

— Estejam atentos também contra os eruditos! Eles os odeiam, porque eles são improdutivos! Eles têm olhos frios e secos diante dos quais todo pássaro morre sem penas. E eles se gabam de não mentir; mas a incapacidade de mentir ainda está longe de ser amor à verdade. Se mantenham de prontidão!

— A libertação da febre ainda está longe de ser um conhecimento! Não creio em espíritos resfriados. Quem não é capaz de mentir não sabe o que é a verdade.

X

— Se vocês querem subir ao alto, usem suas próprias pernas! Não se vejam carregado ao alto; não suba nas costas ou na cabeça de outras pessoas!

— Você subiu a cavalo? E agora cavalgas rápido e livre ao seu objetivo? Muito bem! Mas olhe que o seu pé manco também viaja com você nesse cavalo!

— E quando você alcançar seu objetivo e descer do seu cavalo; será justamente em sua falta de altura, homem superior, que você tropeçará!

XI

— Ó Criadores! Ó Homens Superiores! Só se engravida se for para o bem dos próprios filhos. Não se deixem persuadir ou impor! Pois quem é seu próximo? Mesmo que você aja por "seu próximo" — não seja criador por ele!

— Desaprendam, eu lhes peço, esse "para". Vocês que criam suas próprias virtudes, não as criem baseados em "para", "por" e "porque". Contra estas pequenas palavras falsas, mantenham vivos os seus ouvidos.

— "Para o próximo" é uma virtude apenas do povo mesquinho; ali se fala em "uma mão lava a outra" e "somos todos iguais". Mas eles não têm poder nem autoridade para lutar contra o seu egoísmo!

— Em seu egoísmo, criadores, está a provisão e a precaução próprias da mulher grávida! O que ninguém ainda viu, a saber, o fruto, o filho: isso elas protegem, salvam e nutrem com todo o seu amor.

— Onde se encontra seu completo amor? Em seus filhos? Ali está também a sua virtude inteira! Seu trabalho, sua vontade é seu "vizinho". Não se deixem persuadir de falsos valores!

XII

— Ó criadores superiores! Quem quiser dar à luz está em enfermidade; e quem deu à luz, no entanto, está imundo.

— Pergunte às mulheres: não se dá a luz por prazer. A dor faz cacarejar galinhas e também os poetas.

— Quando se cria, há em você muita impureza. E isso porque você teve que ser mãe. Uma criança nova: oh, quanta sujeira nova também vem ao mundo! Tenham distância! Quem deu à luz deverá lavar sua alma!

XIII

— Não tente ser virtuoso além de suas forças! E não exija de si mesmo coisas inverossímeis! Siga pelos caminhos em que a virtude de seus pais já andou!

— Como você se elevaria se a vontade de seus pais não se elevasse com você? E quem quiser ser o primogênito, tome cuidado para não se tornar o último! E onde estiverem os erros de seus pais, não tente encobrir com falsa santidade!

— O que herdaria aquele cujos pais eram inclinados ao mulherio, ao vinho e carne gordas de javalis; como seria se tomasse para si a castidade?

— Seria uma loucura! Muito, em verdade, parece-me para alguém assim, ser o marido de uma ou de duas ou de três mulheres.

— E se ele fundasse conventos, e escrevesse sobre seus portões: "O caminho à Santidade" — de novo eu lhe diria: pois bem! É outra grande loucura!

Alguém diria: Ele fundou para si uma casa de penitências e tranquilo refúgio.

— Eu responderia: muito bom projeto! Mas eu não acredito nessas coisas.

— Na solidão cresce o que cada pessoa traz para si — inclusive os monstros íntimos de sua natureza pessoal. Assim, a solidão é desaconselhável para muitos.

— Houve alguma vez coisa mais imunda na terra que os santos do desterro? À sua volta está não apenas o diabo solto, mas também uma manada de porcos.

XIV

— Tímidos, envergonhados, desajeitados, como o tigre que falhou em um bote — assim, vocês também homens superiores, eu os vi se afastarem abatidos Falharam no lance do momento.

— Mas o que isso importa a vocês, jogadores de dados? Vocês não aprenderam a jogar e zombar sobre como se deve jogar e zombar? Não estamos sempre em uma grande mesa de jogo e zombaria?

— E se em grandes coisas ocorreu um fracasso com vocês; vocês mesmos são o fracasso? E se vocês mesmos se deram mal; há que se pensar que todo homem, portanto, é também um fracasso?

— Mas se o homem é um ser fracassado; bem, o que isso importa?

XV

— Quanto maior em seu gênero é alguma coisa, mais raro se torna o seu sucesso. Vocês, homens superiores que se encontram aqui; todos vocês não foram fracassos?

— Tenham bom ânimo; o que isso importa? Quantas coisas são ainda possíveis! Aprendam a rir de si mesmos! É necessário sorrir!

— Que maravilha é mesmo que se tenha falhado ou se tenha obtido apenas meio sucesso, vocês estão apenas meio destruídos! O futuro do homem não persevera e luta em você?

— As questões mais profundas e remotas, a sua estatura estelar de homem, seus poderes prodigiosos, todas essas virtudes se misturam umas às outras em seu vasilhame.

— É excelente que muitos vasos quebrem! Aprendam a rir de si mesmos, como é necessário rir! Vocês homens superiores, ó! Quantas coisas ainda são possíveis! E, na verdade, quantas coisas já se alcançaram!

— Como esta terra é rica, de boas, de pequenas, de perfeitas coisas bem constituídas! Homens Superiores, coloquem ao seu redor coisas boas, pequenas e perfeitas. A sua maturidade dourada cura o coração. As coisas perfeitas nos ensinam a ter esperança.

XVI

— Hoje, qual tem sido o seu maior pecado aqui na terra? Não era a palavra daquele que disse: — Ai dos que riem agora! — Não foi porque ele mesmo não encontrou motivo para rir aqui?

— Então ele procurou mal. Até uma criança acha aqui motivos para o riso. Ele não amava o suficiente; caso contrário, ele também teria nos amado, e sorrido conosco, os risonhos! Mas ele nos anatematizava e nos odiava; aos lamentos e ranger de dentes ele nos amaldiçoou.

— Quando se amaldiçoa imediatamente, é porque não se ama? E isso nos parece de muito mau gosto. E assim fez aquele intolerante resoluto. Ele veio da gentalha.

— E ele mesmo não se amava o suficiente; caso contrário ele teria se enfurecido menos pelo fato de as pessoas não o amarem. Todo grande amor não busca amor — busca mais.

— Saia do caminho de todos esses intolerantes! Eles são do tipo doentio, pobre, uma espécie plebeia. Eles olham para esta existência com má vontade, eles têm más visões para esta terra.

— Saia do caminho de todos esses incondicionais! Eles têm pés pesados e corações maliciosos — eles não sabem dançar. Como poderia a terra ser leve a eles!

XVII

— Todas as boas coisas chegam perto do seu objetivo de modo tortuoso. Como gatos arqueiam a coluna e ronronam interiormente com a felicidade que se aproxima, todas as coisas boas riem.

— As passadas de uma pessoa já indicam o seu caminho. Apenas me observe andar! Todo aquele que se aproxima de seu destino baila.

— Eu na verdade, não me tornei uma estátua, e não permaneço aqui rígido, estúpido e pedregoso, como um pilar. Eu aprecio as coisas ligeiras.

— E, embora haja na terra pântanos e nevoeiros de aflições, aquele que tem pés leves corre até em lamaçais e dança mesmo no gelo liso.

— Elevem seus corações, meus irmãos, ao alto, ao alto! E não se esqueçam de suas pernas! Levantem também as pernas, ó bons dançarinos, e melhor ainda assim será, se vocês erguerem também suas cabeças!

XVIII

— Eis minha coroa de risonho! Esta coroa de rosas; eu mesmo a fiz, eu mesmo consagrei esta minha risada. Não encontro hoje ninguém que possa ter riso mais potente ou suficiente para se comparar ao meu.

— Zaratustra, o dançarino! Zaratustra, a luz que acena com suas asas! Pronto para o voo, acenando a todos os pássaros. Pronto e preparado. Um espírito alegremente ligeiro.

— Zaratustra, o profeta! Zaratustra, o profeta, não impaciente, não intransigente, aquele que ama saltos e piruetas mortais.

— Eu mesmo me consagrei esta coroa!

XIX

— Elevem seus corações, meus irmãos, ao alto, ao alto! E não se esqueçam de suas pernas! Levantai também as pernas, bons dançarinos, e melhor ainda que se ergam também suas cabeças!

— Os animais pesados também conhecem algum estado de felicidade. Há cambaios que desde o nascimento fazem força como se fossem elefantes que se esforçam para se equilibrar sobre suas cabeças.

— Melhor, no entanto, ser tolo de felicidade que tolo de infortúnio, melhor dançar sem jeito para tal que andar mancando. Então aprendam comigo a sabedoria. Eu rezo por vocês, homens superiores! Até a pior coisa tem lados opostos, há de ser um deles o bom.

— Mesmo a pior coisa possui boas pernas para dança! Então aprendam, peço-lhes, homens superiores, a se firmarem em suas próprias pernas!

— Portanto, desaprendam, peço-lhes, o suspirar de tristeza e toda a tristeza de gentalha! Oh, que tristes me parecem hoje os arlequins da gentalha!

— Mas hoje isto pertence a eles.

XX

— Façam como o vento quando se lança de suas cavernas na montanha; ele deseja dançar à vontade, fora da tubulação. Até os mares tremem e pulam sob sua passagem.

— Seja louvado aquele que dá asas aos jumentos e que ordenha as leoas. Louvado seja aquele espírito bom e indomável que vem como um furacão a todos os presentes e para toda a populaça.

— Seja louvado o inimigo de todas as folhas murchas, das ervas daninhas e das cabeças fraudulentas; — louvado seja esse bom, selvagem e livre espírito de tempestade, que dança tanto em pântanos e aflições assim como nos prados!

— Esse que aborrece os cães doentes da gentalha consumidora, e a todos os mal constituídos, ninhada sombria. — Louvado seja esse espírito de todos os espíritos livres, o riso de tempestade, esse que assopra poeira nos olhos de todos os biliosos e negativistas!

— Vocês homens superiores, a pior coisa de vocês é que nenhum entre vocês aprendeu a dançar como se deve dançar — dançar acima de si mesmos! O que importa que vocês tenham falhado?

— Quantas coisas são ainda possíveis! Então, aprendam a rir sobretudo de si mesmos! Exaltai seus corações, bons dançarinos, ao alto! Ao superior! E não se esqueçam da boa risada!

— Esta coroa de gargalhadas, esta coroa de guirlandas de rosas: a vocês, meus irmãos, eu dedico esta coroa!

— Rindo consagrei vocês, Homens Superiores!

— Aprendam, eu rezo para que você sorria!

LXXIV. A CANÇÃO DA MELANCOLIA

I

Quando Zaratustra disse essas palavras ele estava perto da entrada de sua caverna. Mas dadas essas últimas palavras, porém, ele desapareceu da presença de seus convidados, tendo fugido um pouco ao ar livre.

— Ó aromas puros ao meu redor! — exclamou ele. — Ó silêncio abençoado ao meu redor! Mas onde estão meus animais? Aqui! Venham , aqui, minha águia e minha serpente!

— Digam-me, meus animais: esses homens superiores, todos eles lhes cheiram bem? Digam-me!

— Ó odores puros ao meu redor! Só agora eu sei e sinto como eu os amo, meus animais!

E Zaratustra disse mais uma vez: Eu amo vocês, meus animais!

Assim a águia e a serpente se juntaram ainda mais a ele quando disse essas palavras e olharam para ele. Nessa atitude, os três ficaram em silêncio juntos, cheiraram e bebericaram o bom ar um com o outro. Pois o ar aqui fora era melhor que com os homens superiores.

II

Mal Zaratustra havia deixado a caverna, o velho mago levantou-se, olhou com astúcia ao redor e disse:

— Ele se foi! E já que vocês são agora homens superiores, me permitam agradá-los com cortesia e lisonjeiro nome, como é próprio de meu espírito maligno, já a fraude e a magia me atacam, meu melancólico demônio que é um adversário ferrenho para esse Zaratustra desde o coração, perdoem-no por isso! Agora desejo evocá-lo diante de vocês, pois esta é sua hora; e em vão luto com esse espírito maligno.

— A todos vocês, quaisquer que sejam as honras que gostem de assumir em seus nomes, seja "espíritos livres" ou "conscienciosos" ou "os penitentes do espírito", ou "os irrestritos" ou "os grandes que desejam". — A todos vocês que, como eu, sofrem do grande desgosto, a quem o deus antigo morreu, e até agora nenhum deus novo está deitado em berços e envolto em faixas — a todos vocês é vindo meu espírito maligno e o demônio mágico favorito. Conheço vocês, homens superiores, eu os conheço! Conheço também esse demônio a quem amo apesar do contragosto, esse Zaratustra! Ele próprio muitas vezes me parece a bela face de um santo. E vem com um novo e estranho disfarce no qual meu espírito maligno, meu demônio da melancolia, delicia-se.

— E eu amo Zaratustra, como muitas vezes me parece, por causa do meu espírito maligno. E ele já me ataca e me compele, esse espírito de melancolia, esse diabo do crepúsculo noturno; e em verdade, homens superiores, ele tem um desejo.

— Abram seus olhos! Ele tem um desejo de comparecer nu, seja como homem ou mulher. Ainda não sei: mas vem! Vem e me constrange, infelizmente! Abram o seu juízo!

— O dia termina, e a noite chega para todas as coisas. Vem agora a noite, também para as melhores coisas. Ouçam agora, e vejam, homens superiores, que diabo — homem ou mulher — esse espírito de melancolia da noite é!

Assim falou o velho mago, olhou com astúcia à sua volta e depois pegou a sua harpa.

III

No ar límpido da noite,
Quando a chuva consoladora
Desce suavemente sobre a terra,
Invisível e silenciosa
Chega com passos leves
O orvalho suave, como tudo o que é gentil
Então, você pensa, coração desejoso,
Na vez que você teve sede
Das lágrimas do céu e de gentis orvalhos,
Chamuscado, sedento e fatigado,
Ao tempo em que caminhava na relva amarela
Olhares maliciosos do sol da tarde
Giravam ao seu redor e entre árvores sombrias,
Olhares cintilantes de sol esbraseado.
Cortejador da verdade? — você? — eles zombavam
Não! Apenas um mortal poeta!
Um animal insidioso, de rapina, rastejante,
E esse, sim, deve mentir,

Que intencionalmente, sim. Deve mentir:
Para ter espólio luxuriante,
Mascarado de muitas cores,
Disfarçando a si próprio,
Ele mesmo é o seu disfarce
— a verdade é que o corteja?
Não! Mero tolo! Mero poeta!
Apenas falando coisas diversas,
Gritando a partir de máscaras de tolo,
Girando em pontes de palavras artificiais,
Em arcos de arco-íris de mentiras,
Entre os céus espúrios
E espúrios terrenos,
Em volta de nós, vagando,
Mero tolo! Mero poeta!
Ele, o cortejador da verdade
Ainda não firme, liso ou frio,
Feito uma imagem,
Uma estátua divina,
Instalado na frente dos templos,
Como guarda da porta de Deus:
Não! Hostil a todas essas estátuas de veracidade,
Mais à vontade nos ermos desertos que nos templos,
Com a devassidão de um felino,
Através de cada janela pulando
Ligeiramente a cada chance,
Farejando em cada floresta selvagem,
Avidamente, aspirando, farejando,
Que corresse em florestas selvagens,
Entre criaturas ferozes de pelos coloridos,
Pecaminoso, sadio, belo e ligeiro,
Com lábios tremendo ansiosos,
Zombando abençoadamente,
abençoadamente infernal,
abençoadamente sedento de sangue,
Roubando, fugindo, mentindo — vagando.
Ou é como as águias que fixamente olham,
Muito além do olhar precipício,
O seu abismo, seu precipício.
Oh, como eles giram agora! Aí, aí,
Para uma profundidade cada vez maior!
Então, de repente,
Com a mira certeira,
Com voo súbito,

Em ataques contra cordeirinhos,
Violentamente abaixo, faminto,
Atacando cordeirinhos,
Feroz contra todos os espíritos de cordeiro,
Furioso, feroz contra tudo o que olha como
Ovelha, ou olhos de cordeiros, ou lã crespa,
Cinzenta, ou com bondade de cordeiro!
Assim,
Como águias, como panteras,
São os desejos do poeta,
São seus próprios desejos sob mil disfarces,
Um tolo! Um poeta!
Você que olha toda a humanidade
Como Deus, como cordeiro
Um Deus para se render a essa humanidade,
Como as ovelhas humanas,
E ao render sorrir.
Que essa seja sua bem-aventurança!
Bem-aventurança de pantera e águia!
Bem-aventurança de poeta e tolo!
No ar límpido da tarde,
Quando já a foice da lua,
Vim com o brilho purpúreo,
Insinuante e invejosa:
Inimiga do dia,
Dando cada passo em segredo,
Para as redes de rosadas guirlandas
Penduradas, até que tenham caído
A noite, desbotada, abatida
Assim eu teria tombado
Da minha própria loucura pela verdade,
Dos meus desejos ardentes,
Do dia sombrio, cansado do sol,
afundado para baixo, para as sombras
Todo queimado e sedento
por uma verdade única
Você ainda perece, você lembra, coração ardente,
Como ainda tem sede?
Que eu seja banido
Por toda a verdade dita!
Apenas um tolo!
Apenas um poeta!

LXXV. CIÊNCIA

Assim cantou o mago; e todos os presentes foram como pássaros inconscientes na rede de sua voluptuosa astúcia e melancolia. Apenas o Espírito Consciente não foi enredado; e ele imediatamente tomou a harpa do mago e gritou:

— Ar! Deixe entrar bom ar puro! Deixe entrar Zaratustra! Você faz esta caverna envenenada, sensual e sufocante, velho mágico maligno!

— Homem falsário e astuto. Você seduz, falsa e sutilmente, a desejos desconhecidos e insólitos. E, infelizmente, ai de nós que homens como você falem e se preocupem com a verdade! Se dando ares importantes.

— Ai de todos os espíritos livres que não estão em guarda contra tais mágicos! Toda liberdade se acaba quando se deixa enredar por eles; você encaminha e nos tenta de volta às nossas prisões.

— Ó velho diabo melancólico, do seu lamento soa uma atração que se assemelha àquela que, com seus elogios à castidade, secretamente convidam para a voluptuosidade!

Assim falou o Espírito Consciente; o velho mágico, no entanto, olhou em volta desfrutando seu triunfo, e por ter alcançado sucesso suportava o aborrecimento que o Consciente lhe causara.

— Cale-se! — disse ele com modesta voz — boas músicas querem ecoar bem; depois de boas músicas, deve-se apreciar longos momentos de silêncio absoluto. Assim fizeram todos os homens superiores presentes. Você, no entanto, talvez tenha entendido, mas superficialmente a minha música. Em você há pouco da magia do espírito.

— Você me elogia — respondeu o consciente — na medida em que me separa de você mesmo. Muito bem! Mas vocês, outros, o que eu vejo? Vocês ainda estão aí sentados, todos com olhos cobiçosos. Ó espíritos livres, para onde foram as suas liberdades! Vocês um tanto me parecem se assemelhar àqueles que há muito tempo olham para as meninas perdidas dançando nuas. Até as suas próprias almas eu as vejo bailar!

— Em vós, homens elevados, deve haver mais daquilo que este feiticeiro chama de seu espírito maligno de magia e engano. Devemos realmente ser diferentes. E na verdade falamos e pensamos juntos o suficiente antes que Zaratustra voltasse à sua caverna para eu ter a certeza de que somos realmente diferentes.

— Nós buscamos coisas diferentes aqui no alto. Pois eu procuro mais segurança; por essa razão vim para Zaratustra. Pois ele ainda é a torre e a vontade mais firme, enquanto tudo à nossa volta estremece; quando toda a terra treme.

— Vocês, no entanto, basta observar os olhares que vocês lançam, e percebo que vocês procuram mais insegurança, instabilidade, incertezas, mais perigo, mais terremotos.

— Me perdoem a presunção, Homens Superiores! Mas por muito tempo vejo que vocês anseiam pela pior e mais perigosa vida, aquela que mais me assusta, para a vida de animais selvagens, para bosques, cavernas, montanhas íngremes e desfiladeiros com labirintos. E vocês não são aqueles que fogem do perigo, mas aqueles que se afastam de todos os caminhos, dos enganadores. Mas se esse desejo em vocês é real, parece-me, na verdade, impossível.

— O medo — esse é o sentimento original e fundamental do homem, e através do medo tudo é explicado, pecado e virtude originais. Através do medo também cresceu minha virtude, ou seja: a Ciência.

— O medo de animais selvagens é o que há mais tempo é promovido no homem; inclusive do animal que o homem teme e esconde em si mesmo, a que Zaratustra chamaria de "a fera interior".

Esse estranho medo, finalmente se torna sutil, espiritual e intelectual; e atualmente, assim eu penso, chama-se Ciência. Assim falou o consciente; mas Zaratustra, que acabara de voltar a sua caverna e ouviu e entendeu o último discurso, lançou um punhado de rosas ao Consciente, e riu de suas "verdades".

— Por quê! — ele exclamou. — O que acabo de ouvir? Em verdade me parece que você está mesmo louco, ou então eu mesmo sou um. E calma e rapidamente irei colocar a sua "verdade" de cabeça para baixo.

— Pois que o temor é a nossa exceção. Em contrapartida, a coragem e devoção por aventuras, pelas incertezas, pelas novidades. Varonilidade parece-me a história primitiva do homem completo.

— Aos animais mais selvagens e corajosos ele invejou e deles roubou todas as virtudes; e assim somente ele se tornou homem. Essa coragem, finalmente se torna sutil, espiritual e intelectual; essa coragem humana, com asas de águia e sabedoria da serpente. Isto parece que hoje se reconhece por...

— ZARATUSTRA! — clamaram todos eles ali reunidos, como se fossem uma só voz, e irromperam ao mesmo tempo em uma grande gargalhada. Mas um deles como se fosse uma nuvem pesada. Até o Feiticeiro sorriu e disse sabiamente:

— Bem! Lá se foi meu espírito maligno! E eu mesmo não o avisei quando disse que era um fingido, um espírito mentiroso e enganador? Sobretudo quando se mostra nu. Mas o que posso fazer a respeito dos seus truques! Fui eu quem o criou e também ao mundo?

— Bem! Voltemos a ser bons e de bom ânimo novamente! E mesmo que Zaratustra nos olhe atravessado — reparem-no! Ele me tem nojo. Quando a noite chegar, ele novamente aprenderá a me amar e me louvar; ele não pode viver por muito tempo sem cometer tais loucuras.

— Ele ama seus inimigos; esta arte ele conhece melhor que qualquer um que nós temos conhecido. Mas ele sempre se vinga disso; em seus amigos!

Assim falou o velho feiticeiro, e os homens superiores o aplaudiram; de modo que Zaratustra lhes rodeava e, maliciosa e amorosamente, apertou as mãos deles, seus amigos, como alguém que deve fazer as pazes e pedir desculpas a todos por alguma coisa. Quando, no entanto, ele chegou à porta de sua caverna; novamente teve ansiedade pelos bons ares do lado de fora e por seus animais; e desejou sair.

LXXVI. ENTRE AS FILHAS DO DESERTO

I

— Não vá embora! — disse então o andarilho a quem Zaratustra chamava de Sombra — permaneça conosco, caso contrário, a velha aflição sombria poderá novamente cair sobre nós, esmagando-nos.

— O Velho Feiticeiro nos profetizou sobre o pior para o nosso bem, e eis! O bom e piedoso Papa tem lágrimas nos olhos e já tomou embarcação no mar da melancolia.

— Esses reis podem muito bem colocar bons rostos diante de nós ainda, pois eles, melhor que nós, aprenderam essa arte! Se eles não tivessem ninguém que os visse para denunciá-los, eu aposto que começariam de novo esta encenação.

— A má peça de negras nuvens flutuantes, de melancolia úmida, de nublados céus, de sóis roubados, ventos uivantes de outono... Os maus lances do nosso uivar e chorar por ajuda! Permaneça conosco, ó Zaratustra! Aqui há muita miséria oculta que deseja falar, muita tarde, muita nuvem, muito ar úmido!

— Você nos nutriu com alimento forte para os homens e provérbios poderosos; não deixe que os espíritos fracos e femininos nos ataquem de novo à hora da sobremesa.

— Você sozinho faz o ambiente à sua volta ser forte e puro! Por acaso nós já encontramos em qualquer lugar da terra um ar tão bom como quando consigo em sua caverna?

— Muitas terras eu já vi, meu nariz aprendeu a testar e estimar muitos tipos de ar; mas com você minhas narinas provam seu maior prazer! A menos que seja... a menos que seja, perdoe-me uma lembrança antiga! Me perdoe uma velha música depois do jantar, que uma vez compus entre as filhas do deserto.

— Pois com elas havia um ar de Oriente, igualmente bom e claro; lá estava eu mais distante da nebulosa, úmida e melancólica Velha Europa!

— Eu então amei essas donzelas orientais e outros reinos azuis do céu, sobre os quais não há nuvens nem pensamentos.

— Vocês não acreditariam o quão charmosamente elas se sentavam quando não dançavam. Profundas, mas sem pensamentos, como pequenos segredos, como enigmas, como nozes de sobremesa, coloridas e unicamente singulares é verdade, mas sem nuvens; enigmas que podem ser decifrados. E para agradar a essas donzelas, compus um salmo após o jantar.

Assim falou o andarilho que se chamava a Sombra de Zaratustra; e antes que alguém lhe impedisse, ele tomou a harpa do Velho Feiticeiro, cruzou as pernas, e olhou calma e sabiamente ao seu redor. Com as narinas, no entanto, ele inalou o ar de forma lenta e interrogativa como alguém que, se estivesse em outro país, provaria novo ar estrangeiro para dele relembrar em ocasiões especiais. Depois começou a cantar com uma voz que mais parecia um rugido.

II

OS DESERTOS CRESCEM: AI DAQUELES QUE DESERTOS OCULTAM!

— Ha! Solene!
Em realidade, muito solene!
Um começo digno!
Solenemente Africano!
Digno de um leão,
Ou de um virtuoso uivador.
— Mas para vocês não é nada,
Vocês donzelas queridas,
A cujos pés, a mim,
Um europeu
é dada a primeira oportunidade
de assento sob as palmeiras
Maravilhosamente, é verdade!
Aqui estou eu sentado agora,
O deserto está próximo, e ao mesmo tempo
Tão longe ainda do deserto estou,
E sou absorvido
Por esse pequeno oásis:
Sua boca ele abriu bocejando,
Sua boca mais linda, aberta;
a mais doce de todas as bocas:
Então eu caí direto,
Bem abaixo, direto — em vocês,
Vocês donzelas amigáveis amadas!
Saudação! Saudação! Àquela baleia,
Que tão bem trata de seus hóspedes
Torna as coisas legais!
— (vocês bem sabem a alusão que aqui faço?)
Salve o seu ventre,
Se ele tiver sido
Uma barriga-oásis tão agradável
Assim dizem; e embora eu duvide,
Por ter vindo da Velha Europa,
E essa dúvida é mais incrédula
que qualquer mulher casada.
Que o Senhor melhore isso!
Amém!
Aqui estou eu sentado,

Neste pequeno oásis,
Como uma tâmara,
Fruto castanho, muito doce,
A gotejar em ouro,
Desejando a boca arredondada de uma garota,
Mais ainda das jovens, donzelas,
Frios e brancos como a neve, cortante
Dentes caninos que mordem
Sedentos os corações de todas as tâmaras ferventes.
Semelhante, muito semelhante,
Às frutas do sul ali nomeadas,
Eu me deito aqui; e pouco a pouco
Cercado por besouros voadores
Farejando e brincando,
Assim como de ainda menores,
Bobos e pecaminosos
Desejos e fantasias,
Envolvido por vocês,
Silenciosas e apreensivas
Bichinhas e donzelas,
Duda e Zuleika,
Cercado por Esfinges!
É como posso descrever
Em uma palavra
Muitos sentimentos
(Perdoe-me, ó Deus,
Toda essa linguagem pecaminosa!)
Aqui me sento, farejando o melhor do ar,
Ar paradisíaco, verdadeiramente,
Ar brilhante e flutuante, com listras douradas,
Tão bom como jamais
Caíra da órbita lunar
Teria sido por acaso,
Ou apenas por arrogância?
Como relatam os poetas antigos.
Mas duvidoso, eu agora ponho
Em questão. Pois venho de fora
Venho da Europa,
Essa dúvida a mim é mais ansiosa
Que uma mulher casada.
Que o Senhor corrija isso!
Amém.
A beber este ar belíssimo,
Com narinas inchadas como taças,
Sem futuro, sem lembranças

Assim eu me sento aqui, entre vocês
Donzelas amigáveis queridas,
E olho para aquela palmeira ali,
Que a mim é como uma dançarina,
Ela se curva e se dobra e
Seus quadris se contorcem,
Também nós fazemos igual, quando
a olhamos por muito tempo!
Tal como uma dançarina, que, como me parece,
Que por tempo muito longo,
Sempre, em apenas uma única perna ficou?
Então ela se esqueceu, como me parece,
Que tem a outra perna?
Em vão, ao menos,
Procuro um erro
Em joia gêmea
Ou seja, a outra perna
Nos distritos sagrados,
De sua graciosíssima, harmoniosíssima,
Agitada e tremulante saia em leque.
Sim, se queres, belas amigas,
Acreditem em minha palavra:
Ela a perdeu, infelizmente!
Perdeu!
Hu! Hu! Hu! Hu! Hu!
Está longe!
Foi-se para muito longe!
A outra perna!
Oh, que pena por essa outra perna mais linda!
Onde estará ela, chorando e deixada?
A perna mais solitária?
Com medo, talvez diante de um
Animal furioso, loiro, amarelo e enrolado
Monstro Leão? Ou talvez até
Destroçado e roído
Muito miserável, lamentável!
Lamentável! Mordiscado, roído!
Oh, não chorem,
Espíritos gentis!
Não chorem, ó
Espíritos de tâmaras! Peitos de leite!
Saquinhos de doces, corações doces
Não chore mais,
Pálida Duda!
Tenha coragem, Zuleika!
Coragem! Coragem!

Ou seria este o lugar
Para algo fortalecedor,
Fortalecedor do coração,
Aqui é o mais apropriado?
A algum texto inspirador?
Alguma exortação solene?
Ha! Avante! Honra!
Honra moral! Honra europeia!
Sopre novamente, sopre,
Fole da virtude!
Ha!
Ruja mais uma vez,
Teu rugido moral!
Como um leão virtuoso
Ruja diante das filhas dos desertos!
Pois o rugir da virtude,
Ó, muito queridas donzelas,
É mais que
Todo fervor europeu,
Toda fome europeia!
E agora eu estou aqui,
Como um europeu,
Não posso agir diferente,
De um europeu!
Venha a ajuda de Deus para mim!
Amém!

OS DESERTOS CRESCEM: AI DAQUELES QUE OS ESCONDEM!

LXXVII. O DESPERTAR

I

Depois do canto do Andarilho e da Sombra, a caverna ficou ao mesmo tempo cheia de agitação e risos; os convidados reunidos todos falaram ao mesmo tempo, e até o Jumento, incentivado pela animação, não mais permaneceu silencioso.

Zaratustra sentiu um pouco de aversão e desprezo por seus visitantes, embora ele se alegrasse com a euforia deles. Pois isso lhe parecia um sinal de que estavam convalescentes. Então ele foi ao ar livre e falou aos seus animais.

— Onde estaria a angústia deles agora? — disse ele, e já ele próprio sentia-se aliviado de seu pequeno desgosto — parece que comigo eles desaprenderam a pedir socorro! Mas infelizmente ainda não desaprenderam a gritar!

E Zaratustra cobriu seus ouvidos, porque naquele momento o “Ilõõõnn” do jumento se misturou estranhamente ao barulhento júbilo daqueles homens superiores.

— Eles estão alegres! — ele começou novamente — e quem sabe, talvez à custa de seu anfitrião; embora tenham aprendido a rir comigo, ainda não é o meu riso que eles aprenderam.

— Mas o que isso importa? São já velhos; e se curam à sua maneira, eles riem do seu jeito; meus ouvidos já sofreram coisa pior e não se irritaram por isso.

— Este dia é uma vitória! Já rende e se retira o Espírito de Gravidade, meu velho arqui-inimigo! Que bênção este dia estar prestes a terminar bem, nisto que começou tão mal e sombrio!

— E ele quer terminar! Já vem o crepúsculo; atravessa o oceano a cavalo, um bom cavaleiro! Como balança, o abençoado! Ele que retorna ao seu lar, em suas selas púrpuras! O céu brilha sobre ele, o mundo jaz profundamente. Oh, todos os estranhos que vieram até mim, já vale a pena viver comigo!

Assim falou Zaratustra.

E novamente vieram os gritos e risadas dos homens superiores que na caverna ainda se alegravam. Zaratustra continuou:

— Eles mordem a minha isca; deles se apartam o inimigo, o espírito da gravidade. Agora eles aprendem a rir de si mesmos: eu ouço corretamente?

— Minha comida viril e minhas palavras fortes e salgadas tomam efeito; e em verdade eu não os alimentei com vegetais flatulentos, mas com comida de guerreiro, com comida conquistadora! Novos desejos eu despertei neles.

— Novas esperanças eles têm em seus braços e pernas; seus corações se expandiram. Eles acham novas palavras, em breve seus espíritos respirarão devaneios. Esses alimentos certamente não são adequados a crianças, nem mesmo aos anseios de mulheres frágeis. A pessoa acostuma suas entranhas de outra maneira; eu não sou médico ou professor deles.

— O desgosto se afasta desses homens superiores! Bem, essa é a minha vitória. No meu domínio eles se tornaram seguros; toda vergonha estúpida agora foge; eles se esvaziam e também seus corações; os bons tempos retornam a eles, descansam e ruminam — tornaram-se gratos.

— Vejo isso como o melhor sinal: eles ficaram agradecidos. Não tardará e eles conceberão festivais e construirão memoriais para suas antigas alegrias.

São convalescentes!

Assim falou Zaratustra com alegria em seu coração e olhava para fora. Seus animais encostaram-se a ele e o honraram por sua felicidade e silêncio.

II

De repente, porém, o ouvido de Zaratustra ficou assustado: pois a caverna até então cheia de agitação e riso tornou-se silenciosa como a morte; — seu olfato, no entanto, percebia o vapor de perfume doce e odor de incenso, como se estivessem torrando pinhas.

— O que acontece? O que estarão fazendo? — ele se perguntou, e foi até a entrada de forma que os via sem ser visto. Mas só maravilha após maravilha! O que viram então seus olhos?

— Todos se tornaram religiosos novamente? Rezam, estão loucos? — disse ele, e ficou surpreso ao extremo. Pois todos os Homens Superiores, os dois Reis, o Papa aposentado, o Feiticeiro do mal, o Mendigo voluntário, o Andarilho e a Sombra, o Velho Profeta, o Consciente e o Homem mais Feio — todos estavam ajoelhados como crianças e velhas crédulas, e adoravam ao Jumento.

E então começou o Homem mais Feio a soprar. E ele tentava, como se algo indizível buscasse expressar; e quando ele encontrou palavras: era uma ladainha estranha e piedosa em louvor ao ilustre adorado Jumento. E a ladainha soava assim:

Amém!
Glória e honra e sabedoria e louvor e força ao nosso deus, de eternidade a eternidade!
E o Jumento zurrava: — IIõõõõnnn!

Ele carrega nossos fardos, ele assumiu a forma de servo, ele é paciente de coração e nunca se nega; e quem ama seu deus ele o castiga.
E o Jumento zurrava: — IIõõõõnnn!

Ele não fala: a não ser que sempre diga sim ao mundo que criou. Assim ele exalta seu mundo. É sua astúcia não falar: por isso nunca é encontrado errado.
E o Jumento zurrava: — IIõõõõnnn!

Ignorado ele passou pelo mundo. Cinza é a cor que encobre sua virtude parda. Se tem espírito, o esconde; mas todos que o creem acreditam em suas longas orelhas.
E o Jumento zurrava: — IIõõõõnnn!

Que oculto saber é usar orelhas compridas, e sempre dizer Sim e nunca Não! Não criou o mundo à sua própria imagem? Ou seja, tão estúpido quanto possível?
E o Jumento zurrava: — IIõõõõnnn!

Você segue caminhos direitos e tortuosos; aquele que parece reto ou torto para nós, homens, pouco importa. Além do bem e do mal está o seu domínio. A sua inocência é não conhecer a inocência.
E o Jumento zurrava: — IIõõõõnnn!

Oh! Você não desprezas, nem mendigos nem reis. Permite que crianças venham a você, e quando os velhacos o querem tentar, você simplesmente diz: — IIõõõõnnn!
E o Jumento zurrava: — IIõõõõnnn!

Você ama as jumentas e os doces figos frescos, mas não exige boa mesa. Um cardo o alegra as entranhas quando tem fome. Nisto reside a sabedoria de um Deus.
E o Jumento zurrava: — IIõõõõnnn!

LXXVIII. O FESTIVAL DO JUMENTO

I

Nesse momento da ladainha Zaratustra não pôde mais se controlar; ele mesmo gritou "Iiõõõõnnn!" mais alto que o jumento, e saltou no meio de seus desvairados convidados.

— O que vocês têm, filhos dos homens? — exclamou tentando os colocar de pé. — Infelizmente, se mais alguém, exceto Zaratustra, visse vocês; pensaria que vocês são os piores blasfemos ou velhas insensatas em sua nova fé!

— E você mesmo, Papa velho, está de acordo com isso? Você adora a um asno como sendo seu Deus?

— Ó Zaratustra! — respondeu o Papa. — perdoe-me, mas nos assuntos divinos eu sou mais iluminado que você. E é certo que assim seja! Melhor adorar a Deus desta forma que sob nenhuma forma! Reflita nisto, meu exaltado amigo! Você em breve será iluminado e verá que em tal ato há sabedoria. Aquele que disse "Deus é um Espírito" deu passo longo e escorregou até agora na direção da descrença. Esse ditado dificilmente será alterado na terra!

— Meu velho coração salta e se alegra, pois descobre que ainda há algo a ser adoro na terra. Perdoa, ó Zaratustra, a um velho e piedoso coração pontífice!

— E Vocês? — disse Zaratustra ao Andarilho e à Sombra — vocês chamam e pensam que são espíritos livres? E você que aqui pratica tais idolatrias e palhaçadas? Você faz pior, na verdade, que com suas más raparigas, más noviças e más crentes!"

— É verdade! — responderam o Andarilho e a Sombra — Você está certo: mas como posso ajudar? O Deus antigo vive novamente, ó Zaratustra, diga e pense o que quiser.

— O Homem mais Feio é o culpado de tudo: ele o ressuscitou. E se ele diz que o matou certa vez; a morte entre os deuses é apenas um preconceito.

— E você? — disse Zaratustra — Você, mau e velho Feiticeiro, o que você fez? Quem mais deveria acreditar em você nestes tempos livres, quando desejou acreditar em tal burocracia divina?

— Foi uma estupidez o que você fez. Como pôde, um homem astuto, fazer coisa tão estúpida?

— Ó Zaratustra! — respondeu o Feiticeiro astuto — Você está certo; foi um ato mesmo estúpido e também repugnante até a mim.

— E você mesmo — disse Zaratustra ao espiritualmente Consciente. — Considere e ponha a mão na consciência! Nada vai contra a sua consciência aqui? O seu espírito não é muito limpo para estas adorações e para a presunção desses devotos?

— Há algo mais aí! — disse o espiritualmente Consciente, enquanto colocava o dedo no nariz — há algo neste espetáculo que até faz bem à minha consciência. Talvez não me seja permitido crer em Deus. E certo é que, nesta forma, Deus me parece mais digno de fé. Diz-se que Deus é eterno, conforme testemunham os mais piedosos: não tem pressa quem tem tanto tempo disponível. Tão lento e estúpido quanto possível, assim esta pessoa pode ir muito mais longe.

— E quem tem muito espírito pode bem enamorar-se da estupidez e da loucura. Pense em si mesmo, ó Zaratustra! Você mesmo, em verdade! Até você poderia se tornar um asno pela superabundância de sabedoria. O verdadeiro sábio não anda de bom grado nos caminhos tortuosos? As evidências assim ensinam, Zaratustra, suas próprias evidências!

— E você, finalmente. — disse Zaratustra, virando-se ao Homem mais Feio, que ainda deitado ao chão esticava os braços ao Jumento (pois o dava vinho a beber). — Diga, indescritível, o que você fez? Você me parece transformado, seus olhos brilham e um manto sublime encobre sua fealdade: o que fizeste? — Então é verdade o que dizem, que você o ressuscitou? E por quê? Não teve boas razões para ser morto e descartado? Você me parecia bem desperto: o que aconteceu? Por que você se converteu? Fala, seu indescritível!

— Ó Zaratustra. — respondeu o homem mais feio. — Você é um trapaceiro! Se ele ainda vive, ou reviveu, ou está morto — qual de nós saberia o que é melhor? Eu lhe pergunto. Uma coisa, porém, eu sei; com você mesmo eu aprendi certa vez, ó Zaratustra: quem quer matar mais profundamente: sorri! — Não pela ira, mas pelo riso se assassina alguém. Assim você ensinava algum tempo atrás. Ó Zaratustra! Escondeu um assassino sem ira, um perigoso santo. Você é um trapaceiro!

II

Espantado com as respostas trapaceiras de seus convidados, Zaratustra pulou de volta para a entrada de sua caverna e falou a todos os convidados com voz forte:

— Vocês todos, Bufões e Palhaços! Por que são dissimulados e falsários diante de mim? Como o coração de todos vocês se acelerou pela maldade e o prazer de enganar, porque vocês afinal haviam se tornado como crianças, piedosas. Vocês chegaram a ser como as crianças, uniram suas mãos e oraram de joelhos dobrados dizendo "meu bom deus"! Mas agora saiam, deste berçário, que é a minha própria caverna, onde hoje todos vocês continuam em infantilidade. Mortifiquem essa sua vontade de criança agitada e tumultuosa em seus corações para terem a certeza de que, a menos que vocês se tornem uma criança, não entrarão naquele reino dos céus.

E dizendo assim Zaratustra apontava ao alto com as mãos.

— Mas não queremos entrar no reino dos céus!

— Queremos nos tornar homens!

— Queremos o Reino da Terra!

III

Voltando mais uma vez ao uso da palavra, Zaratustra disse:

— Ó meus novos amigos! Vocês, estranhos, homens superiores, quão bem agora me agradam. Desde que vocês se tornaram novamente alegres! Em verdade, todos vocês floresceram: parecem-me que, para flores como você, são necessários novos festivais, uma loucura conveniente, um culto e uma festança ao Divino Asno, um velho alegre e paranoico ao tipo de Zaratustra, algum furacão que com seu sopro faça explodir suas almas.

— Não esqueçam esta noite e este festival do Jumento, homens superiores! Isso vocês idealizaram enquanto estavam aqui comigo, e estas coisas eu tomo como bom sinal profético; pois tais coisas apenas os convalescentes inventam!

— E vocês devem celebrá-lo novamente, esse festival do asno, façam com amor a façam-o também por amor a mim! E em memória de mim!

Assim falou Zaratustra.

LXXIX. A CANÇÃO DA EMBRIAGUEZ

I

Um após o outro todos haviam saído da caverna para o ar livre e estavam na noite fria e silenciosa. O próprio Zaratustra, liderou o Homem mais Feio pela mão, para lhe mostrar seu mundo noturno e a grande e redonda lua e também a cascata prateada que cai perto de sua caverna. Lá estavam todos eles, um ao lado do outro, todos eles idosos, mas em conforto, coragem nos corações, e surpresos em si mesmos e de como tão bem se encontravam com a terra. Os mistérios da noite, porém, atingiram cada vez mais fundo seus corações. E novamente Zaratustra pensou consigo mesmo:

— Oh, como está agradável agora a companhia destes homens superiores! — mas ele não disse isso em alta voz, pois respeitava a felicidade e o silêncio deles.

Naquele momento porém, aconteceu algo espantoso entre os espantosos fatos daquele longo dia: o Homem mais Feio começou mais uma vez e, pela última vez, a gorgolejar e bufar, e quando ele finalmente encontrou expressão, eis que surgiu uma pergunta clara e redonda de sua boca; uma boa, profunda e clara pergunta, que emocionou os corações de todos que a ouviram.

— Meus amigos, todos vocês! — disse o Homem mais Feio — o que vocês acham? Graças a esta singular data, me encontro pela primeira vez satisfeito por ter vivido toda a minha vida. E este meu testemunho ainda não é suficiente a mim. Vale sim, a pena viver na terra; um dia, um festival com Zaratustra, que nos ensinou a amar a terra. "Esta era a vida?" — direi até a morte. — Bem! Mais uma vez! Meus amigos, o que vocês acham? Como vocês, não dirão morte: "Foi aquela a vida? Pelo bem de Zaratustra! Mais uma vez!"

Assim falou o Homem mais Feio. Não era, porém, longe da meia-noite. E o que aconteceu então, vocês acham? Assim que os homens superiores ouviram sua pergunta, todos se tornaram conscientes de sua transformação e sua convalescença e daquele que fora o motivador disso. E foram a Zaratustra, agradecendo, honrando, acariciando e beijando-o em suas mãos; cada um à sua maneira peculiar; de modo que alguns riram e outros choraram. O velho Profeta dançava de prazer; e embora ele estivesse, como alguns cronistas supõem, cheio de vinho doce, ele certamente ainda estava mais cheio de vida doce e renunciara a todo o cansaço. Existe até quem narre que o Jumento então dançava; pois não fora em vão que o Homem mais Feio que lhe tinha dado vinho a beber. Esse pode ser assim o caso ou pode ser de outra forma; e se na verdade o Jumento não dançou naquela noite, no entanto, aconteceram maravilhas maiores e mais raras que a dança de um burro teria sido. Em resumo, como diz o provérbio de Zaratustra:

"O que isso importa!"

II

Quando, porém, isso aconteceu com o Homem mais Feio, Zaratustra ficou estupefato como um bêbado: seu olhar embotou, sua língua travou e seus pés vacilaram. E quem poderia adivinhar quais pensamentos se passavam na alma de Zaratustra? Aparentemente, no entanto, seu espírito recuou e fugiu, avançava e estava em distâncias remotas, é como se estivesse "vagando em altas cordilheiras", (como está escrito) e entre dois mares caminhasse entre o passado e o futuro como uma nuvem pesada.

Enquanto os homens superiores o ajudavam amparando seus braços, ele voltou a si, e resistiu ao apoio de seus convidados; mas não falava nada. De repente, porém, ele virou seu cabeça, pois parecia ouvir algo. Então apoiou o dedo nos lábios e disse:

— Venham!

Imediatamente tudo ficou tranquilo e silencioso à sua volta; mas das profundezas surgia um lento som de campainha. Zaratustra apurou o ouvido, assim como os homens superiores. Depois colocou novamente os dedos nos lábios e disse:

— Venham! Se aproxima a Meia-Noite!

E sua voz estava mudada. Ele, no entanto, continuava na mesma posição. Então tudo ficou ainda mais silencioso e misterioso, e todos apuravam os ouvidos, até o Jumento, assim como os nobres animais de Zaratustra, a águia e a serpente; e até a caverna e a lúgubre lua, acompanhada da fria noite.

Mas Zaratustra levou o dedo aos lábios pela terceira vez e falou:

— Venham! Venham! Vamos agora caminhar! É chegada a hora; vamos caminhar na noite.

III

— Homens superiores, aproxima-se a meia-noite; desejo dizer algo aos seus ouvidos como me disse aquele antigo sino. Com o mesmo segredo, curiosidade e espanto com que me falou aquele sino da meia-noite. Ele pois, é muito mais experiente que qualquer homem — cantou já os sofrimentos e palpitações dos corações de seus pais. — Ah! ah! Como ela suspira! Como sorri em sonho! A velha, meia-noite profunda!

— Silêncio! Silêncio! Há, então, muitas coisas ouvidas agora que não podem ser ouvidas durante o dia. Agora no entanto, no ar frio, quando até mesmo o tumulto de seus corações permanece imóvel. — Agora ela fala, agora é ouvida, agora ela rouba em vigília, almas noturnas: Ah! Ah! Como a meia-noite suspira! Como ela sorri em seu sonho!

— Vocês não ouvem a fala misteriosa, assustadora e cordial da velha e profunda meia-noite?

— Ó homens, prestem atenção!

IV

— Ai de mim! O que ocorreu ao tempo? Não me esvaí em poços profundos? O mundo dorme. Ah! Ah! Os cães uivam, a lua brilha. Antes morrer, sim; que dizer--lhes o que agora pensa o meu coração de meia-noite.

— Eu já morri. Está tudo acabado. Aranha, por que teces à minha volta? Desejas sangue? Ah! O orvalho cai e a hora vem! Chega a hora em que eu esfrio e congelo; a hora que pergunto e me pergunto em repetidas vezes: — Quem teria coragem para tal ofício? Quem deverá ser o mestre do mundo? Quem dirá: vocês precisam assim correr, grandes e pequenos riachos!

— A hora se aproxima! Animem-se os seus cérebros, ó homens superiores! Fiquem atentos! Essa conversa é para ouvidos finos, para os seus ouvidos.

— O que diz a profunda voz da Meia-Noite?

V

— Sou raptado para longe, minha alma dança. O trabalho diário! O trabalho diário! Quem deveria ser o mestre do mundo?

A lua está gélida, o vento está calmo. Ah! Ah! Vocês já voaram alto o suficiente? Vocês dançaram; mas uma perna não é uma asa.

Vocês, bons dançarinos, agora todo o prazer se acabou; o vinho tornou-se em borras, cada taça está fragilizada, os sepulcros murmuram.

Vocês não voaram alto o suficiente; agora os sepulcros murmuram: Libertem os mortos! Por que é tão longa noite? A lua não nos deixa bêbados?

Vocês, Homens Superiores, libertem os sepulcros, despertem os cadáveres! Ah, por que o verme ainda escava? Eis que chega, chega, a hora.

Estrondeia o sino no campanário, vibra ainda o coração, escava ainda o verme na madeira, o verme do coração.

— Ah! Ah! Este mundo é tão profundo!

VI

— Doce lira! Doce lira! Eu amo o seu tom, o seu tom bêbado e anuro! Por quanto tempo chegou até mim o seu tom, de que distância, desde as lagoas de amor!

Você velha campainha, doce lira! Toda dor rasgou seu coração, dor dos pais, dor do avós, dor dos antepassados; seu discurso se tornou maduro.

Maduro como o outono e suas tardes douradas, como o meu coração de anacoreta — agora diz: o próprio mundo amadureceu, as uvas se apodrecem.

Agora deseja morrer, morrer de felicidade. Vocês, Homens Superiores, não sentem? Surge misteriosamente um odor, um perfume e cheiro da eternidade, um perfume de vinho rosado e dourado da velha felicidade.

De felicidade pela ébria morte da meia-noite, que canta: o mundo é profundo, e mais profundo que o dia poderia ser!

VII

— Me deixe! Me deixe em paz! Eu sou muito puro para você. Não me toque! O meu mundo não se fez perfeito agora? Minha pele é muito pura para as suas mãos? Deixe-me em paz, tolo, idiota, e sombrio dia estúpido! A meia-noite não é mais brilhante?

Os puros são os senhores do mundo, os menos conhecidos, os mais fortes, as almas da meia-noite. Essas que são mais brilhantes e mais profundas que qualquer dia.

Ó dia, você apalpa por minha procura? Você busca a minha felicidade? Para você sou eu rico, solitário, um poço do tesouro, uma câmara de ouro?

Ó mundo, você me quer? Me assemelho a mundano? Espiritual para você? Divino? Mas ó dia e mundo, vocês são muito grosseiros.

Procure ter mãos mais sábias, busque uma felicidade mais profunda, depois uma profunda infelicidade, agarre-se a algum deus; não firme depois de mim: minha infelicidade, minha felicidade é bem profunda, dia único, mas ainda não sou um deus, e menos ainda um inferno de deus.

Profunda é a sua dor!

VIII

— A angústia de Deus é mais profunda, mundo obscuro! Agarre-se ao sofrimento de deus, não ao meu! O que eu sou?

Uma lira doce e bêbada. Uma lira da meia-noite, um sino gritante para falar até aos surdos, uma voz que ninguém entende, homens mais elevados! Pois não me entendem!

Fato! Isto é fato! Ó juventude! Ó meio-dia! Ó tarde! Agora me chegam o crepúsculo, a noite e a meia-noite; o cão uiva, o vento...

Não será o cão um vento? Ele lamenta, late, ladra, uiva, uiva a meia-noite.

Ah! Ah! Como ela suspira! Como ela ri, como chia e arfa, a meia-noite!

Como agora ela fala com sobriedade, essa poetisa bêbada! Ela talvez tenha bebido além da embriaguez? Ficou ela acordada? Ela ruminou?

A profunda e idosa meia-noite processa em sonhos a sua dor e mais ainda sua satisfação. Porque se a dor é profunda, a alegria tem ainda maior profundidade que o sofrimento!

IX

— Você videira! Por que me elogia? Não a cortei? Eu sou cruel, você sangra. O que significa o seu louvor à minha crueldade bêbada?

Tudo o que se tornou perfeito, tudo que amadurece — deseja morrer! — Você diz. Abençoado, abençoado seja o cutelo do viticultor! Mas tudo que é imaturo quer viver: infelizmente!

Portanto! Vá! Vá embora, dor! — Mas tudo o que sofre quer viver, para que se torne maduro, vivo e ansioso; mais distante, mais alto, mais luminoso...

Eu quero herdeiros! — diz então tudo o que sofre: Quero filhos, não quero a mim mesmo!

A alegria, no entanto, não quer herdeiros, não quer filhos; a alegria quer ela mesma, deseja a eternidade, quer a recorrência, deseja tudo eternamente como ela mesmo.

A dor diz: Quebre, sangre coração! Ande, perna! E você asa voe, voe!

Avante! Ao alto! Você dor! Bem! Animem-se!

Ó meu velho coração!

A dor diz:

Passa!

X

— Vocês Homens Superiores, o que pensam? Sou eu um profeta? Ou um sonhador? Ou um bêbado? Ou um leitor de sonhos? Ou um sino da meia-noite? Ou uma gota de orvalho? Ou uma névoa ou perfume da eternidade? Não ouvem? Não sentem o cheiro? Agora mesmo meu mundo se tornou perfeito, a meia-noite também é meio-dia.

A dor também é uma alegria, a maldição também é uma bênção, a noite também é um sol — Vão embora, ou vocês aprenderão que um sábio é também um tolo.

Sempre disseram sim a uma alegria? Ó meus amigos, então também disseram sim a todo sofrimento e dor. Todas as coisas estão enlaçadas, enoveladas e enamoradas.

Acaso quiseram que algo viesse duas vezes, em vez de uma? Se algum dia vocês disseram: "Você me agrada, felicidade! Um instante! Um momento! Então desejaram que todos voltassem novamente!

Tudo de novo, tudo eterno, tudo enlaçado, encadeado e enamorado.

Oh, então amam o mundo! Vocês eternos, vocês o amam eternamente e sempre; e também agora, à dor digam:

— Vá! Mas volte!

Para as alegrias todos querem a eternidade!

XI

Toda alegria quer a eternidade de todas as coisas, deseja mel, almeja borrasca, quer meia-noite ébria, deseja sepulturas, almeja consolo das lágrimas, quer ouro dourado da noite...

O que a alegria não quer? Ela é a mais sedenta, mais afetuosa, mais faminta, mais tenebrosa, mais misteriosa que toda dor. Quer a si mesma, morde em si mesma, a vontade do anel se contorce nela.

Quer amor, quer ódio, é rica demais, concede, joga fora, implora que alguém a receba, agradece ao tomador, se agrada em ser odiada.

Tão rica é a alegria que tem sede de aflição, de inferno, de ódio, de vergonha, dos coxos, do mundo; pois esse mundo, oh, vocês o conhecem de fato!

Ó, Homens Superiores, por vocês anela o tempo, essa alegria, essa irreprimível, abençoada alegria; por sua aflição, seus fracassos! Por falhas, almeja toda a alegria eterna.

Pois toda alegria quer a si mesmo! E por isso também deseja o pesar! Ó felicidade! Ó dor! Quebrem-se, corações! Vocês homens superiores, aprendam, que as alegrias querem a eternidade.

O prazer quer a eternidade de todas as coisas, ele deseja profunda e profunda eternidade!

XII

Vocês aprendem minha composição? Descobriram o que significa? Bem! Animem-se! Vocês homens superiores, cantem agora esta minha cantoria! Cantem agora a música, cujo nome é "Mais uma vez", e cujo significado é "Por Toda a Eternidade!"

— Cantem, homens superiores, entoem o cântico de Zaratustra!

Ó homem! Excite seu cérebro!
O que diz a profunda voz da meia-noite?
Eu dormi meu sono! Tenho Dormido!
De um sono bem profundo eu acordei, e suplico:
O mundo é profundo; e mais profundo
que o dia poderia saber.
Profunda é a sua dor,
E a alegria é mais profunda que o sofrimento.
A dor diz: Passa! Vá além!
Mas todas as alegrias desejam eternidade,
Desejam eternidade perenes e profundas!

LXXX. O SINAL

Na manhã seguinte, Zaratustra saltou de sua cama, e tendo cingido seu cinto, saiu de sua caverna enérgico e vibrante, como se brilhasse forte, tal qual um sol da manhã saindo de montanhas sombrias.

— Ó grande estrela! — disse ele, como havia falado uma vez antes — você olho profundo de felicidade, qual seria toda essa sua felicidade se você não tivesse aqueles por quem brilha? E se eles permanecessem em seus aposentos enquanto você já está acordado a brilhar, honesto, doador e distribuidor. Como sua modéstia orgulhosa o censuraria por isso? Bem! Eles ainda dormem, esses homens superiores. Enquanto eu estou acordado, eles não são meus companheiros adequados! Não é por eles que espero aqui nas minhas montanhas.

— Quero iniciar os meus trabalhos, o meu dia; mas eles não entendem quais são os sinais da minha aurora. O meu passo não é para eles o chamado do despertar.

Eles ainda dormem em minha caverna; o sono deles ainda bebe a minha canção da embriaguez. Aos seus corpos ainda faltam membros obedientes, ouvidos obedientes!

Isso fez Zaratustra falar ao seu coração quando o sol nasceu; depois ele olhou e perguntou ao ar, pois ouviu acima dele o agudo chamado de sua águia.

— Bem! — falou olhando para o alto — assim é agradável e apropriado para mim. Os meus animais estão acordados, porque eu estou acordado. A minha águia está acordada e, como eu, honra o sol. Com garras de águia ela agarra a nova luz. Vocês são meus animais adequados. Eu os amo! Mas ainda não tenho meus homens adequados!

Assim falou Zaratustra; e então, aconteceu que de repente ele percebeu que estava em alvoroço e agitação, como se estivesse rodeado por inúmeros pássaros, o ruflar de tantas asas e o amontoar-se em torno de sua cabeça eram tão grandes que ele fechou os olhos. E na verdade, desceu sobre ele como uma nuvem, como uma nuvem de flechas que se derramam sobre um novo inimigo. Mas não; eis que agora havia uma nuvem de amor que descia sobre um amigo novo.

— O que acontece comigo? — pensou Zaratustra em seu coração atônito, e sentou-se lentamente na grande pedra que ficava perto da saída de sua caverna. Mas enquanto ele se protegia agitando as mãos, ao redor dele, acima dele e abaixo dele, a repelir os delicados pássaros, eis que então aconteceu algo ainda mais extraordinário; pois ele tocou, sem perceber em uma massa de cabelos grossos, quentes e desgrenhados. Ao mesmo tempo, diante dele um rugido — um rugido longo e suave de leão. — O sinal chega! — disse Zaratustra, e uma mudança tomou conta de seu coração.

Na verdade, quando tudo clareou diante dele, havia um ruivo e poderoso animal a seus pés, apoiando a cabeça em seus joelhos; e não queria deixá-lo por amor, a fazer como um cão que novamente encontra seu velho mestre. As pombas, no entanto, não estavam menos ansiosas que o leão em demonstrar amor; e sempre que alguma pomba lhe esbarrava ao nariz fazendo cócegas, o leão balançava a cabeça e agitava rindo.

Quando tudo isso aconteceu, Zaratustra falou apenas uma palavra:

— Meus filhos estão perto! Meus filhos! — então ele ficou mudo. Seu coração, no entanto, estava solto, e de seus olhos caíam lágrimas sobre suas mãos. E ele não prestou mais atenção em nada, mas ficou sentado imóvel, sem ainda repelir os animais. Então voavam as pombas para lá e para cá, e pousavam em seu ombro, acariciavam seus cabelos brancos e não se cansavam de sua ternura e alegria. O leão forte sempre lambia as lágrimas que caíam nas mãos de Zaratustra, rugia e rosnava timidamente. Assim faziam esses animais.

Tudo isso continuou por muito tempo ou pouco tempo: para falar corretamente, não há tempo na terra para tais coisas. Entretanto, os homens mais altos haviam despertado na caverna de Zaratustra e se reuniram em procissão para ir ao encontro de Zaratustra e dar-lhe a saudação matinal; pois eles descobriram quando acordaram que Zaratustra não se encontrava ali entre eles. Quando chegaram à porta da caverna, e o barulho de seus passos os precederam, o leão se afastou rapidamente de Zaratustra; e rugindo loucamente, saltou em direção à caverna. Os homens grandiosos, quando ouviram o leão rugir, gritaram todos em voz alta, como em uma só voz, fugiram para trás e desapareceram num instante.

O próprio Zaratustra, espantado e em estranhamento, levantou-se de seu assento, olhou em volta, perguntou ao seu coração, pensou e permaneceu sozinho.

— O que eu ouvi? — disse ele afinal, lentamente. — O que aconteceu comigo agora?

Mas logo lhe veio a lembrança, e ele deu uma olhada em tudo o que aconteceu entre ontem e hoje.

— Aqui está de fato a pedra — disse ele, e acariciou sua barba —, nela sentei-me ontem de manhã; e até aqui veio a mim o profeta, e aqui ouvi pela primeira vez o clamor que ouvi agora mesmo, o grande grito de angústia.

— Ó Homens Superiores, sua angústia foi a que o Velho Profeta predisse a mim ontem de manhã. Em sua aflição, ele quis me seduzir e tentar: — Ó Zaratustra! — disse ele a mim — Eu vim para seduzi-lo ao seu último pecado.

— Até meu último pecado? — gritou Zaratustra, rindo com raiva de suas próprias palavras. — O que me foi reservado como último pecado?

E mais uma vez Zaratustra ficou absorvido em si mesmo, e sentou-se novamente na grande pedra a meditar. De repente, ele deu um salto:

— A compaixão! A compaixão pelos homens superiores! — ele gritou, e seu semblante tornou-se como pedra.

— Bem! Isso teve seu tempo! Meu sofrimento e meus companheiros de sofrimento; o que importa sobre eles? Então eu me esforço pela felicidade? Eu me esforço pelo meu trabalho!

— Bem! O leão chegou, e meus filhos não demoram. Zaratustra cresceu e amadureceu, minha hora chegou! Esta é a minha manhã! O meu dia começa: Levante-se agora! Levante-se, Ó Grande Meio-Dia!

Assim falou Zaratustra e deixou sua caverna, resplandecente e forte, como um sol da alvorada saindo das montanhas sombrias.